KB031152

7
일반공격이 전체공격에
2회 공격인 엄마는 좋아하세요?
STORY INAKA DACHIMA
ILLUST IIDA POCHI. VOLUME 7

오오스키 마마코
MAMAKO OOSUKI
무인도일지라도 집 같은 편안함을 제공해주는 어머니. 마사토와 여행하게 되어 흥분 상태.
"저, 수영하러 갈게요!"
"사양 말고, 이 엄마한테 어리광을 부려도 좋아."
"괜찮다면, 같이 수영하지 않겠어요?"
포타
PORTA
무인도에서도 파티의 힐링을 담당하고 있는 여행상인 소녀.
메디
MEDHI
무인도라서 음험함도 평소 이상으로 개방하고 있는 여고생 치유술사.

"이게 바로
우리가 갈구하던
리조트야!"
와이즈
WISE
무인도에서는 마법을
봉인 당하지 않을 거라고
생각했지만, 역시 봉인
당하고 마는 여고생
현자.

“이『모협(母脅)의 프라테로』가 나서면,
오오스키 마마코 따위는 무서워할 필요 없데이.”
프라테로
FURATERO
적대조직 리벨레 사천왕 중
한 명. 남자라는 점을
질리지 않고 강조하는
격투가.

"크……."
"으으……."
"바보에 무능한 여자들……
구역질 나는군."
아만테
AMANTE
적대조직 리벨레 사천왕 중
한 명. 뭐든 다 폭로하고
마는 안습 마법검사.
소레라
SORERA
적대조직 리벨레 사천왕 중
한 명. 두뇌파 캐릭터라기엔
허술하기 그지없는 안습
사령술사.

"전부 맞추면, 마 군의 엄마야."
전설 퀴즈
마 군의
LEGEND QUIZ OF MR. MASATO

Q 1 : 자, 문제를 낼게. 마 군이 처음으로 혼자 일어선 건 몇 살 때였을까?

Q 2 : 어릴 적의 마 군은 집에서 뭘 하면서 지냈을 것 같아?

Q 3 : 마 군이 좋아하는 음식이 뭔지 아니?

Q 4 : 마 군이 처음으로 특별한 힘을 발휘한 건, 언제였을까…….

Q 5 : 이건 서비스 문제야. 마 군이 모험을 떠난 건 언제였을까?

A1 : 생후 7개월 때야. 벌떡 일어서서 이 엄마를 지그시 바라보는 그 모습에서 용사의 품격이 느껴졌다니깐.
A2 : 엄마의 초상화를 그리면서…… 아냐, 그건 분명 문양이야. 그걸 엄마에게 내려줘서 모자(母子) 파워를 받은 걸거야.
A3 : 편식을 하지 않으며 뭐든 다 먹는 애였지만, 고기를 특히 좋아해. 그래서 체력과 공격력이 쑥쑥 자란 걸지도 몰라.
A4 : 중학교 2학년 때였어. 방에 틀어박힌 마 군이 큰소리로 웃으며 외치지 뭐니. 불꽃이~, 얼음이~ 하면서 말이야.
A5 : 고등학교 1학년 때야. 멋지게 성장한 마 군은 미지의 세계로 여행을 떠났어…… 물론, 엄마와 함께 말이지. 우후후.

평범한 일들을 전설로 포장하지 좀 마. 그리고 남의 흑역사를 폭로하는 건 진짜로 관둬!

CONTENTS

일반공격이 전체공격에 2회 공격인 엄마는 좋아하세요?

STORY INAKA DACHIMA
ILLUST IIDA POCHI.

VOLUME 7

프롤로그
MMMMMORPG(가제) 테스트 플레이어 여러분께

평소부터 β판 테스트 플레이에 협력해주셔서 정말 감사드립니다.

갑작스럽습니다만, 여러분에게 알려드릴 중대한 소식이 있습니다.

【신규 에어리어가 추가됐습니다!】

본 게임은 내각부의 메인 서버와 각 광역자치 단체가 관리 운영하는 지방 서버를 연결해, 광대하면서도 각양각색의 게임 세계를 제공해드리는 것을 목표로 이제까지 계획을 진행해왔습니다.

그리고 이번에는 도쿄 서버에 이어 아이치 서버가 시험 운용 가능한 단계에 도달하면서, 테스트 플레이용 에어리어로 개방됐습니다.

새롭게 출현한 세계의 이름은【고보도 랜드】.

아이치 현하면 토야마 동식물원. 사육하고 있는 동물 종류에 있어 일본 제일인 이 동물원을 지닌 아이치 현이, 과연 어떤 세계를 창조할지…….

그것은 테스트 플레이어 여러분의 눈으로 확인해주십시오!

【고보도 랜드】의 신규 추가를 축하해, 모험에 도움이 되는 아이템을 입수할 수 있는 특별 이벤트를 개최합니다.

운이 좋다면, 다른 곳에서는 절대 얻을 수 없는 초호화 상품도……?!

많은 분이 찾아주시길, 진심으로 고대하고 있습니다!

※이동 방법

①카산 왕국 부근에 있는 전송 포인트에서, 전송 궁전 에어리어로 이동.

②전송 궁전 에어리어 내부, 【고보도 랜드】 표시가 있는 섬으로 이동.

③마법원 위에 서면 전송됩니다(안전 확인을 위해, 시간이 걸릴 경우가 있습니다).

※주의사항

고보도 랜드에서는 일부 지역에서 운영에 따른 특수한 조사가 이뤄지기 때문에, 테스트 플레이가 가능한 지역에서만 맵 데이터에 반영됩니다.

그 외의 장소에는 출입을 자제해주실 것을 요청드립니다.

"……몇 년이나 지난 것도 아닌데, 왠지 반갑게 느껴지네."

고보도 랜드행 마법원 위에 선 마사토는 조급해지는 마음을 억누르며 주위를 천천히 둘러보았다.

끝없이 펼쳐진 하늘 안에 많은 섬이 떠 있었고, 다리로 연결되어 있었다.

비현실적이지만, 처음 보는 광경은 아니다. 여기는 전송 궁전 에어리어. 게임 내부로 전송된 마사토가 처음 도착했던 공간이다.

한층 큰 섬에는 호화로운 전송 궁전이 위치해 있으며…… 그 베란다에는 오래간만에 보는 임금님이 서 있었다.

그는 금방이라도 울음을 터뜨릴 듯한 엄청 쓸쓸한 표정으로, 마사토를 쳐다보고 있었다.

"윽…… 으음……. 일단, 인사하러 가는 편이 좋을까?"

마사토는 왠지 송구한 마음이 든 나머지, 고개를 살짝 돌렸지만…….

현자 와이즈와 치유술사 메디는 태연하게 임금님을 응시하고 있었다.

"괜찮지 않을까? 저 임금님은 첫 튜토리얼을 담당할 뿐인 사람이잖아."

"초회 특전의 호화 장식품을 받고 나면, 볼일 없어요."

"뭐, 게임이니까 그렇긴 할 거야. 그래도 말이라는 건 하기 나름이잖아? ……하아, 좀 보라고."

매몰찬 두 소녀의 목소리를 들은 걸까. 임금님은 두 손으로 얼굴을 감싸며 확 주저앉았다. 진짜 미안했다.

그래도 괜찮다. 순진무구&힐링 덩어리인 여행상인 포타가 있으니 말이다.

"저, 고보도 랜드에 가서 임금님 드릴 선물을 사 올래요! 다음에 올 때는 꼭 인사할게요! 기다려주세요~!"

포타가 손을 흔들자, 임금님이 벌떡 일어서더니 진심으로 기뻐하며 손을 흔들었다. 멘탈이 금방 회복되는 사람이라 다행이다.

그러는 사이, 발치의 마법원이 빛을 뿜기 시작했다.

"슬슬 출발하나 보네. ……다들, 깜빡한 건 없지?"

"굳이 따지자면 모네가 못 왔는데…… 어쩔 수 없어. 엄마 해결사를 휴업할 수는 없잖아."

"그 가게는 방황하는 이들을 위한 상담 창구니까요. 무엇보다 모네 양 본인이 가게를 우선하고 싶다고 했으니, 맡겨보죠."

"모네 씨 드릴 선물도 사 올래요! 이야깃거리도 잔뜩 준비할 거예요!"

"그래. 그럼 그런 걸로……."

"잠깐만 있어 봐. 아직 마사토가 잊은 물건이 없는지 체크하지 않았잖아."

와이즈가 히죽거리며 그렇게 말했다. 또한 메디와 포타도 왠지 즐거워 보였다.

왠지 좋지 않은 예감이 드는걸.

"전송 전에 확인하자. 마사토, 무기는 챙겼어?"

"자, 가져왔어."

"다음으로, 방어구는 전부 갖췄나요?"

"오케이야. 완벽하게 장비했어."

"마사토 씨! 회복 아이템은…… 아, 제가 가지고 있어요!"
"그건 포타에게 맡길게. 그럼……."
"다음은, 엄마구나."
마마코가 마사토에게 은근슬쩍 다가서더니 팔짱을 꼈다고 할지, 부드러운 가슴으로 그의 팔을 감쌌다.
동료. 무기. 방어구. 회복 아이템. 그리고, 엄마.
모험을 위해 필요한 모든 것이 갖춰졌다!
"……하아……."
"어, 어머? 마 군, 왜 갑자기 한숨을…… 호, 혹시, 이 엄마와 같이 가는 게 싫은 거니……?"
"아, 그런 건 아냐."
장소 탓인지, 떠올리고 말았다.
게임 세계에 전송되고 소년의 대모험이 시작되나 했더니, 엄마가 나중에 따라와서 격렬하게 항의한 적이 있다.
그 후로 압도적이기까지 한 어머니보다 강해지는 것을 목표로 삼으며, 여러모로 힘을 내왔고…….
지금에 이르렀다.
"엄마가 들러붙는데도 불평 한 번 안 하다니…… 예정과 다른 방향으로 성장한 나 자신 때문에 어처구니가 없을 뿐이야."
은근슬쩍 전송 궁전을 쳐다보니, 임금님이 만족한 것처럼 고개를 끄덕이고 있었다.
평범한 용사로서 바람직한 성과를 내고 있다, 는 의미일까.
마사토는 영 납득이 안 됐지만…… 뭐, 됐다. 아무튼…….

"우리의 목적은 신설 에어리어 구경과 이벤트에서 받을 수 있는 아이템이야. 정신 바짝 차리자."

"다음 장소에서도 이 엄마와 함께 실컷 모험하는 거야."

"응. 함께 모험하자. 그래도 좀 떨어져."

그렇게 말했지만, 효과가 없었다. 미소를 머금은 채 한사코 떨어지지 않는 엄마, 그리고 따뜻한 눈길로 지켜보는 동료들과 함께 마사토는 전송의 빛에 휩싸였다.

그들이 향하는 곳에서는 무엇이 기다리고 있을까. 그것은…….

제1장
우리 사상, 가장 가혹하고, 슬플 정도로 과보호하는 모험의 막이 올랐다.

새롭게 개방된 세계, 고보도 랜드. 그곳은 자연의 낙원.

혹은 『채소의 낙원』이라 부르는 편이 올바를지도 모른다.

광대한 대초원을 뒤덮은 것은 잡초가 아니라, 파다. 너무나도 거대한 감자가 바위 밭 같은 구역을 형성하고 있다. 그 너머의 숲으로 보이는 장소는 거대 브로콜리의 식용 가능 부분이 자라는 지대였다.

"우와~, 채소네~."

"채소군요……."

"채소 천지예요!"

"그래, 채소야. 다른 말로는 표현할 수 없겠는걸."

"우후후. 왠지 조그마해져서 밭을 헤매고 있는 것 같네. 요리도 얼마든지 만들 수 있겠어."

"뭐랄까, 엄마를 위한 세계 같잖아. 뭐, 맛있는 밥을 먹을 수 있다면 나쁠 건 없지만 말이야. ……일단 이동하자."

고지대에 있는 전송 포인트에서 깍지콩 나선 계단을 따라 내려간 마사토 일행은 근처에 있는 촌락으로 향했다.

문과 담장이 없는 촌락의 활짝 열린 입구에 도착하자, 또한 번 감탄이 터져 나왔다.
"여기가 고보도 랜드의 첫 지점 『고보도 대촌락』이구나…….
대단하네……. 자연주의잖아……."
규모는 카산 왕도 못지않은 대도시급이지만, 역시 촌락이라는 호칭이 어울렸다.
흙벽이나 벽돌 건물은 보이지 않았다. 이곳에는 거대 작물의 속을 파내서 만들었거나, 지형을 이용해 만든 동굴 형태의 집이 대부분이다. 거대 브로콜리의 줄기 위에 놓여 있는 새둥지 같은 집도 있었다.
하천과 통행을 위한 길은 약간 정비되어 있지만, 그 외에는 자연에 있는 것을 그대로 이용했다. 대지의 은혜와 함께 살아가는, 야생의 세계다.
"판타지보단 옛날이야기에 가까운 세계관이네."
"마치 동화 세계군요. ……그리고……."
"그런 세상에서 살고 계신 사람들이, 저분들이구나."
마사토 일행이 촌락에 들어선 바로 그때였다.
길을 가던 이들이 짐승 귀를 쫑긋거리거나 꼬리를 꼿꼿이 세우고, 날개를 펼치면서 일제히 마사토 일행을 향해 고개를 돌렸다.
고양이 귀, 강아지 꼬리, 파충류 느낌의 꼬리, 새 날개, 박쥐 날개 등. 모양과 형태가 천차만별인 매우 특징적인 부위가 눈에 들어왔다.
인간의 몸에 동물적인 특징을 지닌 인간?

"와아! 수인(獸人) 분들이에요! 다양한 수인 분들이 있어요!"

"여기는 수인의 세계구나. ……아, 인어도 있어."

수로에서 고개를 빼꼼 내민 이는 아름다운 에메랄드빛 비늘을 지닌 인어 소녀였다. 「아, 안녕하세요……」, 「안녕~」 마사토가 가볍게 인사를 건네자, 손을 흔들어줬다. 이런 소소한 교류가 참 기쁘게 느껴졌다.

아름다운 자연, 그리고 짐승 귀로 가득 한 세계.

그것이 고보도 랜드다.

"(우와. 완전 최고네.)"

마사토는 진심으로 그렇게 생각했다. 이곳은 참 멋진 세계다…….

"저기, 마 군. 인어 아가씨를 헌팅하느라 바쁜 것 같지만, 잠시 나 좀 볼래?"

"엄마란 족속은 왜 일일이 그런 쪽으로만 생각하는 거야! 딱히 헌팅한 건 아니거든?! ……그것보다 왜 부르는 거야, 엄마!"

"왠지 수인 분들이 잔뜩 몰려든 것 같아서 말이야. 괜찮은 거니?"

"뭐? 모여들다니……."

다시 주위를 둘러보니, 확실히 모여들어 있었다.

길, 민가 지붕 위, 그리고 하늘. 전부 해서 백 명이 넘을 듯한 수인들이 날카로운 눈길로 마사토 일행을 주시하고 있었다.

"어, 얼굴이 글자 아트인 사람도 있잖아. 역시 여기도 캐릭터 메이킹이 완료되지 않은 걸까……. 아니, 그런 소리를 할 때가 아니라…… 저기, 무슨 일이시죠?"
마사토가 머뭇거리며 묻자…….
수인들은 일제히, 히죽 웃으며 말했다.

""""먹잇감을, 잡아라아아아앗!""""
"……어?"

인간보다 압도적으로 뛰어난 신체 능력을 지닌 수인들이 느닷없이 달려들었다.
그리고 얼이 나가 있던 마사토 일행을 그대로 둘러메더니, 위세 좋게 옮기기 시작했다.
""""영차! 영차!""""
"어, 어어?! 뭐야?! 먹잇감이라는 게 무슨 소리냐고?!"
"이거, 혹시, 잡아먹히는 패턴 아냐?!"
"오오! 왠지 상상이 돼! 꼬챙이에 묶어서 빙글빙글 돌리며 통구이를 하는 거구나!"
"아니면, 커다란 솥에 집어넣고 푹 삶을 가능성도 있어요!"
"통구이보다는 푹 삶는 쪽이 속까지 잘 익을 거란다. 실수로 태울 염려도 적잖니."
"역시 엄마! 요리 전문! 아니, 조리 방법에 관해 이야기할 때가 아니잖아! 위험하다고!"
"저, 잡아먹히기 싫어요오오오오! 마사토 씨, 마사토 씨~!"
"도움을 청하는 목소리가 들려! 하지만 나야말로 도움이 필요한 상황이거든?! 조, 좋아! 지금이야말로 이 용사 마사토가……!"

대활약을 해서, 이 궁지에서 벗어날 생각이었지만…….

갑자기 이동이 중단되더니, 마사토 일행은 조심스레 지면에 내려졌다.

그곳은 이 촌락의 광장에 해당하는 장소다. 실외 구기종목을 할 수 있을 만큼 넓었다.

통구이 세트나 커다란 솥은 없었으며, 【고보도 랜드에 어서 오세요!】라고 적힌 수제 느낌 물씬 나는 간판이 있었다.

"으음…… 어? 이게 뭐야?"

"예이~! 서프라이즈~!"

그 순간, 주위에 있던 수인들이 일제히 빠바바~방! 하고 조그마한 축하용 폭죽을 터뜨렸다.

종잇조각이 흩뿌려지는 가운데, 축제 느낌 물씬 나는 외투를 걸친 고양이 수인 청년이 뛰어왔다.

"자, 고보도 랜드에 어서 오세요! 저희는 여러분을 환영합니다!"

"환영한다니…… 확 잡아먹히는 줄 알았는데요."

"서프라이즈예요, 서프라이즈. 수인이 인간을 잡아먹는다고 오해하시는 분이 계셔서, 오해도 풀 겸 이런 느낌의 깜짝 이벤트를 연출한 거죠."

"……저희는 진짜로 겁먹었는데요."

"환영 이벤트니까 화내지 말라고요, 형씨. 자, 스마일! 스마일~!”

고양이 수인 청년이 친근한 미소를 짓더니, 장난스러운 어조로 그렇게 말하면서 다가오자…….

마사토는 미소를 지으면서 상대방의 고양이 수염을 확 잡아당겨줬다. 「스마일~」, 「잘못했어요, 잘못했어요?!」 평범한 고양이에게는 이런 짓을 하면 안 된다. 하지만 민폐 넘치는 고양이 수인한테는 오케이다.

잠시 후…….

“그, 그럼 좀 심했던 부분은 넘어가기로 하고, 고보도 랜드에 어서 오십시오! 저희는 여러분을 진심으로 환영합니다!”

“고마워요.”

“그럼 환영의 마음을 담아, 호화 경품을 입수할 수 있는 이벤트를 시작하도록 하죠! 예이~!”

“좋아. 그럼 후딱 끝내버리자~.”

“챙길 걸 챙긴 다음, 관광을 하는 거군요.”

“어이쿠, 아가씨들. 이 이벤트를 만만하게 보면 큰 코 다칠걸요? ……고보도 랜드는 약육강식의 세계……. 약자는 아무것도 얻을 수 없어요…… 그런 고로!”

고양이 수인이 손가락을 가볍게 튕겼다.

광장 지면에 대량의 마법원이 생겨나더니, 빛을 뿜으면서 정체불명의 무언가가 튀어나왔다…….

"저건……?"

"이벤트를 위해 준비된 몬스터예요. 일반적으로는 마주칠 일 없는, 매우 흉포하고 위험한 괴물들이! 지금! 바로 지금! 모습을……!"

"어머어머. 위험한 몬스터가 나오면 곤란하겠네. 그럼…… 에잇."

아직 이야기가 안 끝났지만, 마마코가 공격을 펼쳤다.

대지의 성검 테라디마도레의 힘에 의해, 지면에서 수많은 바위 칼날이 출현!

바다의 성검 알투라에 의해 그려진 검광에서, 수많은 물방울 탄환이 발사!

막 모습을 드러내려 하던 몬스터들은 마법원과 함께 그대로 썰리거나 찔리거나 꿰뚫리면서 소멸했다! 전투 종료!

"끝났네."

"어, 어어, 으음…… 아직, 설명이 안 끝났는데요……. 연출 같은 것도 생각해뒀는데……."

고양이 수인 청년이 고양이 눈을 동그랗게 뜬 채 굳어버렸다.

주위의 수인들도 나팔과 북 같은 것으로 꺼내며 분위기를 띄울 준비를 하고 있었지만, 마찬가지로 얼이 나가버렸다. 유감스럽지만 이미 늦었어.

"미안해, 고양이 인간 씨. 우리 엄마는 이런 사람이거든. 정말 미안해."

"우후후. 해냈어. ……어머? 이건 뭐지?"

승리의 미소를 머금은 마마코의 앞에, 금색으로 빛나는 티켓 한 장이 살랑거리며 천천히 하늘에서 내려왔다.

"고양이 인간, 설명 부탁해."

"아, 네. 저 티켓은 이벤트 클리어 보수입니다. 특별한 랜덤 박스를 돌려서, 경품을 손에 넣는 거죠."

"어이, 현물을 바로 지급해주는 게 아닌 거야? 온라인 게임이란 것들은 정말……. 그래서? 이건 한 파티 당 한 장만 주는 거야?"

"아뇨. 한 사람당 한 장씩…… 네, 그래요……. 이벤트는, 아직 안 끝났습니다!"

다시 일어선 고양이 수인 청년이 다시 손가락을 튕겼다.

이번에는 마사토 일행의 바로 앞에 마법원 한 개가 생겨났다. 그 안에서 뭔가가 나오는 것 같지는 않았으며, 마법원의 문양이 마치 시계처럼 규칙적으로 회전하며 시간을 새기고 있었다.

"크크큭. 이 마법원은 특수한 마법원이죠. 곧 폭발합니다."

"포, 폭발?!"

"그걸 막기 위해서는 일정량의 마력을 쏟아부어서, 그 효과를 억누를 수밖에 없습니다. 하지만 평범한 마법사는 불가능하죠! 자, 어쩌시겠습니까! 지금 이 자리에, 위기 상황이……!"

"흐음. 그럼 초절정 현자인 내가 해보겠어."

와이즈는 성큼성큼 걸음을 내딛더니, 마법원에 손을 대며 「흥」 하고 힘을 줬다. 몸에서 MP가 방출되면서, 그대로 마법원에 주입됐다.

MP를 10 소비…… 50 소비…… 100…… 150…… 200…… 300…….

마법원의 회전이 멈췄다! 제어 완료!

"어, 어때? 클리어했어. 의외로 간단했다니깐." 핼쑥.

"이, 이렇게 여유롭게……?!"

"여유 부리는 것치고는 금방이라도 죽을 것 같을 정도로 피폐해졌지만 말이야. ……그런데 와이즈, 어느새 이렇게 최대 MP가 늘어난 거야? 솔직히 놀랐어."

"나도 레벨업을 하고 있거든. ……이걸로 나도 티켓을 손에 넣었어."

와이즈는 자기 앞에 떨어진 티켓을 줍더니 빙긋 웃었다. 기분 좋아 보이네.

관객인 수인들이 악기를 시끌벅적하게 연주하면서 와이즈의 위업을 칭송했다. 이번에는 타이밍을 놓치지 않았다. 다들 만족스러운 표정을 짓고 있었다.

하지만 고양이 수인 청년만은 이를 갈았다.

"아까만이 아니라 이번에도……! 이렇게 쉽게 통과하다니! 크으윽!"

"웰컴의 마음이 사라졌네."

"좋습니다! 여러분이 그렇게 나온다면…… 다음은 이겁니다!"

고양이 수인 청년이 손가락을 튕겼다.

이번에는 원과 문양이 분해되더니, 망가진 마법원이 출현했다.

"이것은 어느 마왕에 의해 파괴된 『생명의 마법원』입니다! 특정 마법으로 치료하지 못하면, 세계 붕괴의 위기가……!"

"치료? 그럼 힐러가 나설 차례네. 어이, 메디."

"네. 치유술사인 저에게 맡겨주세요. ……스파라 라 마지아 펠 미라레…… 회복(쿠라)! 대회복(알토 쿠라)! 완전 회복(피에노 쿠라)!"

"아니, 우선 제 설명 좀 끝까지 들어주세요!"

메디는 고양이 수인 청년에게 눈길도 주지 않고 회복마법을 연속으로 사용했다. 망가진 마법원이 치유의 빛에 휩싸였다.

마법원에 설정된 HP가 100 회복됐다. 300 회복됐다. 999 회복됐다.

분해되어 있던 문양이 원래 이어져 있던 단면과 이어지더니, 복구됐다! 마법원 부활!

"네, 다 됐군요. 저도 티켓을 획득했어요."

"어느새 회복마법의 종류가 늘었어……. 메디도 알게 모르게 레벨업을 했구나."

"제 실력을 일상적으로 보여드리지 못해 유감이에요."

"회복마법을 쓸 필요가 없다는 건 안전한 모험을 하고 있다는 거잖아. 기뻐할 일이지만, 파티의 회복 담당으로서는 좀 곤란할 것 같긴 하네. 어디보자…… 그래서, 다음은 뭐야?"

"다음은 이겁니다! 자! 딱 하나만 정답이니, 맞춰보세요!"

상대방이 될 대로 되라는 투로 준비한 것은 바로 열 개의 마법원이었다.

"이건…… 감정하면 바로 알 수 있겠네."

"그래요! 네, 그렇죠! 하지만 쉽지는 않을 겁니다! 이 마법원은 고보도 대촌락에서 오랫동안 골동품점을 운영해온 스고이 메키키 씨(74세)조차도 감정하지 못한……!"

"어이~, 포타."

"네! 저한테 맡겨 주세요!"

포타의 감정 스킬이 발동됐다. 「으으음~」 전부 똑같아 보이는 열 개의 마법원을 오른쪽에 있는 것부터 차례차례 살펴보더니…….

"알겠어요! 이거예요!"

전부 감정할 필요도 없다는 듯이, 오른쪽에서 네 번째 마법원을 선택했다.

포타가 손을 대자, 마법원이 터지면서 티켓으로 변화했다! 딩동댕!

"저, 기뻐요! 저도 티켓을 손에 넣었어요!" 와아~!

"포타도 스킬 레벨이 어마어마하게 올랐구나. 스고이 메키키 씨(74세)껜 죄송하지만, 포타의 안목은 세계 제일! 응! 나도 기뻐!" 와아~!

무심코 포타를 번쩍 들어 올려 빙글빙글 돌았다. 포타도 방긋. 마사토도 방긋. 다른 일행과 관객인 수인들도 박수를 치며 축하해줬다.

이걸로 이벤트는 완전 공략! 수고 많으셨습니다……라고 말하고 싶지만 말이다.

"……자, 그럼."

장난은 여기까지다. 마사토는 포타를 내려놓은 후, 마음을 다잡으면서 날카로운 시선을 머금었다.

그 시선은 궁지에 몰린 최종 보스처럼 처절한 표정을 짓고 있는 고양이 수인 청년을 향하고 있었다.

“이제 환영 무드 같은 건 찾아볼 수가 없네.”

“네. 그런 마음은 싹 사라졌습니다……. 이 이벤트를 막힘 없이 진행한다…… 거기에 제 모든 것이 걸려 있는데…….”

“모든 것이라니…….”

“모든 것이에요. ……이 이벤트가 끝나면, 저는 이 촌락에 사는 일개 NPC로 돌아가죠. 특별한 역할을 맡은 특별한 누군가로 지낼 수 있는 건, 이 이벤트 기간뿐이라고요!”

“꽤 중대한 게 걸려있네…….”

“그런데, 이렇게 말도 안 되는 일이 벌어지다니…… 이렇게 되면, 전부 끝내버리겠어요……. 환영 설정 같은 건 무시해버리고…… 수인족 최강의 전사를 소환해서, 형씨를 박살내버리겠습니다!”

“잠깐만, 수인족 최강과 전투?! 진짜로?!”

자, 최종 배틀이다! 고양이 수인 청년은 하늘을 향해 울부짖었다! 「냐옹~!」, 「긴박감이 눈곱만큼도 안 느껴지네!」 고양이 수인이니 어쩔 수 없으려나. 그것보다…….

이제까지와는 명백하게 다른, 맹렬한 위압감을 뿜는 마법원이 지면에 그려졌다. 대지를 뒤흔드는 포효가 들려오더니, 소환된 자가 서서히 모습을 드러냈다.

"수인족 최강과 싸운다니…… 아냐, 그 어떤 상대라도 분명 괜찮을 거야. 나도 너희 못지않게 레벨업을 했다고! 틀림없어!"

전투태세를 취한 마사토의 앞에, 상대가 나타났다.

머리에 달린 삼각형 뿔과, 털에 뒤덮인 꼬리. 그것들은 전부 수인의 증표다.

자식 다섯을 아기 포대기로 몸에 고정시킨 채…….

호전적인 눈빛으로 마사토를 주시하던 상대는…… 모습을 드러낸 순간, 표정을 누그러뜨렸다.

"어머, 마사토 군이잖아? 어머나, 마마코 씨와 와이즈 양, 메디 양과 포타 양도 있네! 다들, 오래간만이야!"

"어? ……가코 씨, 맞죠?"

틀림없다. 저 사람은 천하제일 모도회(母道會)에 출전해서 마마코와 대전했던 수인족 어머니, 가코다.

"왜 가코 씨가…… 아, 맞다. 그러고 보니 여기는 수인의 세계였죠."

"그래. 여기는 우리 세계이고, 내가 사는 장소…… 아, 노닥거릴 때가 아니지."

가코는 포대기를 풀더니, 아이들을 땅에 내려놨다.

"자, 너희들. 이 엄마는 이제부터 일해야 하니까, 언니 누나들과 놀고 있으렴."

"아라써~!", "누~나~!", "놀짜!", "노라저!", "누~나!"

"어, 가코 씨! 또…… 하아, 정말! 좋아요!"

"그럼, 언니 누나들과 같이 얌전히 있는 거예요. 얌전히, 말이에요."

"저도 도울게요! 저와도 놀아요!"

수인 아이들이 꼬리를 힘차게 흔들면서, 소녀들에게 안겼다.

이제까지의 경험을 통해 익숙해진 건지, 아이 돌보미들은 능숙하게 「빤쭈!」, 「누나 치마를 걷으면 안 돼!」, 「쩌어기 갈래~」, 「여기 있으세요!」, 「오줌 마려버」, 「네에에엣?!」 애들에게 휘둘리고 있지만, 힘내고 있는 것 같았다.

"……자."

몸이 가벼워진 가코는 가볍게 스트레칭을 하면서 마사토와 마주했다.

"그럼 시작해볼까."

"시작하자니…… 배틀을 말이에요?"

"그래. 나도 소환되면 싸워주는 일을 하고 있거든. 그걸로 급료도 받으니 어쩔 수 없어."

"……정말인가요?"

자세를 낮춘 가코가 양손의 손톱을 드러내며 전투태세를 취했다. 표정도, 몸에서 뿜어져 나오는 투기도 진지했다.

마사토는 반사적으로 검을 뽑아 들었지만…… 가코를 겨누지는 않았다.

상대는 마마코와 같은 수준의 강자다. 도저히 이길 것 같은 느낌이 들지 않았다. 그것도 이유 중 하나다.

하지만 그 이상으로…….

"(내가 가코 씨와…… 어머니와, 싸우는 거야?)"

차별을 하려는 건 아니지만, 그 점 때문에 내키지 않았다.

명확한 근거는 떠오르지 않았지만, 그건 절대 해선 안 되는 일이란 생각이 들었다.

가코의 아이들은 고개를 갸웃거리면서, 이상하다는 듯이 마사토를 쳐다보고 있었다.

"(역시 싸우는 건 무리야! ……어, 어쩌지……. 아, 맞아!)"

눈에는 눈, 어머니에는 어머니, 다. 그 방법뿐이다.

궁지에 몰린 마사토가 마마코에게 교대를 부탁하려 하자…….

"장난이야. 자, 티켓 받아."

갑자기, 가코가 티켓을 내밀었다.

"……어?"

"아하하. 긴장 풀어. ……이건 말이지. 천하제일 모도회 본선에 출전한 내가 등장해서 대뜸 전투가 벌어진다는 식의 깜짝 이벤트 작전이야. 그냥 놀래주는 기획이니, 실제로 싸울 필요는 없어."

"어…… 그럼 저는……."

"네! 완벽하게 걸려들어 줘서 감사합니다! 예이~! 서프라이즈~!"

이 일을 벌인 고양이 수인 청년이 환히 웃으면서 다가오자, 마사토는 고양이 수염을 힘껏 당겨줬다. 「자, 스마일」, 「아야야야얏?!」 이번에는 인정사정 봐주지 않았다. 고양이 수염을 확

뽑아주고 말겠다.

그런 마사토의 양옆에, 와이즈와 메디가 은근슬쩍 섰다. 그녀들은 놀리듯이 팔꿈치로 마사토의 옆구리를 찔러댔다.

"너, 방금 마마코 씨한테 교대해달라고 하려했지?"

"무…… 무슨 소리인지 모르겠네~. 아하하~."

"올바른 판단이라고 생각해요. 마마코 씨에게 맡긴다면, 어떤 일이든 무사히 해결될 테니까요. 마사토 군의 심정은 이해해요."

"아니, 그게…… 뭐랄까……."

사실 그 말과 똑같은 생각을 했지만…….

이렇게 남한테 들으니, 왠지 분했다.

"(나…… 어느새, 엄마한테 기대는 걸 당연시하게 된 걸까…….)"

하지만 그편이 효율적이라는 그럴듯한 생각이 떠오르니, 또 분했다.

"모두 티켓을 받았네. 그럼 바로 써보자. 마 군, 어떠니?"

"뭐? 아…… 응. 그러자."

자기를 분하게 만든 장본인이 말을 걸어왔지만, 괜히 반발할 만큼 마사토는 어린애가 아니었다.

그런 부분은 어엿하게 성장한 것이다.

깊이 숨을 내쉬며 마음을 다잡은 후, 티켓을 사용했다.

티켓의 표면에 적힌 【추첨 개시】라는 글자를 터치하자 룰렛 같은 이펙트가 나타났고, 관객인 수인들이 북을 쳤다. 분위기를 띄우려는 것 같은데, 효과는 거의 없었다.

곧 티켓이 눈부시게 빛나면서 변화했다. 추첨 종료! 마사토의 손바닥에 아이템이 똑 떨어졌다.

링이 걸린 사슬 목걸이였다.

"이건…… 어이~, 포타. 감정 부탁해."

"네! ……으음…… 이건……『구에리에로의 목걸이』예요! 장비하면 공격력이 꽤 상승해요! 전사 계열 액세서리니까, 마사토 씨도 장비할 수 있어요!"

"오오…… 혹시 꽤 대박인 거 아냐? ……어때? 고양이 자식아."

"그 호칭은 마음에 안 들지만, 그 말이 맞습니다. 레어도로 본다면, 준비된 경품 중에서도 손꼽히는 상품이죠."

"어머나. 마 군, 잘 됐네."

"진짜야?! 우오오오! 드디어 내 시대가 왔어~!!"

마사토는 무심코 함성을…….

"잠깐만! 왜 마사토가 좋은 걸 뽑은 거야! 이상하잖아!"

"마사토 군은 꽝 담당이라고 믿었는데…… 이건 배신이에요……."

"어이, 동료라는 녀석들이 그런 리액션을 보이는 거야말로 이상하지 않아?"

"마사토가 대박이면 나도 대박이야! 티켓을 쓰겠어!"

"와이즈 양은 몰라도, 저는 대박일 게 틀림없어요. 추첨을 하겠어요."

무례하기 그지없는 소리를 한 와이즈와 메디가 수인 아이들에게 시달리면서 티켓을 사용했다. 그렇게 추첨을 하자…….

와이즈는, 마술 문양이 새겨진 피어스 이어링을 손에 넣었다.
메디는, 연보라색 보석이 박힌 팔찌를 손에 넣었다.
"어. 피어스 이어링이네. 디자인도 괜찮잖아. 내 취향이야."
"제 팔찌는 특수한 효과가 있을 것 같은 느낌이 들어요. ……포타 양, 감정을 부탁드려도 될까요?"
"네! ……으으음…… 메디 씨의 팔찌는 『밤의 축복』이에요! 힐러 장비인데, 어둠 속성의 공격 중 일부를 흡수할 수 있게 돼요!"
"뭐, 뭐어?!"
"어둠 속성을 흡수한다니, 장난 아니잖아?!"
안 그래도 다크 파워를 내포한 메디가 더욱 강한 힘을 손에 넣은 것 같았다. 「너무 위험하네」, 「몰래 팔아치우는 편이 좋을 것 같아」, 「그렇게는 안 돼요」 메디는 이미 장비했다.
"아무래도 제 추첨은 대박인 것 같군요. ……와이즈 양, 죄송해요."
"왜 사과하는 거야! 나도 분명 대박일 거야! ……포타, 포타, 포타! 내 것도 감정해줘! 어때?! 어떤데?!"
"으으음…… 이 이어링은…… 우왓! 와이즈 씨, 축하드려요! 이건 『프레브니르』예요! 마법 직업의 장비인데, 마법 봉인에 대한 내성을 지닌 액세서리예요!"
"…………뭐?"
와이즈는 얼이 나간 채 굳어버렸다. 완전히 굳어버렸다. 「누나?」, 「왜 그래~?」 수인 아이들이 치마 안으로 숨어들어서 놀고 있지만, 미동조차 하지 않았다. 완전히 경직되어 버렸다.

“와이즈한테는 필수 액세서리네……. 이 엄청난 행운이 믿기지 않아서 경직됐나 봐. 뭐, 잠시 저대로 두자.”

“그래요. 그편이 조용하겠죠. 영원히 저대로 두도록 해요.”

“아무튼, 현재까지 나와 메디와 와이즈가 3연속으로 대박을 터뜨렸는데…….”

“남은 사람은 이 엄마와 포타네. 뭐 좋은 게 나오려나?”

“나오면 좋겠어요! 다음은 제가 뽑아볼게요!”

양손을 모으며 그렇게 소망한 포타가 티켓을 사용했다.

수인들이 연주하는 원시적인 북소리에 이어, 펑 하면서 출현한 것은…….

“아, 리본이 나왔어요! ……으음, 이건……『행운의 리본』이에요! 제가 장비할 수 있는 액세서리인데, 젬의 입수량이 1.5배로 늘어나요!”

“오오! 대단한걸! 우리들, 부자가 되겠네! ……포타도 좋은 걸 뽑았으니까, 4연속 대박! 그리고 엄마도 좋은 게 나오면 5연속 대박! 우리의 압승으로 이벤트 종료……일 거라고 생각하는데…….”

너무 운이 좋은 게 아닐까?

이쯤에서 잠시 상의를 하기로 했다. 「아아~, 긴급 회의를 개최하겠습니다. 엄마 빼고, 전원 집합」 마사토의 말에 메디와 포타가 모여들었고, 겸사겸사 가코와 고양이 수인 청년도 다가왔다. 여전히 얼이 나간 와이즈는 방치해뒀다.

"내 생각인데…… 상황이 좀 이상하게 흘러가는 것 같지 않아?"

"듣고 보니 그렇군요……. 이제까지는 저희가 실패하고, 마마코 씨가 압승을 하는 상황이 벌어졌으니까요."

"그럼 혹시 이번에는 정반대로……."

"설마, 마마 씨만 꽝을 뽑는 걸까요?!"

"무슨 소리를 하는 거야. 마마코 씨한테 그런 일이 일어날 리 없어. 걱정하지 마."

"하지만, 확률적으로는 좀 어려운 상황이긴 할 거예요. 이미 대박이 네 번이나 터졌고, 남은 도전자는 한 명 뿐이니까요."

"이 상황에서 엄마가 대박을 뽑는다면, 그거야말로 미라클이려나……."

과연 기적은 일어날 것인가.

해볼 수밖에 없다.

"좋아…… 엄마."

"알았어. 그럼 추첨을 해볼게. ……에잇."

다들 마른침을 삼키며 지켜보는 가운데, 마마코가 추첨을 했다.

공중에 떠오른 티켓이 눈부신 빛을 뿜더니…… 추첨 종료!

마마코의 손바닥에는 티켓 사이즈의 종이 한 장이 놓였다.

"종이…… 설마 꽝이라고 적힌 건……."

"어머나, 마 군! 이것 좀 보렴!"

"어?"

마마코가 흥분한 표정으로 티켓을 보여줬다. 거기에 적힌

것은…….

【비행정으로 떠나는 열대지방 리조트·3박4일 여행】

마마코가 손에 쥔 것은 여행 티켓이었다. 이동 및 숙박비는 물론이고, 갈아입을 옷과 기념 선물까지 전부 패키지에 포함된 완전 무료 초대권이다.

"리조트, 3박4일…… 이건……."

"오, 나왔어요! 나오고 말았다고요! 이번 이벤트의 슈퍼 하이라이트 상품! 특상! 초대박이에요! 자, 축하드립니다~!"

"어머나! 초대박이라네! 참 기쁜걸. 우후후."

고양이 수인 청년이 그렇게 선언하자, 일제히 환성이 터져나왔다. 「영차~!」, 「어머어머」 가코가 마마코를 번쩍 들어 올리며 어필! 관객인 수인들이 시끌벅적하게 소란을 피우며 축복의 말을 건넸다.

축하한다는 말이 사방에서 들려오자, 「어? 아, 고마워요, 고마워요!」 자기가 축하받는다고 착각하다 퍼뜩 정신을 차린 와이즈란 애도 있는 것 같지만, 일단 제쳐두겠다.

아무튼, 마사토 일행은 차분히 이 상황을 곱씹었다.

"역시 마마코 씨는 마마코 씨군요."

"네! 역시 마마 씨예요!"

"뭐, 그렇지. 엄마만큼은 컨디션이 나빠지거나 할 리가 없잖아……. 우리가 대승리를 거둘 가능성도 없었던 거야."

그렇게 순순히 납득하는 것도 좀 분하긴 하지만…… 그런 가슴 속 응어리는 한숨과 함께 토해버렸다.

아무튼, 열대지방 여행이다!

쇠뿔도 단숨에 빼라, 라는 말도 있는 만큼…….

마사토는 이미 알로하 셔츠와 반바지로 갈아입으며 준비를 마쳤다.

"어이, 고양이 자식아. 안내해. 빨리 하라고."

"그 호칭으로 부르지 좀 말아줬으면 하는데요……. 아무튼, 형씨는 더는 못 기다리겠단 눈치네요."

"뭐, 맞아. 그것도 그럴게…… 이걸 봤으니 말이지."

고양이 수인 청년의 안내로 우리가 향한 곳은 고보도 대촌락의 남쪽 끝. 바로 비공정 이착륙장이다. 해안을 따라 설치된 평평한 부지에는 하늘을 나는 배가 몇 척이나 정박되어 있었다.

어선처럼 단조로운 것부터, 호화 여객선처럼 공을 들인 것도 있었다. 사람이 타는 부분은 그야말로 배를 연상케 하는 형상을 하고 있었다.

모든 배는 날개와 프로펠러가 달린 기구 타입의 비행 장치에 달려 있었다. 이미지적으로는 제트 분사가 아니라, 둥둥 떠서 날아가는 느낌이었다.

그리고…….

"이게 우리의 비공정이구나."

"네. 한 척을 통째로 빌리는 거죠. 특급 여행인 만큼, 화끈하게 준비했다고 할까요."

"잘했다. 칭찬해주겠노라."

마사토 일행이 탈 비공정은 예리하고 아름다운 유선형 디자인을 지닌, 고급 크루저 타입이었다.

예전에 학교 수학여행 때 탄 비공정에 비하면 작고 개인용이지만, 고급스러운 느낌에서는 압도적으로 앞서고 있었다.

선체에 그려진 【MTB】라는 디자인 문자도 왠지 세련되어 보였다.

"그런데 저 MTB는 무슨 뜻이야?"

"『마더 트래블 뷰로』의 약칭입니다. 이 비공정을 소유한 투어 회사인데…… 아, 맞다. 같은 회사의 여행권을 가지고 있으면, 현지 대리점에서 옵션을 추가할 수 있어요. 가지고 있나요?"

"아마 있을 거야. 어머니의 날에 드렸으니까, 엄마가 가지고 있을 것 같은데…… 그것보다, 이건 우리가 직접 조종하는 거야?"

"네. 렌트니까요. 지도를 보며, 여러분끼리 목적지로 향하시면 됩니다. 조종 방법은 비교적 간단하니 안심해도 되죠. 설명해드릴게요."

그들은 지상과 배를 잇는 트랩을 통해 승선했다.

갑판 부분의 가운데 즈음에 조타키가 설치되어 있었다.

"설명해드릴 테니 잘 들으세요. 이 조타키를 오른쪽으로 돌리면 오른쪽 방향으로 선회하고, 왼쪽으로 돌리면 왼쪽 방향으로 선회하고, 수직으로 당기면 상승하고, 수직으로 누르면 하강하고, 앞쪽으로 기울이면 가속하고, 뒤쪽으로 기울이면 감속해요. 어때요? 간단하죠?"

"그 물 흐르는 듯한 설명에서 악의가 느껴져. ……뭐, 어떻게든 될 것 같기는 한데……."

바로 그때였다.

"좋아~, 준비 완료! 리조트는 어디 있는 거야!"

"와이즈 양, 새치기는 금지예요."

"저도 정말 흥분돼요!"

선실에서 세 소녀가 튀어나왔다. 셋 다 이미 바캉스 옷차림이었다.

"열대지방 리조트…… 거기서 제대로 놀아보는 거구나!"

와이즈는 개방적인 느낌의, 그리고 가슴 크기는 전혀 개의치 않는 것처럼 탱크톱을 입고 있었다. 살짝 흘러내린 핫팬츠의 허리 부분에 언뜻 드러나 있는 건 어디까지나 보여주기용 팬티니까 아무렇지도 않다.

"열대지방 하면 바다. 바다라 하면 신경 쓰이는 건 바로 자외선이에요."

대조적으로, 메디는 바닷가에 온 상류층 아가씨 느낌이었다. 피부 노출은 자제하고 있지만, 비쳐 보일 듯이 얇은 옷감이 거꾸로 눈길을 끌었다. 양산을 써서 햇살 및 시선 대책에도 만전을 기울였다.

"놀이 도구도, 선크림도, 저한테 맡겨주세요."

물놀이 복장을 한 포타는 숄더백과 튜브와 비치볼 같은 짐을 잔뜩 들고 있었다. 포타만 있으면 어디서든 마음껏 놀 수 있을 것 같다.

"하아. 셋 다 마음이 너무 앞서는 거 아냐?"

"가장 먼저 옷 갈아입은 마사토한테 그런 소리 듣고 싶지 않거든? 그리고 여행에서 가장 중요한 건 기대감이야."

"여행이란 가기 전부터 즐기는 것이죠. 상황에 맞춰 릴렉스 해주는 게 바캉스 예절이에요."

"그럼, 마사토 씨! 이제 그만 출발하는 게 어떨까요?!"

"좋아~. 더는 못 참을 듯한 포타를 위해, 출발……하고 싶지만, 한 명 안 왔네. 어디 간 거야?"

마마코의 모습이 보이지 않았다. 마마코는……

비공정 밖에서 목소리가 들려왔다. 「그래서 말이지? 우리 애가……」, 「우리 마 군도 그래요. 그래서……」 수인 어머니 가코와 즐겁게 이야기를 나누고 있는 것 같았다.

"엄마란 사람들은, 정말…… 어이, 엄마! 10초 후에 출발할 거야! 혼자 남겨지기 싫으면, 빨리 비공정에 타!"

"어머, 큰일이네! 금방 갈게!"

마마코가 바로 「가코 씨, 다음에 또 봐요」, 「응, 잘 다녀와. 기념 선물 같은 건 사 주지 않아도 돼」, 「그럴 수는 없어요. 혹시 바라는 게 있다면……」 올 줄 알았는데, 또 이야기를 나누기 시작한 것 같았다. 어머니란 이들은 항상 이렇다.

마사토의 관자놀이에 힘줄이 불거지기 시작할 즈음에야, 마마코는 나타났다.

"다들, 미안해! 오래간만에 만났더니, 이야기에 열중했지 뭐니!"

트랩을 뛰어 올라와서, 어깨를 들썩이며 숨을 내쉴 때마다…….

조그마한 천에 감싸인 커다란 가슴이 위아래로 크게 흔들리고 있는, 수영복 차림의 마마코였다. 젊음이 넘쳐나는 듯한 피부가 눈부셨다!

마사코의 머릿속에서 집단행동 관련으로 해주고 싶었던 불평이 전부 사라지더니, 그 대신 한숨이 흘러나왔다.

"저기, 엄마……. 왜 벌써 수영복 차림인 거야."

"좀 성급했지? 미안하구나. 하지만 마 군과 함께 여행한다고 생각하니, 들뜬 나머지……. 이런 여행을 같이하는 건, 초등학생 때의 지역 어린이회 여행 때 이후로 처음이네. 가슴이 두근거려. 우후후."

"응. 그런 이야기는 됐으니까, 빨리 옷 갈아……."

"큭! 마마코 씨에게 질 수는 없어!"

"저희도 수영복으로 갈아입죠!"

"네! 저도 갈아입을래요!"

"거기 세 사람은 안 갈아입어도 돼! 다들 진정해! 즐거운 건 알겠지만, 지금은 차분하게……!"

"그럼 출발하죠, 형씨! 비공정, 발진!"

"너는 내려, 고양이 자식아."

"큭, 역시 데려가 주지 않는 건가요……. 그럼 여러분, 좋은 여행 되십시오."

몰래 지참해왔던 짐을 챙긴 고양이 수인 청년이 터벅터벅

트랩을 내려갔다.

지상에는 가코와 아이들이 손과 꼬리를 흔들면서 여행의 안전을 기원해주고 있었다.

"……좋아, 가자."

마사토가 조타키를 쥐자, 비행 장치의 날개가 펼쳐지면서 프로펠러가 회전하기 시작했다. 수직 조작으로 선체를 띄우자, 천천히 지면에서 떨어졌다.

첫 비공정 조종이라 꽤 긴장됐다. 손바닥에 땀이 찰 정도로 말이다.

하지만, 그 이상으로 즐거웠다.

"괜찮은 느낌인걸……. 천공의 용사인 나라면, 할 수 있어. 나니까 할 수 있는 거야! ……조종은 나한테 맡겨! 뭣하면 나를 캡틴이라고 불러도 돼! 다들, 그렇게 불러봐!"

"마마코 씨는 어떤 옷을 입을 거야?"

"역시 시원한 게 좋지 않을까 싶구나."

"자외선을 막기 위해, 뭐 하나 걸치는 게 어떨까요?"

"치맛자락을 짧게 하면 시원할 거라고 생각해요."

"아하하~. 아무도 안 듣고 있네. 그래도 괜찮아! 나는 날겠어! 출발~!"

여자는 패션. 남자는 낭만. 다들 각자의 재미를 즐기면서…….

비공정은 넓은 하늘을 향해 날아올랐다.

수인 아이들은 조그마한 발로 열심히 비공정을 쫓아갔지만, 따라잡지 못했다. 아쉬워했다.

어느새 조그마해진 배가 푸른 하늘에 녹아들더니, 결국 보이지 않게 됐다.

"무사히 출발한 것 같네. 다행이야. ……너도 수고 많았어."

"신세 많이 졌습니다. 그럼 저는…… 일개 NPC로 돌아가겠습니다. 마을에서 본다면, 가볍게 말 걸어주세요." 훌쩍.

"수고했어. 기운 내라고. 또 특별한 역할을 맡게 되는 일이 있을 거야."

배웅을 마친 후, 고양이 수인 청년은 눈물을 닦으며 돌아갔다.

수인 어머니 가코도 철수하기로 했다. 쉴 새 없이 뛰어다니며 노는 아이들을 모아서 포대기로 묶은 후, 돌아가려 했다.

바로 그때였다.

"실례합니다! 저기, 잠시 시간 좀 내주셨으면 해요!"

"어라? 누가 왔네……."

종종걸음으로 다급히 다가오는 인간족이 있었다. 수녀복 차림의, 긴 흑발의 여성이다.

가코도 아는 인물이었다.

"너는 천하제일 모도회에서 사회를 맡았던, 운영 측 사람 맞지? ……이름이……."

"시라아세라고 합니다. 일전에는 신세 많이 졌습니다. 이렇게 다시 만나 기쁘군요, 가코 씨."

"아, 응. ……그런데, 무슨 일로 이런 곳에 온 거야?"

"실은 마마코 씨 일행을 찾고 있습니다. 통행인의 말에 따르면, 이쪽으로 향했다고 하던데……."

"어라라. 한발 늦었네. 방금 비공정으로 여행을 떠난 참이야."

"그런가요. ……곤란하게 됐군요……."

진짜로 곤란해하는 건지는, 시라아세의 표정이 옅어서 알 수 없지만……

수인 어머니 가코의 동물적인 감이 뭔가를 매섭게 눈치챘다.

"……혹시, 무슨 사건이라도 터진 거야?"

"네……. 이제부터 일어날 예정인 사건, 이라는 표현이 적절할 것 같군요."

"이제부터 일어날 사건?"

수인 어머니 가코는 고개를 갸웃거렸다. 그러자 다섯 명의 아이들도 흉내 내듯 고개를 갸웃거렸다.

그 모습을 본 시라아세는 옅은 미소를 머금었지만, 곧 냉정한 표정을 지으면서 하늘 저편을 응시했다.

"메일을 이용했다간, 상대방에게 정보가 새어 나갈 우려가 있죠……. 역시 직접 만나서 이야기를 나눠야겠습니다. 운영 스킬을 써서 현지에 먼저 가서…… 무슨 수를 써서라도 이 일에 휘말리게 해주겠어요. 후후후."

"저기~, 엄마.", "이 사람, 나쁜 사람이야~.", "나쁜 사람~", "나빠~", "아웃~."

"그래. 마마코 씨 일행을 위해서라도 이 자리에서 해치우는 편이 좋을 것 같네."

"정정하겠어요. 정중히 힘을 빌리기 위해, 찾아뵐까 합니다."

미심쩍은 표정을 짓는 수인 어머니 가코와 아이들한테서 은근슬쩍 도망치면서, 시라아세는 하늘 저편을 계속 응시했다.

여기는 구름 한 점 없는 하늘을 유유자적 날고 있는 비공정의 갑판.

"읏…… 왠지, 오싹한 느낌이……." 부르르.

"어머, 큰일이네. 여행 중에 감기에 걸리면 큰일이잖아. 이 엄마의 카디건을 걸치렴. 자, 어서."

"읏, 괜찮아! 아무렇지도 않…… 앗, 어이!"

마사토의 어깨와 등이 엄마의 카디건에 감싸였다. 사춘기인 아들로서는 심각한 사태에 직면……!

부드러운 온기가, 희미하게 전해져 왔다.

"그만…… 어라? 예상보다 따뜻하네."

"엄마의 애정 보온이란다. 우후후." 찰싹.

마사토가 따뜻한 건, 얇은 원피스로 갈아입은 마마코가 등에 찰싹 달라붙었기 때문이다. 말캉말캉한 부드러움과 훈훈한 온기가 느껴졌다.

"잠깐만, 엄마! 부탁이니까 그만해!"

"하지만 마 군이 감기에 걸리면 큰일이니까……."

"배려해주는 건 고맙지만, 진짜로 괜찮아! ……이러지 않아도, 충분히 따뜻하거든."

마마코는 모친 특수 스킬【어머니의 온기】를 발동시키고 있다.
아이가 감기에 걸리지 않도록 바라는 마음이 비공정 전체에 퍼져나가면서, 보온 효과를 지닌 방어막을 형성한 것이다. 상공의 차가운 바람을 완전히 차단해주고 있다.

그건 감사하지만…….

"(이런 게 당연해지고, 의지하는 데 익숙해지면서…… 엄마와의 격차가 더 벌어지는 거야.)"

확연히 자각하고, 자조에 빠진 마사토는 몰래 침울해했다.

물론, 이대로 괜찮다고 생각하는 건 아니다. 쇠뿔도 단김에 빼란 말이 있다. 마사토는 자신에게 활기를 불어넣어 줄 일이 일어나기를 기대했고…….

바로 그때였다.

"저기~. 캡틴=선장인데 조타수를 하고 있는 캡틴 마사토. 잠깐 나 좀 봐."

"겸임이라는 해석으로 우기고 있는 나한테, 무슨 볼일이야?!"

마사토를 자연스럽게 놀린 와이즈는 양피지 지도를 펼치며 그에게 다가갔다.

"이걸 좀 봐. 우리는 고보도 대촌락에서 남쪽으로 곧장 향하고 있잖아?"

"그래. 방향은 제대로야. 조타키가 좌우로 돌아가지 않도록 내 손으로 꼭 잡고 있거든……. 그래서 엄마가 걸쳐준 카디건을 떨쳐낼 수도 없어."

"마 군 캡틴은 참 노력가네. 착하다, 착해~." 쓰담쓰담.

"게다가 이렇게 쓰담쓰담도 거부 못 하고 있는데…… 진로에 좀 신경 쓰이는 점이라도 있어?"

"그게 말이야. 별건 아닌데……."

"마사토 씨! 섬이 있어요!"

"곧 섬 상공을 지날 것 같군요."

"섬?"

배 앞쪽에 있던 포타와 메디도 모여들더니, 다 같이 지도를 쳐다봤다.

지도에는 고보도 대촌락에서 열대지방 리조트가 있는 섬까지의 구역이 기재되어 있었다. 주변 상황이 세세하게 기재되어 있는데…….

"……섬 같은 건, 없는데?"

"맞아. 좀 떨어진 곳에는 몇 개 있지만, 진로 위에는 없어."

"하지만 실제로는 있어요. 나름 큰 섬이 말이죠."

"네! 제가 이 두 눈으로 똑똑히 봤어요! 건물이나 사람이 안 보이는 걸 보면, 무인도일지도 몰라요!"

"포타의 눈은 정확하잖아……. 그래, 무인도구나……."

"혹시 지도에 기재하는 걸 깜빡한 걸까?"

"크기가 상당하니 깜빡했을 것 같지는 않은데…… 혹시 어떤 사정이 있어서 일부러 지도에 싣지 않았다는 건 어때?"

실은 해적들이 보물을 숨겨둔 비밀의 섬이라거나.

아니면 게임에 걸맞게, 비밀 던전이 있는 섬이라거나.

그런 생각이 들자, 가슴이 두근거렸다.

"(어이어이. 어이어이어이어이! 내 취향의 대모험이 시작될 듯한 예감이 들어!)"

이건 혹시 마사토 각성 이벤트? 마사토가 마마코 의존에서 벗어나며 당당히 홀로 서게 해줄, 그 계기가 저 섬에 있는 걸지도 모른다! 소년의 마음이 꿈틀거리고 있었다…….

바로 그때였다.

"저기, 마사토 캡틴~." 찌릿.

"물론, 알고 있죠?" 찌릿.

"윽……."

와이즈와 메디가 불신에 찬 시선을 보내오자, 아까와는 다른 의미에서 가슴이 두근거렸다.

하지만 마사토의 마음을 가장 잘 아는 마마코가 어시스트를 해준다면, 기회는 있다. 「마사코 씨를 이용하는 건」, 「반칙이에요」, 「아야야야」 두 사람이 마사토의 귀를 잡아당기며 저지했다. 기회는 없어졌다.

이렇게 되면 눈물을 참으며, 결단을 내릴 수밖에 없다.

"……알았어. 우리는 이대로 리조트를 향하자. 저 섬에는 상륙하지 말자고."

"정말이지? 거짓말 아니지? 내 눈을 보면서, 약속해."

동료를 믿는 마음을 지니진 못한 여고생 현자가, 마사토의 얼굴을 쳐다봤다.

울컥한 마사토는 와이즈가 착용한 피어스 이어링을 손가락으로 때렸다.

"잠깐만, 뭐 하는 거야! 목숨 다음으로 소중한 프레브니르에, 무슨 짓을 하는 건데?! 이것과 만난 게, 나한테 있어 얼마나 큰 행복인데……!"

"그래그래, 미안해. ……하긴, 그럴 거야."

고개를 돌려서 쳐다보니, 메디는『밤의 축복』을 장비하고 있었다. 포타의 머리에는『행운의 리본』이 매여 있었다.

마사토 또한 그렇게 바랐던 전사 계열 액세서리『구에리에로의 목걸이』를 착용했다. 지금은, 마마코와 뽑은 즐거운 여행을 하고 있는 중이다.

당연히, 무엇을 우선해야 할지 잘 안다.

"우리는 이제까지의 여행 중에서 최고의 행운을 거머쥐며, 최고의 시간을 보내고 있어. 기왕이면 이대로 끝까지 최고의 기분을 맛보고 싶네. ……그러니까, 다른 건 전부 잊고, 이 여행을 마음껏 즐기자."

동료들의 마음을 우선하는 멋진 리더답게, 딱 잘라서…….

"그래그래. 그럼, 본심은 뭐야?"

"솔직하게 말해보세요."

마마코와 포타는 감동한 기색이지만, 와이즈와 메디는 앞으로 나서며 마사토의 얼굴을 뚫어지게 쳐다봤다. 그를 전혀 신용하지 않는 듯한 도끼눈으로 날카롭게 말이다.

"어이. 나, 방금, 꽤 진심을 담아 말했거든?"

"하지만, 실은 저 섬에서 모험을 하면 즐겁겠네~ 같은 생각을 하긴 했지?"

“마사토 군이 마마코 씨보다 활약할 수 있는 무언가가 있을지도 모른다, 같은 기대를 했죠?”

“큭…… 너희는 나에 대해 잘 아는구나…….”

“역시 그렇게 생각했구나. ……이대로 마사토에게 조종을 맡기는 건 위험해.”

“멋대로 저 섬에 착륙할 우려가 있으니까요. 마마코 씨에게 교대를 부탁드리도록 해요.”

“어, 잠깐만 있어봐! 비공정 조종은 내 역할이야! 하늘 관련은 아무한테도 양보 못 해!”

마사토는 반사적으로 조타키에 매달리며, 절대 양보하지 않겠다는 자세를 취했다.

하지만 와이즈와 메디는 물러나지 않았다. 「응석 부리지 마」, 「착한 애답게 빨리 떨어지세요」, 「싫어~!」 두 사람이 마사토의 팔을 잡고, 억지로……!

우직! 떼어냈다.

““““……어?””””

“어머어머, 큰일났네.”

“와앗! 조타키가 뽑혔어요!”

마사토의 손에는 축 부분에서 부러진 조타키가 쥐어져 있었다. 마사토와 아이즈와 메디가 새파랗게 질린 얼굴로 서로를 쳐다본 바로 그 순간이었다.

옆에서 불어온 바람을 맞은 비공정이 오른편으로 크게 기울었다. 자세 제어를 위한 조종은, 할 수 없다.

"잠깐…… 우와아아앗?! 추락하겠어어어어엇?!"

마사토 일행은 갑판에서 미끄러지더니, 그대로 하늘로 내던져졌다.

이대로 있다간 추락한다. 점점 속도가 빨라지면서 아래편을 향해 돌격했다.

하지만 상공에서 추락하고 있는 만큼, 최악의 충돌이 벌어질 때까지는 아직 시간이 있었다.

"우오오오오?! 풍압이 장난 아냐아아아아앗! 얼굴이 아파아아아아아앗?!"

"마 군! 등이 아래편으로 향하게 몸을 돌리렴! 그럼 아프지 않을 거란다!"

"아, 정말이네. 하지만 근본적인 문제는 해결되지 않았어! ……아, 맞다! 와이즈! 전에 동굴에서 추락했을 때, 부유 마법을 쓴 적 있지?! 그걸로 낙하 속도를 줄이면……!"

"지금은 마법서를 장비하고 있지 않아서 마법을 못 써! 메디는?!"

"저도 지팡이를 포타 양에게 맡겨뒀기 때문에, 마법을 쓸 수 없어요!"

"건네드리고 싶지만, 가방에서 꺼냈다간 그대로 바람에 날아가 버릴 것 같아요오오오오!"

"그럼 엄마한테…… 아냐!"

여기는 하늘이다.

"지금이야말로, 천공의 선택을 받은 용사가 그 힘을 발휘할 때라고! 좋아! ……내 힘으로, 모두에게 날개를 부여하겠어! 하앗!"

하늘을 나는 매 포즈를 취하면서, 정신 집중! 동료들의 등에 날개가……!

……생기지 않았다.

"역시 안 되는구나아아아앗! 틀렸어, 추락해애애애앳!"

마사토 일행은 아래편에 보이는 그곳으로…… 지도에 실리지 않은 섬을 향해 추락했다.

섬의 절반은 산악지대. 남은 절반은 녹음(綠陰)에 뒤덮인 지대와 넓은 사막으로 이뤄져 있다.

비공정이 녹지 상공을 지나가고 있었던 것이 불행 중 다행이었다.

"다, 다 틀렸어어어어! 나, 이제 끝이야아아아앗……!"

이 숲을 구성하는 것이 거대 브로콜리라는 점도 행운이었다.

동그란 봉오리가 모여 폭신폭신한 부분이 추락한 물체를 부드럽게 받아줬다.

"꺄아아아앗…… 어? 혹시, 무사……한 게 아니군요?!"

피떡이 되는 건 면했지만, 아직 낙하는 끝나지 않았다.

전체적으로 동그란 표면에서 굴러떨어지면서, 아래편에 있는 브로콜리에 떨어졌다. 봉오리의 동그란 돌기에 몸 곳곳이 걸리면서도, 빙글빙글 회전하며 계속 떨어졌고…….

"와앗, 가방이 걸렸…… 우와앗?! 옷도, 팬티도…… 꺄아아아?!"

겨우 지면이 보이기 시작할 즈음, 다들 몸에 걸친 것을 몽땅 털렸다.

와이즈와 메디와 포타는 안면부터 착지했다. 종점에 도착한 것이다.

"푸읍?! 이, 이게 뭐야?!"

"매우 부드러운 버섯 같군요."

"그게 아니라, 이건……!"

"다들 괜찮아?! 다친 데는 없니?!" 말캉말캉?!

마마코의 가슴 쿠션이다. 끝내주는 탄력에 감싸인 세 사람은 멀쩡히 지면에 내려섰다.

일단 다 같이 포옹을 한 후, 그들은 눈치챘다.

"마마코 씨의 따뜻한 온기가 몸에 스며들어……. 잠깐만, 우리는 알몸이잖아!"

"굴러떨어지면서 모든 장비품을 잃어버린 것 같아요……."

"제, 제 가방이 없어요! 어디 걸려서 잃어버린 것 같아요! 빠빠, 빨리 찾아야 해요!" 허둥지둥.

"괜찮아, 포타 양. 우선 진정하렴. 응?"

허둥지둥 뛰어가려 하는 포타를 상냥히 감싸 안아준 마마코가 등을 쓰다듬어줬다. 포타는 눈물을 닦더니, 곧 마음을 진정시켰다.

"어어어어어?! 내 프레브니르도 없네?! 아아아아앗?! 자, 잠깐만 있어봐?! 잠깐, 어어어어어어어어어어어어어어어어?!"

"괜찮아요, 와이즈 양. 우선 진정하세요. ……에잇."

"끄아?!"

메디는 다급히 뛰어가려 하는 와이즈의 뒤통수를 막대로 때렸다. 「응? 나, 왜 난리를 피운 거였더라?」, 「쭉 잊으세요」 와이즈는 강제적으로 차분함을 되찾았다.

이걸로, 다들 마음을 진정시켰다…….

"와이즈 양과, 메디 양과, 포타 양은 무사하구나. 다행이야. 그럼 남은 건…… 마마마, 마 군은 어디 있는 거지?! 마 군?! 마~ 군~?!" 허둥지둥!

"그러고 보니 마사토의 모습이 보이지 않네……. 어, 마마코 씨?! 진정 좀 해?!"

"마사토 군은 분명 무사할 테니까, 알몸 문제부터 어떻게 하지 않겠어요?!"

"나뭇잎으로 옷을 만들며…… 우왓?! 마마 씨, 기다리세요~!"

마마코가 용수철처럼 그대로 뛰어갔다. 줄지어 있는 거대 브로콜리의 줄기. 그 사이는 식물 천지. 하지만 그런 것을 전혀 개의치 않으며, 마마코는 실오라기 하나 걸치지 않은 채 맹렬히 내달렸다.

"마 군! 마 군, 어디 있니?! 마~ 군~! 마아아아구우우우운!"

사랑하는 자식을 부르는 어머니의 목소리가, 정글에 울려 퍼졌다.

“어…… 목소리가…… 큭.”

마마코의 목소리가 들린 느낌이 들자, 마사토는 천천히 눈을 떴다.

지면 위에 있다. 비행 중인 비공정에서 떨어졌는데도 불구하고, 기적적으로 무사했다.

잠시 기절했던 탓인지, 머릿속이 약간 멍했다. 하지만 몸은 멀쩡했다. 아픈 곳은 없고, 풀의 감촉이 생생하게 느껴졌다. 「어라, 알몸이잖아」 어디에 걸려서 옷이 벗겨진 것 같았다…….

바로 그때였다.

“형씨는 누구고?”

“……어?”

귀엽고 차분한 목소리가 들려왔다. 정신을 차려보니, 마사토의 눈앞에 사람이 한 명 있었다.

포타보다 약간 큰 수준의 앳된 몸집을 지녔으며, 원시적인 가죽옷과 도롱이를 몸에 두르고 있었다. 머리카락은 칙칙한 흰색 느낌의 쇼트헤어다.

한눈에 봐도 귀여워 보이는 얼굴의 볼은 희미하게 붉은색을 띠고 있었다.

그런 상대방은 시선을 돌리고 있었다…… 「어!」 알몸인 마사토는 근처에 있든 나뭇잎을 뜯어서 중요 부위를 일단 숨기며 무릎을 꿇었다.

"으음…… 원주민, 여자아이야?"
"죽고 싶은 기가?"
상대방은 눈을 가늘게 띠며 마사토를 노려보았다. 얼굴과 목소리는 여전히 귀엽지만, 진짜로 화가 난 것 같았다.
"미, 미안해……. 그럼 남자애인 거야?"
"응. 내는 남자데이. 이름은 프라테로. 이 무인도에서 몰래 서바이벌 수행 중인, 남자 중의 남자지. ……그런데, 형씨는 누구고?"
"아, 응. 내 이름은 마사토……."
"잠깐만 있어보그라."
마사토가 자초지종을 설명하려고 한 바로 그때, 발치가 희미하게 진동했다.
둥…… 두웅…… 두우웅…… 진동은 점점 커졌다. 진동의 근원이 다가오고 있는 것 같은데…… 다음 순간, 수풀 너머에서 뛰쳐나온 무언가가 주위를 뒤흔들면서 마사토와 프라테로 앞에 내려섰다.
공격적인 뿔이 달린, 집채만 한 크기의 개구리였다.
"뿔 개구리가. 거물이데이."
"몬스터?! 그것도 너무 거물 아냐?! 큭, 나는 알몸인데!"
"혹시 모르니, 내 도롱이라도 빨리 장비하그라. 내는 가죽 바지를 입었으니, 걱정할 필요 없데이."
프라테로를 도롱이를 벗더니, 마사토에게 건네줬다. 「땡큐!」 조금 작기는 했지만 장비는 가능했다. 희미한 온기가 느껴지는 도롱이를 장비하자…….

마사토의 방어력이 1 상승했다!

"우와아, 너무 빈약한 방어구야……. 그, 그래도, 없는 것보다는 나아! 다음은 나무 막대를 장비하고…… 좋아! 해보자!"

"형씨, 싸울 생각이가?"

"뭐, 뭐어, 솔직히 말해 불안하긴 하지만……. 싸울 수밖에 없잖아! 나는 도망가지 않아! 남자거든!"

"멋진 마음가짐이데이. ……하지만 형씨가 나설 필요는 없는 기다. 내 초강력한 일격에, 바로 끝날 거니까 말이제. ……으냐아아아앗……." 고오오오오!

"방금 그 기합소리는 뭐야? 되게 귀엽네! 하지만 엄청난 아우라가……."

뿔 개구리의 앞에 선 프라테로는 공수도가 같은 자세를 취하며, 힘을 모았다. 꾸욱 말아쥔 조그마한 손에, 투기가 응집됐다.

프라테로의 공격!

"으냐아아앗…… 냐앗."

프라테로의 필살 정권지르기가, 날카롭게 펼쳐졌다.

그 주먹이 거대한 뿔 개구리의 복부에 꽂힌 순간이었다.

폭발음을 연상케 하는 음속을 뛰어넘는 소리만을 남기며, 뿔 개구리의 거대한 몸이 튕겨 날아갔다. 정글을 가르며 날아가더니, 이윽고 모습조차 보이지 않았다.

한참 떨어진 곳까지 구멍이 생겼으며, 공격의 여파에 휘말린 초목이 휘날렸다.

"……어?"

"으음. 나쁘진 않데이."

나쁘지는 않다고 말할 레벨의 공격이 아니었지만, 프라테로는 태연한 어조로 그렇게 말했다.

프라테로는 감촉을 확인하듯 조그마한 손을 쥐락펴락하더니, 멍한 눈길로 마사토를 응시했다.

"형씨. 알몸으로 서바이벌 수행을 하려는 그 의지는 높이 사지만, 무리하지는 말그라. 이 섬에는 몬스터도 있데이. 조심하는 게 좋을 기다."

"으, 응. 알았어……."

"음. 그럼 내는 가보겠데이."

프라테로가 떠나려 했다.

"아, 프라테로!"

"응?"

"방금 일격, 진짜 대단했어! 멋있었다고! 너는 진정한 남자야!"

마사토가 바로 마음을 담아 찬사를 보내자…….

프라테로는 정말 기쁜 것처럼 얼굴을 붉히더니, 엄지를 척 세우며 정글에 생긴 구멍 너머로 사라졌다. 남자 주제에, 역시 귀엽다.

마사토는 얼이 나간 채, 그 조그마한 뒷모습이 사라질 때까지 응시한…….

직후에 퍼뜩 생각났다.

"……어, 어라? 이대로 작별해도, 괜찮은 거야?"

문뜩 생각났다. 마사토는 이 섬에 추락한 조난자다. 장비도 없다.

이 섬에 익숙해 보이는 프라테로에게 도움을 받지 못한다면 위험하지 않을까? 그렇다. 위험하다. 분명 위험하다. 마사토의 얼굴에서 핏기가 싹 사라졌다.

바로 그때였다.

"이쪽에서 마 군의 기척이 느껴져! 이번에야말로 괜찮을 거야! 이쪽이야!"

"아까부터 그렇게 말하면서도 전혀 못 찾았잖아! 좀 진정하란 말이야!"

"너무 당황한 탓에 마사토 군 센서가 제대로 작동하지 않나 봐요!"

"마마 씨! 조금만 진정하세요! 제발 부탁이에요오오오!"

"이 목소리는……!"

근처의 수풀에서, 쑥 튀어나온 이는…….

허리에 두른 나뭇잎 치마. 가슴에는 열대지방의 꽃을 곁들인 나뭇잎 브래지어. 신발 또한 나뭇잎 샌들. 정글의 아름다운 정령 같은 모습을 한, 와이즈와 메디와 포타와…….

전속력으로 뛰어오는 마마코였다.

"마 군, 여기 있었구나! 마~ 군~!"

"아, 다들 무사해서…… 잠깐, 멈춰! 안겨들지 마!"

말해봤자 소용없었다. 「마 군!」, 「푸읍?!」 마사토는 마마코에게 안기고 말았다.

행방불명된 자식을 찾은 모친이 어마어마~한 힘으로 인정사정없이 꼭 끌어안자, 마사토는 마마코의 얼굴에 파묻힌 채 숨을 쉴 수 없었다.

"푸핫?! 나, 나를 죽일 생각이야?!"

"뭐어?! 마 군, 죽을 것 같니?! 큰일 났네! 그럼 이 엄마가 더 꼭 안아줘서, 되살려줘야겠구나!"

"무슨 소리 하는 건지 모르겠네! 포옹 때문에 죽겠다는 소리거든?!"

"마마코 씨! 진짜로 진정해! 마사토를 찾았으니 이제 안심했지? 제발 부탁이니까 진정해! 응?!"

와이즈를 비롯해 메디와 포타도 필사적으로 말린 덕분에, 마마코는 겨우 진정한 것 같았다.

"미, 미안하구나. 이 엄마는 마 군이 정말 걱정되어서……."

"그 마음은 고맙게 생각해. 그래도 진정 좀 하고, 상황을 차분하게 파악하는 거야. 일단…… 다들 무사하지?"

마사토의 말에, 동료들은 힘차게 고개를 끄덕였다. 그것만으로도 꽤 안심됐다.

다시 확인해볼 필요도 없이, 다들 옷을 잃었다. 대여품이었는데…… 일단 그 점에 대해서는 나중에 생각해 보기로 했다.

포타가 숄더백을 가지고 있지 않다는 사실을 알고 무심코 언급할 뻔했지만, 마사토는 꾹 참았다. 그 점을 가장 신경 쓰고 있을 사람은 포타다. 저 침울한 표정을 보면 일목요연했다.

"(우리는 모든 것을 잃은 상태에서, 이 무인도에 있는 거구나.)"

무인도라고 말했지만, 방금…….

"아, 맞다. 다들 내 말 좀 들어봐. 실은 방금 사람을 만났어. 프라테로라는 이름의, 여자애 같은 남자야."

"뭐, 정말? 이 섬에 사람이 사는 거야?"

"아냐. 그 녀석은 서바이벌 수행을 하려고 여기에 온 거라고 했으니까, 이곳은 기본적으로 무인도 같아."

"별난 사람 같지만, 이 섬에 관한 지식과 섬에서의 생활 경험이 있다면 의지하고 싶네요……. 그런데, 그 프라테로 씨는 어디 있죠?"

"그, 그게…… 으음…… 방금까지 같이 있었는데…… 어디 간 건지는, 모르겠어."

그렇게 말한 순간, 와이즈와 메디는 미간을 찌푸리며 『뭐?』 하고 말하는 듯한 표정을 지었다. 아무 말 없이, 도끼눈으로 노려보고 있었다. 비난당하는 느낌이 마구 들었다.

비난당하는 게 당연하다고, 마사토 본인도 생각하지만 말이다.

"아, 아무튼! 내가 하고 싶은 말이 뭐냐면……!"

"무인도에서 대모험을 하자, 같은 말을 하려는 건 아니지?"

찌릿.

"방금 말한 사람처럼, 서바이벌 생활을 하고 싶은 건가요?"

찌릿.

"아니, 저기, 이 상황에서는, 그럴 수밖에 없잖아~! 프라테

일반공격이 전체공격에 2회 공격인 엄마는 좋아하세요? 7

© Dachima Inaka, Iida Pochi, 2018
KADOKAWA CORPORATION
[NOT FOR SALE]

로를 찾으려고 해도 어디 갔는지 모르는데다, 찾으러 다니다간 해가 질 게 뻔하고……!"

"너는, 재수 좋게, 네 취향의 모험을 할 기회를 손에 넣은 거구나." 찌릿.

"비공정에서 저희가 굴러떨어진 것도, 마사토 군의 책략이었다는 설이 있어요." 찌릿.

"그건 사고잖아! 아니, 오히려 너희 둘이…… 그건 됐어! 아무튼 우리는 이 상황에서 살아남기 위해, 해야만 하는 일이 있다는 거야!"

마실 물과 식량 확보. 휴식을 위한 거점 확보. 중요한 일이다.

"(서바이벌 생활을 하게 되어 가슴이 뛰는 것도, 사실이긴 하지만 말이야!)"

마마코에게 과보호받고 있는 마사토 자신에게 활기를 불어넣어 줄, 대모험을 할 기회라고 몰래 생각하고 있기는 했다.

프라테로가 할 수 있는 것을 보면 마사토도 분명 할 수 있을 거다, 같은 경쟁심 같은 것도 느끼고 있었다.

마사토의 그런 생각은 일단 제쳐두더라도, 필요한 것이란 점은 사실이니까…….

"그래. 이 엄마는 마 군의 말이 옳다고 생각한단다."

"오오! 이해해줬구나! 역시 우리 엄마야!"

"우후후, 고마워. 그럼 즉시……."

"응! 그럼 바로, 목숨을 건 서바이벌 생활을 시작하자! 걱정하지 마! 이럴 때야말로 남자가 나설 차례거든! 내가 활약해서…… 어, 어라? 엄마? 어디 가는……."

마마코는 걸음을 옮기더니, 수풀을 헤치며 주위를 둘러봤다.

유심히 보니, 크기와 형태가 다르기는 해도 무와 당근, 토마토와 오이 같은 잘 아는 채소가 잔뜩 존재했다. 사과와 귤 같은 과일로 자라고 있는 것 같았다.

"이렇게 보니, 정글 안에는 먹을 수 있을 만한 것들이 잔뜩 있네. 안심해도 되겠어. 우후후."

식량 확보, 완료.

"으음…… 뭐, 먹을 거라면 있겠지! 채소 정글 안이니까 말이야! 하, 하지만 마실 물을 확보하는 건 쉽지 않을 거야! 하지만 내가 어떻게든……!"

"물은 성검이 없더라도 부탁하면 어떻게 되지 않을까? …… 만물의 어머니 되는 대지여……. 부탁이야……. 물이 없으면, 귀여운 아이들에 곤경에 처할 거야……. 부디 힘을 빌려줘."

마마코는 대지에 손을 대며 소망했다.

그러자, 눈앞의 지면이 장거리에 걸쳐 움푹 파이면서 강변의 자갈 같은 것으로 뒤덮이더니, 물이 샘솟았다. 눈 깜짝할 사이에 작은 시내가 생겨났다.

"이건 마셔도 되는 물일까. 포타 양, 감정해주겠니?"

"네! ……으으음…… 이건, 참 깨끗한 물이에요! 마셔도 돼요!"

물 확보, 완료.

"말도 안 돼. 성검이 없어도 힘을 쓸 수 있다니……. 크…… 하지만, 아직 멀었어! 거점 확보! 이건 나무를 자르고 세워서 만들어야 한다고! 이런 힘쓰는 일이야말로 나를 위해 준비된 시련이라고 해도 과언이 아냐……!"

"만물의 어머니 되는 대지여, 부탁을 하나 더 해도 될까……. 이 정글에서 아이들이 안심하고 지낼 수 있는 집 같은 게 필요해……. 부디 힘을 빌려줘."

대지에 손을 댄 마마코가 또 소망했다.

그러자, 주위에 자라던 거대 브로콜리의 줄기가 스스로 잘려 나가더니, 건축자재처럼 가공됐다.

"……어?"

못질하지 않고 집을 짓는 목수의 초절정 기술처럼, 한 치의 오차도 없게 만들어진 자재가 결합하더니…… 멋진 별장이 완성됐다. 3층 건물이고, 넓은 테라스가 있으며, 별장처럼 호화로웠다.

거점 확보, 완료.

"…………어?"

"와아! 순식간에 집이 세워졌어요!"

"다들 안으로 들어가자꾸나."

"역시 마마코 씨야. 믿음직하다니깐~. ……자, 마사토."

"마사토 군. 들어가죠."

"…………아, 네……."

상큼한 미소를 머금은 와이즈와 메디가 상냥히 어깨를 두드려주며 등을 밀자, 마사토는 그대로 별장 안으로 걸음을 옮겼다.

걸어 다녀도 나무가 삐걱거리는 소리가 들리지 않을 만큼 완벽하게 지어진 복도를 나아가보니, 방이 여러 개 있었다.

우선 거실. 나무 테이블과 나뭇잎으로 된 소파 등, 가구도 완비되어 있었다. 게다가…….

"앗, 옷도 있잖아! 갈아입을 옷도 있어! 진짜 기쁘네!"

"저희가 입고 있던, 바캉스용 옷과 똑같은 디자인이네요."

"만물의 어머니 되는 대지가, 신경을 써준 것 같네. 참 다행이야. ……그럼 일단 옷부터 갈아입자. 욕실은 있을까. 방이라도 괜찮은데……."

"저는 다른 방이 보고 싶어요!"

"우후후. 그래. 옷 갈아입고, 방을 둘러본 후, 밥을 먹자."

여성들은 손에 옷을 들더니, 즐겁게 수다를 떨며 거실에서 나갔다.

그리고…….

몸에서 힘이 빠진 마사토는 소파에 몸을 맡기며 하늘을 올려다보았다.

"………………………………………………………………무인도에서 서바이벌 생활, 은 무슨……."

마사토의 눈에서, 눈물 한 방울이 흘러내렸다.

바로 그때, 밖에서는…….

별장을 살펴보고 있는 2인조가 있었다.

"안에 들어간 사람들, 오오스키 마마코 일행 맞지?"

"나뭇잎 옷에~, 도롱이 차림이었지만~, 틀림없어~."

수풀 속에서 고개를 살짝 내민 이들은, 호랑이처럼 흉포한 인상의 소녀와 요염하고 음탕한 눈동자를 지닌 여성이었다.

숨는다고 숨었는데도 티가 팍팍 나는 저 모습만 보면 상상이 안 되겠지만, 그녀들은 반항조직 리벨레 사천왕으로 군림하고 있는 아만테와 소레라다.

"섬의 상공을 날던 비공정에서 뭔가가 떨어지는 모습이 보였는데…… 설마 그게 오오스키 마마코 일행이었다니……."

"이렇게 멋진 별장까지 짓다니~, 대체 무슨 속셈일까~. 진짜 민폐라니까~. ……어쩔래~? 확 습격할까~?"

"글쎄……. 무기가 없어 보였고, 포타의 가방도 안 보였으니까…… 무장하지 않은 지금이, 절호의 기회일 것 같기는 한데……."

아만테는 잠시 생각에 잠긴 후, 고개를 저었다.

"아냐. 직접 공격했다간, 우리 존재를 들킬 게 뻔해. 지금은 피하자. ……그것도 그럴게, 이 섬에는……."

"그래그래~. 일일이 설명 안 해도 돼~. 알고 있거든~. 확실히~, 위험하긴 해~. 우리가 왜 여기 있는 걸까~ 하면서 섬을 조사하기라도 하면 최악이잖아~."

"오오스키 마마코 일행이 우리의 존재를 눈치채지 못한 채, 빨리 이 섬에서 나가줘야만 해. 그걸 위한…… 좋은 아이디어 없어?"

"으음~…… 아직 좋은 생각이 안 나네~……."

얼굴을 마주한 두 사람은 퍼뜩 떠올렸다.

"그럼 일단 돌아가서, 셋이서 상의하는 건 어때?"

"그거야~. 셋이서 생각하면, 좋은 아이디어가 떠오를 게 틀림없어~. 그런 의미의 속담이 있었던 것 같은데~……."

"백지장도 맞들면 낫다, 말이구나."

"왠지 더 망할 것 같은 느낌이 드는데~, 내 기분 탓일까~?"

수풀에서 빠져나온 아만테와 소레라가 걸음을 옮겼다.

다른 한 명의 사천왕과 합류하기 위해서…….

MASATO OOSUKI SPECIAL SKILL

용사 오오스키 마사토의 필살기 개발 1

내가 대활약하기 위해서는 역시 필살기가 필요할 것 같아. ……참고로 와이즈는 필살기가 있어? 마법 봉인 당하기 말고 말이야.

그건 필살기가 아니거든? 열받네~. 하지만 나한테는 『연속마법』이 있으니까, 안습한 마사토보단 나아.

와이즈

『연속마법』…… 2회 연속으로 마법…… 즉, 2회 공격이구나. 좋은 기술을 가지고 있잖아, 와이즈 주제에.

흐흥~. 가르쳐줄까? 그럼 내 앞에 넙죽 엎드려서 『와이즈 님, 부탁드립니다!』 하고 말해봐. 자, 빨리~.

와이즈

아니, 사양하겠어. 너처럼 공격을 봉인 당하는 개인기까지 익혔다간 곤란하거든.

개인기 아니거든?!

와이즈

제2장
우리가 주거지로 삼았으니 이제 무인도가 아니라 유인도지만, 신경 쓰지 마.

무인도에서 맞이하는, 첫 아침이 밝았다.

일찍 눈을 뜬 마사토는 편안한 침대에서 나온 후, 알로하 셔츠와 반바지로 갈아입고 방을 나섰다.

"무인도에서의 서바이벌 생활은 완전히 물 건너갔네……. 하지만, 이 상황에 안주하면 안 돼……. 혹독한 환경 속에서, 엄마에게 의지하지 않는 강한 나 자신을 만들어내는 거야……. 하다못해 뭐든 하나 정도는 내 힘으로 해내고야 말겠어……."

마사토는 결의를 다지며 현관으로 향했다.

누구에게도 의지하지 않는 고고한 늑대가 된 심정으로, 밖을 향해…….

"어머, 마 군. 오늘은 일찍 일어났구나. 평소처럼 아침 수련을 하려는 거니?"

부엌에서 아침 식사를 준비하던 마마코가 마사토의 기척을 여유롭게 감지하더니, 고개를 빼꼼 내밀었다.

"아, 그게 말이야. 포타의 가방을 찾으러 가는 김에, 겸사겸사 가볍게 트레이닝을 하고 올게."

"너무 멀리 가지는 마. 이 엄마는 맛있는 아침 식사를 준비

해놓고 기다릴게. 조심해서 다녀오렴."

"아, 응…… 다녀오겠습니다."

밥 같은 건 됐어, 하고 말하지 못할 만큼 길들고 만 자기 자신한테 화가 났다.

우선 가방부터 찾아보기로 했다. 마사토는 별장 주변의 정글을 나아갔다. 아침 이슬에 젖은 잎을 몸으로 헤치면서 말이다.

"윽, 생각보다 차갑네……. 우왓, 거미집! 어, 이상한 벌레가 있잖아?!"

딱히 겁먹은 건 아니지만 몸에 닿으면 위험할 것 같았기에, 마사토는 나무 막대로 식물을 헤치며 나아갔다.

그렇게 별장을 중심으로 수색 범위를 서서히 넓혀가면서, 건물이 보이지 않는 곳까지 와봤지만…… 가방은 보이지 않았다.

"쉽게는 못 찾을 것 같네. 어쩔 수 없지. 일단 가방은 나중에 찾기로 하고…… 트레이닝부터 하자."

탁 트인 장소로 이동한 마사토는 천천히 나무 막대를 치켜들었다.

검도의 정안(正眼) 자세를 취하며, 정신 통일.

"(느껴봐……. 내 안의 남자를, 야생의 힘을 느끼는 거야.)"

마음이 고조되어가는…… 바로 그때였다.

왼편의 수풀에서 부스럭거리는 소리가 났다. 「앗, 누구냐!」 마사토는 주저 없이 나무 막대를 치켜든 후, 그 소리가 들린 곳을 향해 휘둘렀다.

그 순간, 수풀 안에서 조그마한 두 팔이 쑥 튀어나오더니,

진검 맨손 잡기의 요령으로……!

따악. 막대가 명중한 후에, 두 손이 허공을 움켜잡았다.

"훗……. 형씨, 꽤 한데이."

모습을 드러낸 이는 칙칙한 흰색 쇼트헤어 머리로 나무 막대를 받아낸, 프라테로였다. 멍해 보이는 눈가에는 눈물이 희미하게 맺혀 있었다.

"어이! 몬스터인줄 알았더니, 너였구나! ……저기, 미안……!"

"빈틈 발견."

사과하려던 순간, 프라테로가 수풀에서 뛰쳐나왔다. 「으냣」, 「우왓?!」 안면을 향해 정권지르기가 날아왔다.

마사토는 무심코 숙이려던 머리를 들어 올려서, 직격을 면했다.

"어이어이. 나는 솔직하게 사과하려고 했는데, 이런 식으로 인사하는 거야?"

"남자와 남자의 인사는 이런 식이면 충분하다 아이가. 자, 형씨. 덤벼보그라."

"아, 나는 일전에 너한테 도움을 받았으니까……."

"고맙다는 말 같은 건 내한테 아무런 도움이 안 된데이. 그것보다 아침 수련 상대가 되어주는 게 백 배는 낫다 아이가. ……자, 형씨. 덤벼보그라. 봐주면서 싸워주께."

봐주면서 싸워준다는 말을 들은 순간, 마사토는 발끈했다.

프라테로도 도발할 생각으로 한 말이었던 건지, 마사토의 반응을 보고 히죽 웃었다.

"그래…… 그럼, 사양하지 않겠어."

느긋한 분위기와 다르게, 이런 식의 도발을 아무렇지 않게 해대는 녀석이다.

마사토는 나무 막대를 고쳐쥐었다. 프라테로도 원시적인 가죽옷의 소매를 걷으며 준비를 마쳤다.

두 사람은 전투태세를 취한 후, 정정당당히…….

"으냣."

프라테로의 주먹이 마사토의 턱을 노렸다.

꽤 날카롭지만, 팔이 짧았다. 마사토는 뒤편으로 물러나며 가볍게 피했다.

"남자끼리의 인사니까, 진지하게 싸우겠어!"

"응. 바라는 바데이."

마사토는 답례 삼아 날카롭게 파고들더니, 수평으로 막대를 휘둘러 공격했다. 하지만…….

프라테로는 예상 이상으로 몸이 가벼웠다. 조그마한 몸이 마사토의 시선보다 높은 위치까지 뛰어오르더니, 그대로 그의 안면을 향해 발차기를 날렸다.

마사토는 즉시 팔로 공격을 막아낸 후, 밀어냈다.

"으냣?"

"유감이지만! 하늘의 적은, 내 사냥감이야!"

공중에서 균형을 잃은 프라테로를 향해, 마사토가 공격을 펼쳤다. 나무 막대가 상대의 복부에 명중했다!

프라테로에게 1 대미지를 가했다!

"어엇?! 내 공격, 1 대미지?! 어어엇?!"

"솔직히 말해, 얼간이데이. 다음은 내 차례다. ……으냐아아아앗……."

프라테로가 힘을 모으기 시작했다. 조그마한 주먹에, 강렬한 아우라가 응집됐다.

거대한 몬스터를 간단히 날려버린, 그 공격이 날아온다!

"(정통으로 맞으면 안 돼! 피하자!)"

마사토는 즉시 뒤편으로 물러났지만, 프라테로의 움직임이 빨랐다. 순식간에 간격이 좁혀졌다.

프라테로의 공격!

"으냣."

귀여운 기합을 지르며 날린 필살의 정권지르기가 마사토의 복부에 명중!

마사토는 1 대미지를 입었다!

"……어? 1 대미지?"

"역시 형씨 상대로는 기술이 제대로 발동 안 되는 기가……으그극……."

"네 공격은 혹시 특정 상대에게만 먹히는 거야? 다른 이들에게는 이렇게 안습한 느낌이고?"

"응."

프라테로는 고개를 끄덕였다. 순수하고 솔직한 녀석이다.

"뭐야. 나를 얼간이 취급해놓고…… 너야말로 얼간이잖아."

"형씨보다는 낫데이. 형씨 정도라면 여유롭게 이길 수 있다 아이가. 지금은 장비가 없어서 못하는 기다."

"나, 나도! 피치 못할 사정으로 장비가 없거든?! 그래서 대미지가 1밖에 안 되는 거야! 그렇게 된 거라고!"

서로가 같은 레벨. 같은 수준의 저 레벨.

그런 안타까운 인식이, 두 사람의 거리를 단숨에 줄여줬다.

"이제 알았으니까…… 에잇!"

"으냣."

마사토의 공격, 나무 막대가 프라테로의 방어를 뚫으면서 옆구리에 명중했다.

하지만 프라테로는 움츠러들기는커녕, 답례라는 듯이 마사토의 옆구리에 펀치를 꽂았다.

서로가 1 대미지를 입었다!

역시 둘의 실력은 꽤나 낮은 레벨에서 균형을 이루고 있었다.

"으냣, 으냣, 으냣."

"이게, 이게, 이게!"

마사토의 수평 베기! 프라테로가 재빨리 회피!

프라테로의 정권지르기! 마사토가 나무 막대로 방어!

마사토의 대각선 베기! 프라테로의 어깨에 명중! 1 대미지!

프라테로의 보디블로! 마사토의 복부에 명중! 1 대미지!

"(프라테로…… 너는, 최고야! 너야말로, 내가 갈구하던 같은 레벨의 라이벌이야!)"

"(내도 그렇데이. 같은 레벨인 형씨와 싸우니, 정말 끝내주게 재미있다 아이가.)"

공방이 이어지는 가운데, 두 사람은 시선으로 이야기를 나눴다……. 같은 레벨의 강자끼리, 몇 시간 넘게 이렇게 열띤 싸움을 이어갔다…….

그런 느낌이 들었지만, 실은 10분 정도만 흘렀을 뿐이다.

"허억, 허억…… 오, 오늘은……."

"이, 이쯤에서, 봐주꾸마. 감사하그라…… 으냐……."

체력이 바닥난 마사토와 프라테로는 동시에 쓰러져서 바닥을 뒹굴었다.

그렇게, 싸움의 여운을 즐겼다. 서로가 아무 말 없이, 최고의 라이벌을 찾았다고 하는 뜨겁고 기쁜 감각에 빠진 채…….

잠시 후, 프라테로가 몸을 일으킨 것 같았다.

"……벌써 가는 거야?"

"응. 문제의 장소도 확인했고, 형씨를 만나서 수행도 했다 아이가. 아침 안에 끝내고 싶었던 일은 다 끝냈데이."

"문제의 장소…… 아냐. 묻지 않겠어. 남자가 사소한 일을 신경 쓰면 안 되지."

"응. 형씨는 역시 남자데이. 잘 아네."

프라테로는 기쁜 듯이 그렇게 중얼거린 후, 돌아갔다.

"아, 맞다. 지금 이 섬에는 성가신 녀석들이 어슬렁거린데이. 형씨도 조심하그라."

"성가신 녀석들? 누구를 말하는 건지 모르겠지만…… 알았어. 아무튼 조심하겠어."

"응. 그럼 또 보재이. 같은 레벨의…… 마, 마음의 친구여."

프라테로는 멍해 보이는 얼굴을 붉히면서 엄지를 치켜들더니, 그대로 뛰어갔다.

"마음의 친구라니…… 무슨 소리를 하는 거야."

어이없다는 듯이 그렇게 중얼거리면서도, 마사토는 썩 싫지 않다는 듯이 엄지를 마주 치켜들었다.

"흐흥~, 흐흐흥~. 마음의~, 친구~."

"마 군, 외출하고 돌아온 후로 기분이 좋아 보이네. 무슨 좋은 일이라도 있었니?"

"으음, 그게 말이야~. ……조심스럽게 말해 최고의 기분이야. 하하."

"어머, 그게 다행이구나. 우후후."

아침 식사 자리. 다이닝룸의 식탁 위에는 밥, 된장국, 생선구이, 채소 절임 등이 놓여 있었다. 음식이 담긴 식기 또한 나뭇잎이 아니라 제대로 된 접시와 그릇이었다.

"쌀도, 된장도, 육수도, 식기도, 이 별장에 비치되어 있었구나. 어머니 되는 대지의 힘은 엄청나네~. 서바이벌 느낌이 하나도 안 나~. ……하지만, 됐어. 하하. 이건 은어야? 간 무와 간장과 함께 먹으니 밥이 술술 넘어가네. 하하하."

"배부르게 먹으렴. ……어머나, 밥풀이 입가에 붙었잖니."

마사토는 히죽거리면서, 즐거워 죽겠다는 듯이 아침을 우걱우걱 먹었다. 옆에 있는 마마코 또한 아들의 볼에 붙은 밥풀을 떼어서 먹으며 빙그레 웃었다.

한편, 맞은편에 앉은 와이즈와 메디와 포타는 미심쩍은 표정을 짓고 있었다.

“저기, 뭐가 어떻게 된 거야? 어제만 해도『내 서바이벌 생활은 끝났다』하고 말하면서 좀비보다 더 썩어 있었잖아.”

“너무 활기차서 기분 나쁠 정도군요. ……이상한 버섯이라도 먹고 착란 상태에 빠진 걸까요……. 포타 양이 보기엔 어떤가요?”

“으으음…… 상태 이상은 아닌 것 같아요! 마사토 씨는 정상이에요!”

“아니, 뭐가 정상이라는 거야. 누가 봐도 이상하잖아.”

“휴우~. 배부르네. 잘 먹었습니다~.”

“응. 맛있게 먹어줘서 고마워.”

마사토는 자기를 살피는 시선을 전혀 개의치 않으며, 식후의 녹차를 즐겼다. 차를 한 모금 마신 후, 「……후우……」하고 기분 좋은 한숨을 내쉬었다.

식사와 뒷정리를 마친 후, 마사토가 이야기를 꺼냈다.

“식사를 마쳤으니 앞으로의 일정에 관해 이야기하고 싶은데 말이야. 어? 우선 내 의견을 먼저 듣고 싶어? 좋아, 그럼 나부터 말할게.”

“우리는 아무 말도 안 했어.”

“알아, 안다고. 일단 내 이야기 좀 들어. ……우리는 짐을 잃어버렸어. 그러니 우선, 포타의 가방을 찾아야 해.”

"네! 꼭 찾아야만 해요!"

"하지만 정글 안에서 가방 하나를 찾는 건 쉬운 일이 아니에요. 저희가 낙하지점에서 여기까지 어떻게 이동했는지도 기억하지 못하니까요……."

"이 엄마가 당황한 나머지 무턱대고 뛴 바람에 그렇게 된 거야. 정말 미안하구나."

"아냐. 오히려 잘 됐…… 어험어험……. 아, 아무튼, 수색은 난항을 겪고 있어. 그러니 우리는 이 섬에 일정 기간 머물 수밖에 없는 거야. 그렇지? 응?"

내가 진심에서 우러난 미소를 지으며 동의를 구하자…….

미심쩍어 죽겠다는 듯한 표정을 지은 와이즈가 「여성 팀, 집합」 마사토 이외의 멤버를 모아서 쑥덕거리기 시작했다.

"혹시 마 군은 이 섬에 오래 있고 싶은 걸까?"

"그런가 봐……. 뭔가 이유가 있는 게 틀림없어 보이는데……."

"그 이유는 제쳐두고, 저희로서도 잘 됐군요. 지금이 이야기할 타이밍 아닐까 싶어요."

"네! 마사토 씨도, 찬성해줄 거예요!"

"응? 뭐야. 무슨 일 있어?"

여성 팀이 마사토 앞에 한 줄로 섰다.

"저기, 마 군. 우리도 마 군에게 해줄 이야기가 있단다."

"어, 듣고 싶어? 어쩔 수 없네. 그럼 들려줄게."

"나는 아무 말도 안 했어."

"어젯밤, 마사토 군이 살아있는 시체가 되어 있는 사이에 저희가 상의를 좀 해봤는데 말이죠…….”

“이 무인도를 리조트로 만들어서, 다 같이 바캉스를 하는 건 어떨까 싶어요!”

“……이 섬을 리조트로 만들어서, 바캉스?”

여성 팀이 환한 미소를 지으며 고개를 끄덕였다.

“이 섬에는 물이 있고, 먹을 게 있고, 기온도 딱 적당하잖아?”

“생활 면에서 문제없는 데다, 아무도 손대지 않은 자연이 있죠……. 웬만한 리조트보다, 훨씬 멋진 장소예요. 그러니…….”

“리조트 개발을 하려는 거야? ……아니, 그러려면 목수가 필요할 거잖아. 대체 어떻게…….”

“무슨 소리야, 마사토. ……여기 계신 분이 누구신지 모르는 거야?”

와이즈와 메디와 포타가 그분을 둘러싸며 손을 흔들었다. 마치 눈부시게 빛나고 있다는 듯한 연출이었다. 뭐, 일단 그건 제쳐두고…….

그분, 마마코는 빙긋 웃었다.

“다 같이 바캉스를 하는 게 이번 여행의 목적이었잖니? 하지만 사고로 인해 남쪽 섬에 못 가게 됐으니…… 그 대신, 여기서 한다면 멋질 것 같지 않아?”

“어머니의 힘으로, 후딱 개발해버리려는 거구나…….”

“참고로 말하자면, 환경 파괴를 할 생각은 없어. 만물의 어머니인 대지에게 부탁해서, 피해가 가지 않도록 만들 생각이야. 그리고 정글을 개척하다 보면 가방도 찾을 수 있지 않겠어?”

"저희가 마음만 먹으면 할 수 있는 일까지 어머니의 힘으로 해결하는 건, 마마코 씨로서도 좀 내키지 않나 봐요. 그러니 가방 수색은 저희가 직접, 개발과 동시 진행 느낌으로 하는 거죠."

"리조트를 만들고, 제 가방을 찾아서, 축하 바캉스를 하는 거예요! 마사토 씨, 어떠세요?!"

방긋방긋, 두근두근, 반짝반짝. 기대에 찬 시선을 받으면서…….

마사토는 뇌를 풀가동했다.

"(또 어머니의 힘이 맹위를 떨치는 건…… 솔직히 불만이지만…….)"

바캉스를 하게 되면, 이 섬에 머무는 기간이 늘어날 것이다.

가방은 자력으로 찾는다는 점도 나쁘지 않다.

"(그 녀석과 보물찾기 경쟁을 해도…… 재미있을지도 몰라.)"

프라테로라면 분명 이렇게 말할 것이다. 『낭만적이데이. 형씨, 남자의 피가 끓제?』 하고 말이다. 그리고 남자 대 남자의 승부를 하면서 또 우정을 확인하는 것이다.

나쁘지 않다. 아니, 매우 좋은 일이다. 마사토는 고개를 끄덕였다.

"좋아. 그럼……."

"뭐, 마사토의 의견을 들어볼 것도 없이 마마코 씨가 찬성해준 시점에서 결정 났거든? 그럼 리조트 개발을 시작하자!"

"어이, 내 의견! 뭐, 됐어! 이런 취급에는 이미 익숙해졌다고!

……아, 맞다! 실은 오늘 아침에도 프라테로와 만났는데……!"
"그럼 갈까요. 우선 바다부터 손보기로 했죠?"
"응. 가방을 찾을 거면 숲을 뒤지는 편이 좋겠지만…… 바다에 가서, 확인해보고 싶은 게 있단다."
"마마 씨가 신경 쓰이는 게, 저도 신경 쓰여요! 바다부터 시작해도 괜찮을 거라고 생각해요!"
"저기, 다들? 내 이야기 좀 들어줄래? 이 섬에 성가신 자들이 있다는 이야기를……."
"리조트 개발을 시작하자! 우선…… 해수욕장부터 만드는 거야!"
""""오오~!""""
"오오~ 가 아니라, 부탁인데 내 이야기 좀 들어달라고!"
마사토를 따돌리는 듯한 기세로, 다들 행동을 개시했다.

별장을 나선 일행은 방향 감각에 의지해 바다로 향했다.
「나뭇잎 성가셔!」, 「아, 몬스터예요!」, 「성가시군요! 해치워버리겠어요!」, 「내 차례는……」「어머어머」 리조트 바캉스에 눈이 먼 소녀들 앞에서는 정글도, 괴물도 무력했다.
하지만 리조트 개발에 너무 집중한 나머지, 그들은 미처 눈치채지 못했다.
악한 자들에게 감시당하고 있다는 것을…….
"……움직이기 시작했어."

"그래~. 기운이 넘치네~."

별장 옆의 수풀에, 아만테와 소레라가 숨어 있었다.

"바다로 향하는 것 같은데~, 목적이 뭘까~?"

"이유는 모르겠지만…… 아무튼, 멋대로 돌아다니게 두는 건 곤란해."

"맞아~. 바다는 그나마 괜찮지만~, 숲으로 이동해서~, 깊숙한 곳에 들어가는 건~, 좋지 않아~."

"그렇게 되기 전에 우리가 재들을 숲에서 쫓아내는 거야……. 정체불명의 원주민으로서 말이지."

아만테는 품속에서 나뭇잎으로 만든 기묘한 가면을 꺼내서 썼다.

복장 또한 조직의 코트가 아니라, 동물 가죽으로 만든 원시적인 옷차림이었다.

소레라도 나뭇잎 가면을 쓰면서 변장을 마쳤다.

"작전을 일일이 설명 안 해도, 알지?"

"원주민 행세를 하며~, 『이 섬, 우리 성지! 외부인, 나가!』 해서~, 나가게 하는 작전이잖아~. 알아~."

"하지만 최악의 경우에는 실력행사도 불사하는 거야. 그런 생각으로…… 어?"

두 사람의 등 뒤에서, 소리가 들려왔다. 뭔가가 초목을 헤치며 다가오고 있다.

처음에 보인 것은 창 같은 무언가…… 그것은 뿔이었다.

검고 뾰족하며 거무튀튀하게 빛나는 뿔이 달린 머리, 선황

색을 띤 두툼한 몸통.

코끼리처럼 거대한 벌레, 헤라클레스 장수풍뎅이가 나타났다.

"이 몬스터는…… 후후후. 마침 잘됐네. 이 녀석을 타고 오오스키 마마코 일행의 앞에 멋지게 등장하는 거야."

"오오~, 정체불명의 힘을 지닌 원주민 느낌이라~, 좋네~. 타자, 타~."

두 사람은 거대 장수풍뎅이의 머리에 올라탔다. 탑승 완료.

그럼…….

"자, 소레라. 오오스키 마마코 일행이 있는 곳으로 향하도록, 이 녀석에게 명령을 내려!"

"뭐~? 무슨 소리야~? 아만테가 명령하는 거 아니었어~?"

"응? 너야말로 무슨 소리야. 이건 소레라가 준비한 몬스터잖아."

"나 아닌데~? 아만테잖아~?"

서로가, 의아한 표정을 지으며 서로를 쳐다봤다.

""……어?""

그 순간, 거대 장수풍뎅이가 날개를 펼치며 맹렬하게 날기 시작했다.

"자, 잠깐만 있어 봐! 그럼 이건, 우리 수하가 아닌 거야?!"

"그런 것 아닐까~?! 그것보다~, 이제 어떻게 되는 거야~?!"

"어떻게 되냐니, 그건…… 히익?!"

그리하여, 지나가던, 몬스터가 아닌 평범한 거대 곤충은…….

아만테와 소레라를 머리에 태운 채, 산을 향해 날아갔다.

한편.

"휴우, 도착했구나……. 여기까지 오면서 아무 일도 없으니, 김새는걸."

마사토 일행은 해안에 도착했다.

원만한 포물선을 그리는 모래사장. 그 끝에서, 태양의 빛을 반사하며 빛나고 있는 바다. 수평선 끝 또한, 투명한 푸른색을 띠고 있었다.

야자나무 아래에는 야자게가 있었다. 자기보다 커다란 열매에 깨문 채…… 데굴데굴 구르고 있었다.

바다다.

"오오! 모래 알갱이가 별 모양이야! 별모래라는 거구나!"

"영어로 『스타 샌드』라고 불리는, 별 모양을 한 원생생물의 사체군요." 빙긋.

"어이, 누가 저 바닷가 음험 소녀의 입 좀 다물게 해."

정서 보호를 위해 도움을 요청했지만, 구조의 손길은 없었다.

와이즈 일행은 즉시 리조트 개발을 시작했다.

"여기서부터 엄청 긴 다리를 만든 다음, 그 끝에 수상 별장을 만드는 건 어떨까?"

"좋은 생각이구나. 해외여행 카탈로그에서 그런 풍경을 본 적이 있는데, 직접 가볼 기회가 없었거든. 가슴이 뛰네. 우후후."

"저도 그런 곳에 묵어본 적이 없어요! 한 번쯤 묵어보고 싶어요!"

"그치그치? 자, 결정! 그럼…… 마마코 씨!"

와이즈와 포타가 차렷을 하더니, 고개를 꾸벅 숙였다.

""잘 부탁드립니다!""

"응, 맡겨주렴."

우선 가까운 어머니에게, 부탁이 닿았다.

마마코는 바닷가에 서더니, 몰려오는 파도에 손을 담갔다.

"만물의 어머니인 바다여……. 당신도 어머니라면, 내 마음이 이해될 거야……. 여기서 바캉스를 한다면, 다들 기뻐할 게 분명해……. 그러니 부탁이야. 힘을 빌려줘."

마마코의 부탁이 녹아들면서 밀려오는 파도를 타더니, 바다에 전해졌다……고 생각했지만…….

갑자기 그 소망이 담긴 파도가, 바다에 빨려들며 사라졌다.

"……어머?"

"어? 잠깐만, 이번에는 뭐야! 어떻게 된 건데?!"

"바다 밑바닥으로 빨려 들어간 것 같아요!…… 아앗! 구멍이 뚫렸어요!"

와이즈와 포타가 첨벙첨벙 소리를 내며 다가가 보니, 얕은 물가의 바닥에 구멍이 뚫려 있었다. 인간이 쑥 빠질 수 있을 듯한, 꽤 큰 구멍이다.

포타가 구멍 안을 쳐다보니, 안에서 뭔가가 꿈틀거렸다.

"와아앗, 뭔가 있어요! 이, 이이이, 이건……?!"

"이건? 뭔데?"

"몬스터예요오오오!"

포타가 고개를 들며 외친 바로 그때였다.

구멍에서 물이 힘차게 뿜어져 나왔다. 와이즈와 포타가 거기에 휘말리더니, 몸이 허공을 춤췄다. 「어어?!」, 「와아앗?!」, 「와이즈 양! 포타 양!」 마마코가 다급히 손을 뻗었지만, 닿지 않았다. 두 사람이 모래사장으로 날아갔지만…….

"……어? 푸웁?!"

낙하지점에 마사토가 있어서 다행이었다. 두 사람은 무사히, 마사토의 뒤통수와 등에 엉덩이부터 안착했다.

"으~! 정말! 마사토의 머리는 딱딱해서 착석감이 별로야!"

"원래 착석하는 곳이 아니라고~! 엉덩이 치워, 엉덩이!"

"마사토 씨, 죄송해요! 그래도 덕분에 살았어요!"

"아, 응. 포타는 계속 앉아있어도 돼. 내 등은 숙녀를 위한 방석이거든."

그런고로, 「그럼 저도 실례할게요」, 「그럼 이 엄마도 실례할게」, 「자, 잠깐만?!」 메디와 마마코까지 앉더니, 그대로 한숨 돌렸다. 쿠션이 된 사람은 부드러운 감촉을 즐기고 있었다.

"잠깐만, 장난치고 있을 때가 아니잖아! 마사토, 빨리 일어나! 위험해 보이는 몬스터 때문에 리조트 개발의 소망이 바다에 전해지지 않아!"

"어이, 진짜야?! 그럼 그 말부터 하라고! 하앗!"

마사토가 엉덩이와 작별을 고하며 몸을 일으켜 보니, 몬스터가 있었다.

조개다. 폭이 마사토의 키만 한, 몸집이 그의 두 배는 되어 보이는 쌍각류 조개다.

얕은 물가에서 천천히 모습을 드러낸 조개는 사방으로 물을 튀기며 드러누웠다.

"저게 뭐야! 바지락이냐?! 대합이냐?!"

"으음~, 엄청나게 크긴 해도 바지락 같네. 저걸로 된장국을 몇 인분이나 끓일 수 있을까?"

"바지락 된장국은 최고잖아! ……자, 다들! 빨리 이 녀석을 해치우고, 해변에서 된장국 파티를 하자! 오오~!"

와이즈의 말에, 누구도 호응하지 않았다.

"잠깐만, 왜 『오오~!』 해주지 않는 거야! 분위기 되게 못 맞춰주네!"

"유감이지만, 된장국은 별로거든……. 시푸드 BBQ라면 완전 찬성이지만 말이지! 다들, 전투 개시!"

괴물 바지락만으로 배 채울 것을 각오하면서…….

마마코와 포타가 뭔가를 상의하는 모습을 곁눈질하면서…….

마사토는 나무 막대를 주워들고 돌격했다. 하지만 상대는 조개다. 딱 봐도 단단해 보였다.

"(껍질을 공격해봤자 소용없어! 그렇다면!)"

적의 움직임에 주의하면서 접근한 다음, 조개가 벌어진 순간에 「지금이다!」 나무 막대를 그 틈에 세웠다. 이게 바로 버팀목 작전이다.

"껍질 안에 틀어박혀 있어봤자, 좋을 게 없어요! 제 경험에서 우러난 조언을, 받아들여 주세요!"

메디도 내 뒤를 따르더니, 나무 막대를 찔러 넣었다. 더블 버팀목으로 괴물 바지락이 입을 다물지 못 하게 했다.

꿈틀거리는 식용 부분이 괴로운 듯이 버둥거리더니…… 곧 부들부들 떨기 시작했다.

"어, 이 느낌은…… 와이즈! 네 차례야!"

"뭐? 나? 아니, 나는 지금 마법을 못 쓰니까, 공격을 할 수 없는데……."

부들부들 떠는 괴물 바지락한테서 기묘한 진동이 뿜어져 나왔다.

마사토에게는 효과가 없었다. 메디에게도 효과가 없었다.

와이즈는 마법을 봉인 당했다.

"오늘도 한 건 했네, 와이즈! 멋진 안습함이야!" 빙긋.

"마법을 봉인 당하는 데 있어선 이제 장인의 경지에 이르렀군요." 빙긋.

"너희들! 헛소리 좀 작작해애애애애!" 버럭.

흉포화해서 달려드는 와이즈의 대응은 메디에게 맡기기로 했다.

자, 그럼.

"뭔가, 결정타가 필요한데…… 엄마와 포타는 뭘 꾸미고 있는 거지?"

두 사람은 마사토의 뒤편에 있는 모래사장에 있었다.

그녀들의 발치에는 바닷가에 굴러다니던 나무로 만든 원이 있었다.

다른 세 사람이 주의를 끄는 사이에, 준비를 마친 것 같았다.

"어이, 포타. 엄마. 요리 준비, 슬슬 끝났어?"

"네! 언제든 오케이예요!"

"어머나. 마 군은 이 엄마의 생각을 눈치챘구나. 참 기뻐."

"모자지간의 이심전심이란 거야. ……아까 먹는 이야기를 할 때부터 예상을 하긴 했는데…… 그럼……."

"응. 뒷일은 이 엄마에게 맡겨주렴."

마마코는 물가에 서더니, 두 손을 바다에 적셨다.

"만물의 어머니인 바다여……. 아까 저 조개 씨가 한 것처럼, 퓨웃~ 좀 부탁할게."

그 부탁을, 바다가 들어줬다.

괴물 바지락의 주위에 있던 바닷물이 일제히 빠지더니, 맹렬한 기세로 다시 밀려들면서 그 거대한 몸을 하늘 높이 날렸다. 괴물 바지락은 마사토 일행의 머리 위편을 지나면서 그대로 날아가더니…….

두웅, 하며 나무로 만든 원 중앙에 떨어졌다.

곧 마마코는 모래사장에 손을 대며 부탁했다.

"만물의 어머니 되는 대지여……. 귀여운 아이들이 바닷가에서 BBQ를 하고 싶다고 해. 그러니 힘을 빌려줘."

그 부탁을, 대지가 들어줬다.

지하의 마그마가 매우 한정된 공간에서만 샘솟더니, 지면을 뜨겁게 달궜다. 그 위에 있는 건 나무로 만든 원이었다. 그 결과, 나무에 불이 붙었다. 괴물 바지락 직화구이 스타트.

이제는 차분히 기다릴 뿐이다.

"어차피 이 세상은 약육강식. 잘 가, 조개. 고마워, 조개."

"얘들아. 너희가 고대하던 BBQ란다."

"와아~! 정말 기대돼요! 불이 꺼지지 않나 제가 지켜볼게요!"

"식재료를 꼬치에 꽂아 구워야 BBQ지만…… 뭐, 됐어."

"우후후. 사소한 걸 신경 쓰지 말렴. ……그럼 이 엄마는 다른 일 좀 하고 올게."

"다른 일?"

흉포화한 와이즈 VS 메디의 공방전을 미소 띤 얼굴로 바라보던 마마코는 다시 물가에 섰다. 그리고 손을 물에 적시며 소망했다.

"만물의 어머니 되는 바다여…… 몇 번이나 부탁해서, 정말 미안해. ……하지만 귀여운 아이들을 위한 일이니까…… 멋진 해상 별장을, 부탁할게."

그 부탁이, 이번에야말로 이뤄졌다.

떠내려온 나무로 된 긴 다리와 별장이 바다 속에서 떠오르더니 모래사장 끝에 설치됐다. 지금은 물에 젖어 있지만, 하늘에서 쏟아지는 찬란한 햇빛에 금방 마를 것이다.

"그럼 리조트 개발 계획의 첫걸음, 프라이빗 비치는 완성됐네."

"너무 간단히 해냈네……. 엄마의 힘에는 한계가 있긴 한 거야?"

마사토는 해상 별장과 다리와 마마코의 등을 쳐다보면서, 얼이 나갈 수밖에 없었다…….

바로 그때, 마사토는 문뜩 보고 말았다.

"……대지도 그랬지만, 바다도 마찬가지구나……."

딱히 신경 쓸 만한 일은 아니고, 뚫어지게 쳐다볼 것도 아니지만…….

혼잣말을 중얼거리는 마마코의 목덜미에서 등으로, 땀방울이 흘러내리고 있었다.

그것도 한 방울이 아니였다. 차례차례, 몇 방울이나 흘러내렸다.

"(엄마가 이렇게 땀을 흘린 적이, 있었나? ……내 기억에는 없어.)"

전투를 치르느라 운동량이 상당한 마사토보다 땀을 더 많이 흘리는 것 같았다.

"……뭐, 됐어."

그것보다, 코끝을 스치는 해산물의 맛있는 향기에 이끌린 마사토는 마마코의 곁을 벗어났다.

그로부터, 얼마 후…….

"허억, 허억…… 겨, 겨우 여기까지 왔네……."

"그 장수풍뎅이, 너무 빠르잖아~! 게다가 산꼭대기까지 날아갔어~! 산을 내려와서~, 정글을 지나~, 여기까지 오느라 지쳐버렸잖아~! 우우~!"

"지친 건 나야! 소레라는 나한테 업혀있기만 했잖아!"

"하지만~, 내 마법서로 날다간~, 들킬지도 모르는걸~. 아만테도~, 이러는 편이 빠를 거라며~."

"그렇지만! 큭, 석연치 않아!"

그래도 아만테는 소레라를 계속 업고 이동했으며, 또 원주민으로 변장한 두 사람은 모래사장에 도착했다.

"아무튼, 오오스키 마마코 일행을 찾자. 바다로 향하는 것 같던데……."

"으음~…… 어디 있지~……."

주의 깊게 주위를 둘러보니 바다가 있었고, 모래사장이 있었으며…….

수상 별장과, 다리와, 희미하게 온기를 뿜는 거대한 조개껍질이 눈에 들어왔다.

"못 보던 건물이 있네……. 그리고……."

"앗~! 저 껍질은~, 경비를 위해 여기 배치해뒀던 애잖아~!"

"그래, 맞아. ……설마, 오오스키 마마코 일행에게 잡아먹힌 거야?!"

"틀림없어~! 맛있게 냠냠한 거야~! 정말~, 우리 비상식량이기도 했는데~!"

"큭…… 그리고 핵심인 오오스키 마마코 일행은 보이지 않아……. 바다에서 놀고, 식사를 한 후, 어딘가로 이동한 걸까……. 그렇지만……."

아만테는 수상 별장과 다리를 쳐다보며 생각에 잠겼다.

"이 섬에서는 어머니의 힘을 쓰기 어려울 텐데…… 그런데도 오오스키 마마코는 저걸 만들어낸 거야? ……성검을 가지고 있지 않으니, 대지와 바다의 가호를 충분히 끌어내지 못할 텐데…….”

그런데도, 해냈다는 건?

마마코의 힘에 한계는 없다는 의미?

“정말 무시무시한 상대야. ……얼마나 무섭다고 생각하는지는 일일이 설명하지 않겠지만 말이지.”

“설명 안 해도 돼~. 어차피 본인들은 여기 없는 걸~. ……그것보다~, 좀 더 이 주위를 조사해보자~.”

“그래. ……침입자 격퇴용 함정은 작동하지 않은 걸까?”

아만테는 떨어지지 않으려 하는 소레라를 업은 채로 야자나무가 있는 장소로 향했다.

그 아래에는 자기보다 커다란 열매에 들러붙은 야자게가 데굴데굴 굴러다니고 있었다.

“여기가 틀림없어. 이 괴상한 움직임에 관심을 가지고 다가가면…….”

“위에 있는 야자열매가~, 떨어지게 되어 있잖아~.”

“그래. 하지만 저건 단순한 야자열매가 아니라…….”

두 사람이 올려다보니, 야자열매가 떨어지면서 맹렬한 빛을 뿜고…….

쿠아아앙~!

멀찍이서 폭발음 같은 게 들려온 느낌이 들었다.

"응? ……으음~…… 기분 탓일까."

아마 그럴 것이다. 잘 들리지도 않았고 말이다.

마사토 일행은 현재 수상 별장이 있는 곳에서 해안을 따라 섬을 돌아보고 있었다.

이곳도 소음이 엄청났다. 공사 중이기 때문이다.

"만물의 어머니 되는 대지여……. 이 길을 조금만 더 넓혀 줘……. 부탁해도 되겠어?"

마마코가 대지에 손을 대며 부탁하자, 정글 안에 만들어진 보행로의 확장 공사가 시작됐다. 길옆에서 자라던 초목이 땅울림 소리를 내면서 옆으로 이동했고, 빈 곳에 돌 타일이 깔렸다.

섬 중앙부로 이어지는 넓은 길이 순식간에 완성됐다.

"휴우…… 와이즈 양. 이 정도면 어떠니?"

"완벽해! 계획대로야! 마마코 씨가 있으니 못 할 게 없네~."

"우후후. 도움이 됐다니 기쁘네. 그럼 다음은…… 어머머."

몸을 일으킨 마마코가 비틀거리면서 뒤편에 있는 마사토에게 안겼다.

"어이쿠. 엄마, 왜 그래? 현기증이라도 났어?"

"미, 미안해. 발을 좀 헛디뎠단다."

"아, 사과할 일은 아닌데…… 그것보다, 땀을 엄청나게 흘리잖아."

"응. 너무 후끈해서 땀이 줄줄 흐르네."

정글 안이 후덥지근하기는 하지만, 그래도 땀을 너무 흘리는 것 같았다.

마마코의 어깨를 잡은 마사토의 손바닥이 촉촉이 젖을 정도였다.

"……저기, 엄마?"

"마 군, 고마워. 그럼 가자. 길을 만들었는데, 다음은 어쩔 거니?"

"저 안쪽에 호텔이나 가게 같은 리조트 시설을 만들면 어떨까? 마마코 씨 생각에는 어때?"

"멋진 생각이구나. 그렇게 하자."

"좋아. 결정됐으니까, 고~ 고~!"

"고~ 고~."

"고~ 고~, 가 아니라, 좀…… 뭐, 됐어."

의기양양하게 걸음을 내딛는 마마코 씨를 선두 삼아, 세 사람은 보행로를 나아갔다.

그 앞에서는 먼저 이동한 메디와 포타가 주변을 조사하고 있었다.

"여기가 이 길의 끝이니까…… 뭐랄까, 상징이 될 만한 것을 설치하고 싶네요……."

"네! 분수나…… 아, 마마 씨의 조각상을 설치하는 건 어떨까요!"

"좋은 생각이에요. 이 리조트의 창조주를 칭송하는 의미에서, 거대 석상을 설치하죠."

섬 중앙부에, 마마코의 거대한 석상이 설치된다.

그 광경을 상상했을 뿐인데, 마사토는 머리가 지끈지끈 아팠다.

"거기 두 사람, 잠깐 멈춰봐. 부탁이니까 다시 생각해봐. 아들인 나를 배려해달라고."

"문뜩 고개를 들어보니 눈에 들어오는 어머니의 석상. 이 섬의 어디에서라도, 문뜩 고개를 돌리면 눈에 들어오는 어머니의 모습. 멋지군요." 빙긋.

"하하하! 음험하기 그지없는 미소네! 나를 놀리려는 의도도 포함되어 있구나! 절대 인정 못 해!"

"그럼 마마코 씨. 호텔과 다른 시설, 그리고 석상을 부탁드립다~."

"자기 석상을 만들려니 좀 멋쩍지만…… 일단, 힘 좀 내볼게."

"잠깐만, 힘 안 내도 돼!"

마사토가 손을 뻗으며 말리려 했다.

그 손과 교차되듯, 옆에서 얇은 무언가가 뻗어왔다.

"응? 이건…… 덩굴?"

덩굴이다.

마치 의지를 지닌 것처럼, 꿈틀거리고 있었다.

"우왓?! 마, 마사토 씨, 큰일 났어요! 주위를 둘러보세요!"

"주위…… 우왓?! 이게 뭐야?!"

어느새 주위는 덩굴로 뒤덮여 있었다. 뱀처럼 꿈틀거리고 있는 흉흉한 색깔의 덩굴이 마사토 일행을 향해 고개를 치켜들고 있었다.

“이 녀석들, 설마 몬스터야?! 어이, 다들! 조심해!”

“정글에서, 덩굴…… 잠깐만, 위험한 상황 아냐?! 특히 우리 같은 미소녀한테는 너무 위험해!”

“저희의 손발을 휘감고, 번쩍 들어 올려서, 꽁꽁 묶은 후…… 비명을 지르는 저희를 조롱하듯, 덩굴을 옷 안으로…… 아앗! 거기는 안 돼요!”

“저는 비전투로 등록되어 있으니까…… 우왓! 덩굴이 저한테도 다가와요!”

무수한 덩굴이 악의를 긍정하듯, 비웃음 소리 같은 나뭇잎 스치는 소리를 내며 밀려왔다!

다음 순간!

“어머? 꺄아!”

일제히, 마마코를 휘감았다!

자칭 미소녀들은 무사했다.

“응. 뭐, 이렇게 될 것 같긴 했는데……. 하아…… 이 녀석들, 뭘 모르네~.” 쳇.

“싫다고 말하면서도 마음속으로 기대하고 있는, 여자의 복잡한 마음을 이해해주면 좋겠어요.” 쳇.

“어이, 거기 둘! 여자애답지 않게 혀나 차고 있을 때냐!”

“마마 씨가, 큰일 나겠어요!”

“덩굴이 옥죄어…… 하응!”

가느다란 덩굴 여러 가닥이 마마코의 손발을 휘감았고, 가슴과 엉덩이도 휘감으면서 그대로 들어 올렸다. 「어머나! 싫

어!」 파고들어선 안 되는 부분까지, 파고들었다. 마마코가 버둥거릴수록, 더 옥죄어들었다.

마마코의 몸도 위험하지만, 솔직히 말해 시각적으로 위험천만했다. 아들은 도저히 쳐다볼 수 없는 광경이었다.

한편, 당당히 쳐다보고 있는 이들도 있었다. 주위에 있는 초목이었다. 꽃과 나뭇잎 부분, 그리고 거대 브로콜리의 줄기 부분에도 눈알이 생겨나더니, 마마코의 모습을 엉큼한 눈길로 응시하고 있었다.

"설마, 이 숲 자체가 몬스터인 거야?! …………크! 다들, 빨리 엄마를 구하자! 아무튼, 저 덩굴을 어떻게 해야 해!"

나무 막대로 덩굴을 힘껏 후려쳤다! 「하응!」, 「우왓?!」 그 진동이 전해진 건지, 마마코의 입에서 괴상한 소리가 흘러나왔다.

"젠장, 타격 공격으로는 안 돼! 청각적으로도 위험한 상황이 벌어져! 저 덩굴을 끊을 수 있는 걸 가진 사람 없어?!"

"아무것도 없어! 나는 마법서가 없어서, 마법을 쓸 수 없단 말이야!"

"으으으…… 죄송해요……. 제가 가방을 잃어버린 바람에……."

"포타 양. 괜찮아요. 지금은 마마코 씨를 구할 방법만 생각해요."

"그래, 포타! 안심해도 돼! 엄마라면 성검이 없더라도…… 아, 맞다! 대지의 힘으로 어떻게 할 수 있을 거잖아! 엄마, 내 말 맞지?!"

"그, 그렇게 생각해서 아까부터 부탁해봤는데, 전해지지 않는 것 같아…….”

“맞아, 대지에 몸이 닿아야 가능하지! 그렇다면……!”

마사토는 주위에서 뻗어온 덩굴을 향해 몸을 날리더니, 마마코 쪽으로 잡아당겼다. 큰 효과는 없는 것 같지만 말이다.

다른 이들도 마사토와 마찬가지로 덩굴을 잡아당겼다.

“하나, 둘, 셋! 오에스! 오에스!”

“오에스! ……그러고 보니 말이야! 줄 당길 때 외치는『오에스』는 무슨 말이야?”

“일설에 따르면 프랑스어라고 해요! 뱃사람들이 줄을 당겨서 돛을 올릴 때 외치는 구호인『Oh hisse』가 어원이라더군요!”

“메디 씨는 박식하네요! 대단해요!”

“의문이 풀렸으니 한 번에 당기자! 하나, 둘, 셋!”

전원이 힘을 합쳐서 덩굴을 당기자, 허공에 들린 마마코가 아래편으로 내려왔다. 적절히 위치를 조절해서, 조금만 더 당기면 손이 대지에…….

닿았다!

“엄마!”

“응! ……만물의 어머니인 대지여…… 당신도, 이런 짓을 당하면 화날 거야……. 아이들 앞에서, 어머니를 묶어놓고 이런 짓을 하는 나쁜 애들에게…… 따끔한 벌을 내려주자!”

그런 쪽 취미가 없는 어머니의 분노가, 발동했다……!

같은 시각.

"정말~! 자기가 만든 함정에 자기가 걸리다니~, 아만테는 너무 바보야~! 이름을 확 바보만테로 바꿔~!"

"보러 가자고 한 건 소레라잖아?! 자기를 감싸준 사람한테 그런 소리를 해?! 내 반사 스킬이 아니었으면 이렇게 멀쩡하지 못했을걸?! 조금은 고마워하란 말이야!"

"그래그래, 고마워, 땡큐~. 그것보다~, 어서 가자~. 자~, 마마코 씨가 이딴 길까지 만들었잖아~. 빨리 손을 안 쓰면 큰일 날 거야~."

"나도 알아! 정말!"

나뭇잎 가면을 쓴 원주민으로 분장한 2인조가 정글에 깔린 보행로에 도착했다. 아만테와 소레라였다.

두 사람은 타깃을 찾으면서, 정글 안쪽으로 나아갔다.

"오오스키 마마코 일행은 이 길을 따라간 것 같네. ……후후후, 잘 됐어."

"맞아~. 이 앞에는~, 비장의 함정이 있잖아~."

"그래. 일일이 설명할 필요는 없겠지만, 이 앞에 있는 숲의 식물들은 전부 몬스터이며, 두 번 다시 이 섬에 오고 싶지 않을 정도로 철저하게 괴롭…… 어?"

지면을 통해 희미한 진동을 감지한 아만테는 고개를 들어서 쳐다봤다.

떨어진 곳에 있는 거대 브로콜리의 줄기가 부풀어 오르더니, 표면에 창문 같은 부분이 생겨났다. 마치 타워 맨션 같았다.

그 앞에 있는 무와 당근 같은 거대한 뿌리채소도 솟아오르더니, 겉모습이 주거지 같은 형태로 바뀌었다.

그리고…….

"어머머~? 뭔가가 이쪽으로 오네~?"

"저건……."

정글의 식물이다. 꽃과 풀, 채소, 덩굴 등 몬스터 식물들이 뿌리 부분을 필사적으로 움직이며 무리 지어 달리고 있었다. 아니, 도망치고 있었다.

그 대이동의 뒤편에서는 이변이 발생하고 있었다. 발이 느린 식물들이 차례차례 보행로 옆으로 빨려가더니…… 덩굴로 만든 펜스나 꽃 모양 가로등, 여러 열매가 맺히는 길 안내 간판 등으로 변했다.

"몬스터를 이용해서~, 길을 꾸미고 있는 것 같은데~……."

"설마, 이건 오오스키 마마코의…… 이딴 생각할 시간에, 우리도 빨리 도망우왓?!"

도망치기엔 이미 늦은 아만테와 소레라는 몬스터 식물의 대이동에 삼켜지고 말았다.

거대 브로콜리로 된 고층 호텔과 대형 채소로 된 각종 별장. 각 건물에는 숙박객이 자유롭게 이용할 수 있는 샘물 풀장이 딸려 있었다.

과일 형태의 가게 여럿이 모여 복합 시설도 탄생했다.

또한, 새하얀 대리석으로 만든 마마코의 거대 석상도 출현했다.

이것으로 완성.

"이거야! 이게 바로 우리가 갈구하던 리조트야!"

"계획 입안부터 한나절 만에, 드디어 완성됐네요. 감개무량해요."

"저, 기뻐요! 만세~! 만세~!"

이 멋진 리조트 설비를 본 소녀들은 감동에 사로잡혔다.

그에 반해, 마사토는 약간 질린 것 같았다.

"몬스터에게 벌을 주는 김에, 건축 자재로 변화시켜 이용하다니…… 어이없다 못해, 감격을 넘어서…… 아무 말도 못 하겠네."

새하얗게 빛나는 마마코의 석상을 올려다보면서, 마사토는 깊은 한숨을 내쉬었다.

그리고 당사자가 어쩌고 있는지 보니…….

지면에 주저앉아서, 어깨를 들썩이며 거친 숨을 내쉬고 있었다.

"……하아…… 하아……."

"어라…… 어, 엄마? 괜찮아?"

"응? 아…… 응. 괜찮아, 마 군. 걱정하지 마. 이 엄마는 멀쩡하단다. 자, 보다시피 기운이 넘쳐."

마마코는 가녀린 팔로 알통을 만드는 포즈를 취하더니, 빙그레 웃었다.

평소와 다름없는 미소를 지어 보인 마마코는 땀을 비 오듯 흘리면서도 「영, 차」 하며 몸을 일으켰다.

"휴우. 이걸로 리조트는 완성된 거지?"

"아, 응. 뭐, 그런 것 같아. 다른 애들도 만족한 것 같고……."

그렇게 생각한 순간, 느긋한 목소리가 들려왔다. 「마마코 씨~! 잠깐 좀 봐~!」 와이즈가 또 무슨 생각이 난 걸까. 눈이 욕망으로 번들거리고 있었다.

"저 녀석, 또 뭘 하려는 거야. 이제 됐잖아. ……엄마는……."

좀 피곤해 보이니까, 쉬라고 말하려 했지만…….

당사자는 마사토의 등을 살며시 두드려주며 그의 말을 막았다.

"마 군. 괜찮단다. 정말 괜찮아."

"아무리 괜찮더라도…… 저기, 뭐랄까……."

매우 간단한 한 마디지만…….

"(걱정이 된다는 말을 하고 싶은 건데…….)"

그 한 마디가 좀처럼 입에서 나오지 않았다.

그리고 이어진 마마코의 말에, 마사토는 그 말을 삼킬 수밖에 없었다.

"마 군. 이 엄마는 말이지? 너희를 위해서라면 뭐든 할 수 있을 것 같단다. 힘이 샘솟아. 마 군이 있으면, 엄마 파워는 무한대야."

"무슨 말도 안 되는…… 아니, 게임 세계에 온 후로 엄마는 기본적으로 말도 안 되는 짓을 간단히 해내고 있지만 말이야."

"그러니까 마 군은 얼마든지 이 엄마한테 어리광을 부려도 돼. 듬뿍, 마음껏, 사양 말고 어리광을 부리렴. 그러면, 이 엄마는 기운이 나. 그러니까, 괜찮아."

또, 『괜찮아』다. 그리고, 빙긋 웃었다.

"(엄마가 이렇게까지 말하니까…… 괜찮은, 거겠지?)"

과연 어떨까. 고민된다. 괜찮은 것 같으면서도, 이러면 안 될 것 같은 느낌도…….

생각에 빠져 있을 시간은 끝났다. 소녀들이 다가왔기 때문이다.

"무슨 이야기를 하는 거야? 우리도 끼워줘."

"……별거 아냐~. 네 용건이나 말해~."

"그럼 말하겠는데…… 마사토, 아니지, 마마코 씨!"

"엄마를 언급하기 전에 꼭 나를 언급해야겠냐~."

"어머, 와이즈 양. 무슨 일이니?"

"가게가 많으니까 말이야. 우리가 가게의 오너가 되어서 영업해보는 건 어떨까? 재미있지 않겠어?"

"무인도에서 영업? 바보 아냐? 손님이 없잖아. ……아얏."

와이즈는 쳐다보지도 않고 마사토의 발을 정확하게 밟았다.

"여기는 마마코 씨가 만든 리조트잖아. 손님도 금방 모여들지 않겠어? ……그러니까 마마코 씨. 내가 옷가게, 메디가 화장품 가게, 포타가 트로피컬 주스 가게, 그리고 마마코 씨가 호텔 오너를 맡는 게 어때?"

"어머, 좋은 생각이네. 참 재미있겠어. 찬성이야."

"어, 내 가게는……?"

“좋아, 결정! 그래서 마마코 씨에게 부탁이 있는데…….”

“각각의 가게에 취급할 상품과 비치품을 어머니의 힘으로 만들어낼 수 있을까요?”

“무리가 아니라면, 부탁드리고 싶어요! 어떤가요?!”

“으음~, 그렇네…….”

마마코는 잠시 고개를 갸웃거리며 생각에 잠긴 후…….

“좋아. 필요한 걸 전부 갖춰볼게. 우후후.”

빙긋 웃으며 오케이했다.

“좋아. 그럼 리조트 개발 계획, 제2탄! 시작하자!”

“““오~!”””

와이즈의 말에, 메디와 포타와 마마코가 호응했다. 다들 의욕이 불타고 있었다.

마사토를 제외하고 말이다.

“……나만 따돌리는 거냐.” 침울.

“그, 그럴 생각은 없어요!”

“아, 아냐, 마 군! 그런 게 아니란다! ……와이즈 양, 내 말 맞지?!”

“물론이야. 마사토한테는 중요한 역할을 맡길 거야.”

“호오, 그게 뭔데?”

“마사토는 도롱이를 가지고 있어. 그리고 여기는 바다에 둘러싸인 낙원……. 그렇다면 해야 할 일은 하나잖아……. 밤의 어둠을 붉게 물들이는, 최고의 엔터테인먼트……. 그래……, 파이어 댄스 담당으로 임명하겠어!” 파이어!

"도롱이 가지고 사람이 할 일을 정하지 말라고~."

"방금 말은 농담이에요. 실은 마사토 군이 원래 가장 하고 싶어 했던 일을 맡길 생각이죠. 이뤄지지 않는다는 걸 알고 산 송장이 될 만큼, 하고 싶어 했던 일이 있잖아요?"

"내가 하고 싶어 했던 일? 그건……."

메디의 미소를 보고, 마사토는 눈치챘다.

"……서바이벌이구나."

"그래요. 그걸 위한 어트랙션 에어리어를 만들면 어떨까요?"

"흐음……."

정글 안의 일정 구역을 서바이벌 생활 에어리어로 삼는다.

필요한 일은 범위를 정하는 것뿐이다. 비품 등을 준비할 필요는 없다. 아니, 오히려 방해가 된다.

"(그럼 엄마가 힘을 쓰지 않아도 될 테니, 그쪽으로 걱정할 필요가 없겠지…….)"

그렇게 피가 끓고 힘이 샘솟는, 남자의 야생을 자극하는 체험을 할 수 있다면…….

"……나쁘지 않은 이야기인걸."

"나쁘지 않은 정도가 아니라, 최고잖아. 솔직하게 말해."

"최~, 고~, 입니닷!"

"좋아. 그럼 결론 난 거네. ……그렇다면, 우선……."

"서바이벌 에어리어를 지정하자! 어디가 좋으려나……. 이 근처는 몬스터가 없어서 재미가 별로니까…… 어디 좋은 장소가 없는지 찾아보고 올게! 우랴아아압!"

"어, 잠깐, 마사토?!"

마사토는 힘차게 뛰어갔다. 아름다운 폼으로, 해변으로 이어지는 보행로를 열심히 뛰어갔다.

머릿속에는 갈망하던 서바이벌 생활의 이미지와, 마음의 친구의 모습이 떠올라 있었다.

"혹독한 자연 속에서 자기 자신을 다시 단련하며 펼치는, 남자와 남자의 배틀! 크으~, 흥분되네!"

마사토는 정신없이 뛰어갔다.

엉덩이를 쑥 내민 자세로 덩굴 펜스에 얽혀 있는, 원주민 복장을 한 여성 두 명의 옆을 지나치면서 말이다.

"서바이벌, 시작~!"

마사토는 고개조차 옆으로 돌리지 않으며 달려갔다.

"아, 가버렸네……. 하아, 바보라니깐."

"정말 기쁜가 봐요. 와이즈 양 덕분이에요."

"어머. 서바이벌 아이디어를 내놓은 사람은 와이즈 양이었니?"

"어, 아, 으음…… 포타 아니었나~……."

"제가 아니라, 와이즈 씨예요! 어떻게 해야 마사토 씨가 즐거워할지, 진지하게 생각, 우으으읍?"

"포~타~? 그런 말 안 해도 되거든~? 응~?"

포타의 볼을 조물조물해서 입 다물게 만든 후…….

손으로 얼굴을 가리며 볼의 열기를 식힌 와이즈가 입을 열었다.

“그럼 이야기는 이쯤에서 끝내고, 행동을 개시하자. 우선…….”

“뭘 만들면 되겠니? 얼마든지 말해보렴.”

“고마워, 마마코 씨. 하지만 그게 아니라…… 리조트 개발 제2탄을 시작하기 전에, 포타의 가방부터 찾자. 더는 마마코 씨에게 무리를 시킬 수 없거든.”

“뭐……?”

마마코는 무심코 움찔했다.

와이즈와 메디와 포타가 한 줄로 서더니, 고개를 꾸벅 숙였다.

“미안해, 마마코 씨. 정말 잘못했어.”

“응? 갑자기 왜 그러니?”

“성검이 없는 상태에서 대지의 힘을 쓰면, 엄청나게 지치지?”

“이곳의 건물을 만들고 나서는 바로 일어서지 못할 만큼 지쳐 보였어요. 어쩌면 수상 별장을 만들 때부터…… 더 일찍 눈치챘어야 했어요. 정말 죄송해요.”

“그, 그렇지 않단다. 괜찮으니까…….”

“괜찮지 않아요! 마마 씨는 마사토 씨와 저희를 위한 일에서는 무리를 해가면서 힘내잖아요! ……그러니까, 솔직하게 말해줬으면 해요!”

세 소녀가 진지한 표정으로 마마코를 응시했다.

얼버무릴 생각이었던 마마코는 결국 체념하더니, 미안해하듯 미소 지었다.

“실은, 그렇단다. 평소보다 더 지치는 것 같아……. 뭐랄까…… 평소 같으면 한 꼬집이면 충분한데, 지금은 큰 수저로 몇 술이나 넣어야 하는 느낌이랄까?"

"아~, 으음…… 이런 엄청난 일들도, 마마코 씨한테는 요리할 때와 비슷한 느낌인 거구나."

"하지만 성검만의 문제는 아닌 것 같아. 확실히 부족한 느낌이 들기는 하는데……. 그것보다…… 가스레인지의 레버를 돌려서 센 불로 했는데, 약한 불만 나오는 듯한…… 수도꼭지를 최대한 틀었는데, 물이 조금씩만 나오는 듯한……."

"마치 코가 간지러운데 재채기가 안 나는 느낌인가요?"

"에, 에취! 정말, 메디가 그런 소리 하니까 재채기가 났잖아~."

"뭐든 제 탓으로 돌리는 와이즈 씨는 제가 책임지고 처리하겠어요."

"혹시, 뭔가가 막힌 느낌인가요?!"

"막혔다…… 맞아……, 뭔가가 방해하는 느낌이 들어. 이 섬에 뭔가가 있는 걸까?"

마마코는 그렇게 말하며 고개를 돌렸다.

그녀의 시선은 떨어진 곳에 있는 깎아지른 듯한 산을 향하고 있었다.

"하지만, 명확하게는 모르겠으니까…… 우선 너희의 호의를 받아들여, 장비부터 갖추도록 하자. 개발 제2탄은 그 후에 하는 거야."

"결정~. 그럼 지금 바로 포타의 가방을 찾으러 가자."

"우선 저희의 낙하지점부터 찾아봐야겠군요. 어디쯤일까

요……. 정글에 있는 별장에서 그렇게 멀지는 않은 장소일 것 같은데 말이에요……."

"그럼 일단 돌아가는 편이 나은 거 아냐?"

"네! 정글을 통과하려다간 길을 헤맬 것 같아요!"

"일단 안전을 우선하자. 오오~."

일행은 이동을 개시했다. 섬의 번화가 에어리어를 등진 후, 보행로를 따라 나아갔다.

걸음을 옮기면서도, 입을 다물지 않는다. 그것이 여성의 소양이다.

"그건 그렇고, 와이즈 양도 참…… 우후후."

"마마코 씨? 갑자기 왜 웃는 거야? 내가 뭐 했어?"

"와이즈 양이 마 군을 생각해주는 게 기뻐서 말이야. 우후후."

"잠깐만, 그 이야기는 됐어! 끝! ……따, 딱히, 그렇고 그런 의미에서 생각하는 게 아니라……!"

"와이즈 양이라면 대환영이란다. 엄마 면접에서도 합격. 그래…… 마 군과 와이즈 양의 집은 2세대 주택으로 하는 게 어떨까?"

"갑자기 동거 계획?! …… 아, 그래도 동거 상대가 마마코 씨라면 환영일 것 같아."

"그런 거라면, 저도 꼭 입후보하고 싶어요."

"저도 마마 씨와 같이 살아보고 싶어요!"

"어머어머. 그럼 메디 양과 포타 양도 한 지붕 아래에서 같이 사는 거구나……. 누가 마 군과 결혼할지는 그 후에 정해야겠네. 우후후."

"집안일은 완벽, 배틀에서도 무적, 최강 무적의 엄마와 동거하는 게 주목적이라 마사토는 덤 취급…… 그 녀석은 결국 그런 취급이나 당할 운명인 거네……. 힘내, 마사토."

가혹한 숙명을 짊어진 용사를 떠올리며, 와이즈는 말없이 마음속으로 기도를 올렸다…….

바로 그때였다.

"……어? 저게 뭐지?"

와이즈는 문뜩 그것을 봤다. 보행로 옆의 덩굴 펜스에 뭔가가 튀어나와 있었다.

동그랗고, 가죽에 뒤덮여 있으며 어렴풋이 금이 가 있는 무언가였다. 그런 것이 두 개 있었다.

"이게 뭐지? 복숭아? ……복숭아치고는 크고, 형태가 이상한데……."

"왜 그래요? ……이건……."

와이즈는 메디와 함께 얼굴을 쑥 내밀며 그것을 살펴봤다.

일단 움켜쥐어봤다. 덥썩, 말이다. 「아, 부드럽네」, 「부드럽군요」 조물조물, 조물조물, 탄력이 상당한…….

""하으응?!""

갑자기, 복숭아에서 요염한 비명이 터져나왔다. 아니…….

"후흔 힛히햐! 후하 해 헝헝히흘 후후흔 허햐!"

"흐한해~! 히항한 호히 해했허~!"

"어, 복숭아가 말했어? ……아니, 이 목소리는…… 설마?!"

"와이즈 양! 그 설마예요! 보세요!"

펜스 안쪽을 들여다보니 덩굴에 꽁꽁 묶인 몸이 있었고, 그 너머에는 낯익은 얼굴이…….

덩굴 재갈이 물린 아만테와 소레라의 얼굴이었다.

"리벨레 사천왕?! 왜 이런 곳에 있는 거야?! ……그것보다, 이 상태는…… 어떻게 된 건데?"

"이런 취미를 지닌 사람들인 거겠죠."

""흐한 히히 헛허!""

"와이즈 씨, 메디 씨. 무슨 일…… 우왓!"

"어머나. 아만테 양과 소레라 양이네."

""히힉?!""

마마코의 얼굴을 본 순간, 두 사람의 얼굴이 처절할 정도로 질렸다.

한편.

"잘 모르겠지만…… 이건, 기회네." 히죽.

"절호의 기회예요. 저 자세도, 참 적당하군요." 빙긋.

음험한 미소를 머금은 와이즈와 메디가 근처에 떨어져 있던 나무 막대를 주워들더니, 허공에 휘둘러대기 시작했다. 부웅 부웅!!

""히이이이익?!"" 사천왕의 엉덩이가 결딴나게 생겼다…….

바로 그때였다.

"벌 줄 필요 없다. 이쪽이 처리하지."

펜스 너머의 수풀에서 차가운 목소리가 들려왔다. 동시에 아담한 체구의 인물이 모습을 드러냈다.

그 인물은 그림자처럼 검고, 꽤 헐렁한 사이즈의 코트를 착용하고 있었다. 머리색은 복장과는 대조적인 탁한 흰색의 쇼트헤어였다. 눈매는 좀 멍한 느낌이었다.

귀여운 외모와 목소리로 볼 때, 여자애 같지만…….

곧 뒤편에서 스켈레톤 병사 여럿이 나타나더니, 아만테와 소레라의 몸을 움켜잡았다. 「「하햐햐햐햐햐햐햣?!」」 덩굴에 엉킨 그녀들을 억지로 잡아당기더니, 그대로 정글 안쪽으로 끌고 가려 했다.

"이것도 일종의 벌이니 봐줄 필요 없다. 최대한 목이 졸리도록 잡아당겨라."

""히익~?! 하햣, 하햣, 하햐햐햐햐햐햐햣!""

"자, 잠깐만! 두 사람 다 아파하잖니! 좀 상냥히……!"

보다 못한 마마코가 펜스 쪽으로 달려가자…….

조그마한 손바닥이, 그녀를 제지했다.

"당신이 오오스키 마마코지? 일단 인사를 해둘까. 받아봐라."

그 손바닥이 마마코의 복부에 닿은 순간…….

"어……?!"

마마코가 튕겨나듯 밀려나더니, 등 뒤의 펜스를 넘어 그대로 정글에 내동댕이쳐졌다.

일격, 아니, 가볍게 밀쳤을 뿐인데 마마코가 저렇게 날아가 버린 것이다.

와이즈도, 메디도, 포타도, 두 눈으로 똑똑히 목격했는데도 불구하고 눈앞에서 무슨 일이 벌어진 건지 이해하지 못했다. 아무 말도 할 수 없었다. 숨 쉬는 것조차 잊어버릴 정도였다.

"뭐야, 이것밖에 안 되는 건가……. 아, 장비가 없어서 이것밖에 안 되는 건가? 그럼 지금은 싸울 가치가 없겠는걸. 다음 기회를 기다려야겠어."

갑작스러운 난입자는 아만테와 소레라를 둘러멘 스켈레톤 병사를 데리고 수풀 너머로 사라졌다.

그 모습이 완전히 시야에서 사라지고, 발소리도 들리지 않게 됐을 즈음에야…….

소녀들은 그제야 정신을 차렸다.

"뭐…… 뭐야……. 쟤는 대체 뭐야?!"

"등에 반항조직의 마크가 있었어요. ……설마 세 명째의…… 그, 그것보다!"

"마마 씨! 마마 씨~!"

마마코가 무사한지 확인하기 위해, 세 사람은 다급히 정글로 뛰어 들어갔다.

"……좋아, 이쯤이면 되겠지. 그 바보들을 내동댕이쳐놓고, 너희는 아지트로 돌아가라."

스켈레톤 병사들은 명령에 따라 「흐윽?!」, 「하앗?!」 아만테와 소레라를 정글에 내동댕이치고 묵묵히 사라졌다.

이딴 취급을 당한 두 사람은 분노의 힘으로 덩굴을 찢어발기며 눈을 부라렸다.

“프라테로! 우리를 뭘로 보는 거야! 동료는 좀 소중히 대하란 말이야!”

“온몸이 아파~! 몸에 상처가 나면~, 프라테로 책임이거든~?! 책임져~!”

“시끄러우니까 닥쳐라. 이 무능한 것들아.”

“너무하네! 우리는……!”

“어제 세운 작전대로, 오오스키 마마코를 섬에서 쫓아냈냐?”

“으으~, 그게~…… 실패했지만~…….”

“덩굴에 묶여, 꼴사나운 모습을 보인 끝에, 정체까지 들통나다니…… 그런 너희를 무능하다는 말 외에 어떻게 표현하면 되지? 가르쳐줘.”

“큭…….”

“으으…….”

프라테로가 멍한 눈길로 응시하자, 아만테와 소레라는 입을 다물며 고개를 숙일 수밖에 없었다.

“바보에 무능한 여자들…… 구역질 나는군.”

두 사람한테서 시선을 뗀 프라테로는 정글을 쳐다보았다.

“작전을 변경하겠다. 아만테, 소레라. 너희는 쓸데없이 강력한 신체 능력과 언데드 병사를 이용해 포타의 가방을 찾아라. 너희가 이 섬에 있다는 건 이미 탄로 났지. 수단 방법을 가리지 말고, 반드시 입수해라.”

“우우~ 우우~! 너덜너덜해진 우리를 부려먹다니~, 진짜 악독해~!”

“가방을 손에 넣어서, 뭘 어쩔 건데?”

“오오스키 마마코에게 돌려줄 거다. 상대가 만전의 상태가 되면, 정정당당히 결투를 신청해서 격파할 수 있지.”

“뭐? 자, 잠깐만, 제정신이야?!”

“상대는 바로 그 마마코 씨거든~?! 기왕 싸울 거면~, 장비가 없는 지금 싸우는 게~ 분명 유리할 거잖아~!”

“문제없다.”

프라테로는 자신의 손을 응시하며, 힘차게 말아 쥐었다.

“내한테는…….”

““내한테는?””

“어험…… 나에게는 힘이 있다. 최강으로 칭송되는 어머니도 한 손으로 간단히 날려버릴 수 있는 힘이 말이지. 리벨레 사천왕 중 한 명, 어머니를 힘으로 위협하는 자…… 이 『모협(母脅)의 프라테로』가 나서면, 오오스키 마마코 따위는 무서워할 필요 없데이.”

““데이?””

“어험.”

프라테로란 이름의 외톨이 늑대는 멍한 눈길을 머금은 채 걸음을 옮겼다.

“나는 녀석들의 거점을 감시하지. 가방을 찾으면 즉시 가져다줘라. 알겠지?”

"잠깐 기다려! 멋대로 떠들어대는데, 네가 그렇게 잘났어?!"

"좀 세다고~, 우쭐대지 마~! 프라테로 따위~, 정글의 함정에 걸려서~, 따끔한 맛이나 봐~!"

"흥. 나는 너희와 다르게, 자기가 설치한 함정에 걸릴 만큼 바보가 아니지. 그런 바보가 아니라고."

중요한 내용이라 두 번 말한 후, 프라테로는 정글로 사라졌다.

MASATO OOSUKI SPECIAL SKILL

용사 오오스키 마사토의 필살기 개발 2

필살기 하면 뭐랄까, 자기 안에 잠들어 있는 힘을 해방하는 느낌이잖아. ……으음…… 하아아아앗…….

메디

어딘가에서 괴상한 목소리가…… 아, 마사토 군이었군요. 오늘도 특훈 중인가요?

괴상한 목소리라는 건 좀 너무하잖아. 아무튼, 마침 잘 왔어. 이럴 때는 메디한테 물어보는 게 가장 좋겠다 싶었거든.

메디

자기 안의 힘을 일깨우는 방법이라면, 알고 있어요. ……우울한 마음을, 퍼부어버리듯이…….

아~, 역시 됐어. 나, 타락 용사가 되고 싶은 건 아니거든.

메디

제가 타락이라도 했단 건가요……. 상처 입었어요……. 고오오오!

그 다크 파워를 나한테 퍼붓지 말아 줄래?!

제3장
사건은, 내가 없는 곳에서 일어난다. 내게 탐정의 소질이 없다는 것을 깨달았다.

수평선에서 아침 해가 떠오르더니, 수상 별장을 비췄다.

창문에서 스며드는 맹렬한 햇살이 얼굴을 비추자, 마사토는 눈을 떴다.

"으음…… 아침이구나…… 하암~…… 어어."

햇살로부터 돌아누운 마사토는 멍하니 주위를 둘러보았다.

여기는 침실. 그렇게 넓지 않은 실내에는 침대 다섯 개가 놓여 있었다. 각 침대마다 이국적인 천장이 달려 있으며, 리조트 느낌을 만끽할 수 있는 구조이기는 해도 꽤 갑갑하게 느껴졌다.

지금은 마사토 밖에 없어서 그런지, 침실이 넓게 느껴졌다.

"다들 벌써 일어났구나. ……어?"

갑자기 어떤 소리가 들려왔다.

탁탁탁, 하며 도마 위에 놓인 무언가를 써는 소리다.

"……하아, 무리하지 말라고 그렇게 말했는데 말이야!"

마사토는 서둘러 잠옷에서 알로하 셔츠와 반바지로 갈아입은 후, 침실에서 뛰쳐나갔다.

수상 별장의 내부는 그렇게 넓지 않았다. 방문을 열자, 바로 거실이 나왔다. 조개 모양 소파가 놓인 휴식 공간이다.

그런 거실 바로 옆이 부엌이다. 그리고 한마디 해주고 싶은 사람의 등이 보였다.

콧노래를 부르면서 평소처럼 아침 식사 준비 중인 마마코다.

"저기, 엄마! 잠깐 나 좀 봐!"

"어머, 마 군. 좋은 아침이야. 오늘은 일찍 일어났구나. 혼자 일어난 상으로, 이 엄마가 머리를 쓰다듬어줄게."

"마음만으로 충분해! 그런 농담이나 할 때가 아니잖아!"

무심코 고함을 지를 뻔했지만…….

꾹 참으면서 심호흡을 한 마사토가 차분한 어조로 말했다.

"어제 사천왕 녀석들과 마주쳤다가, 그중 한 명한테 당했다면서? 이렇게 움직여도 괜찮은 거야?"

"어머 어머. 걱정해줘서 고맙구나. 하지만 괜찮아."

"이럴 때의 그 말은 영 미심쩍은데……."

"정말 괜찮아. 두들겨 맞은 것도 아니고, 뒤편으로 쑥 밀려났을 뿐인걸."

"넉백 공격을 맞았을 뿐이라는 거야? ……아무리 그래도……."

마마코가 정통으로 맞았다는 것 자체가 비정상적인 사태다.

하지만 장비가 없어서 회복마법을 사용할 수 없고, 회복 아이템도 없는 데다 소재도 없어서 만들 수도 없다. 아무런 치료도 받지 못한 것이다. 그런 상태에서 마마코는 평소처럼 일찍 일어나서 아침을 만들고 있다.

바로 그때…….

“우후후. 마 군은 이 엄마를 걱정해주는구나.”

“그, 그야 뭐, 일단은…… 나름대로…….”

“그럼 이 엄마는 소중한 아들을 걱정에서 해방해 줘야겠네. ……마 군, 잠시 몸 좀 웅크려볼래?”

“뭐? 아, 알았어…….”

마사토가 시키는 대로 그 자리에서 몸을 웅크리자…….

마마코는 마사토의 머리를 꼭 끌어안으며 그의 귀를 자신의 배에 댔다.

“……어이.”

“자, 마 군. 잘 들어보렴. 이 엄마의 배는 두들겨 맞아서 아프다고 말하고 있니?”

“말 안 해~. 말할 리가 없잖아~. 바보 아냐?”

“그럼 이 엄마는 괜찮단다. 정말 괜찮아.”

“으으윽…….”

어린애 취급을 당하니 화가 치솟았지만, 한편으로…….

엄마의 배라는, 자식에게 있어 생물학적 보금자리에서 전해져 오는 안도감이 마음을 안심시켜줬다. 부드럽고, 따뜻하며, 훈훈했다. 그래서 분하기도 하지만 말이다.

마사토는 마마코를 살며시 밀어내며 몸을 일으켰다.

“……일단 엄마의 말을 믿어주겠어.”

“고맙구나. 그래 주면 기쁠 것 같아.”

“단, 절대 무리하지 마. 무슨 일 있으면, 나한테 바로 말해.

나는 엄마처럼 뭐든 다 할 수 있는 건 아니지만…… 머지않아 엄마를 능가하는 힘을 손에 넣겠어! 그럴 예정이라고!"

"알았단다. 기대하며 기다릴게. 우후후."

"응! 나의 진화를 전율하며 기다리라고!"

예정은 미정이지만, 그날이 올 거라 믿으면서 말이다.

"참, 맞다. 마 군. 지금 바로 부탁을 하나 해도 될까?"

"응, 좋아! 말만 해!"

"와이즈 양과 메디 양과 포타 양을 찾아줬으면 해. 세 사람 다 아침에 산책하러 간 것 같은데, 식사 준비가 끝났거든. 다 같이 아침 식사를 하자."

"첫 임무는 심부름이냐고……."

천 리 길도 한 걸음부터. 마사토는 터벅터벅 걸음을 옮겼다.

수상 별장을 나선 마사토는 기나긴 다리를 건너갔다.

느긋하게 산책을 하는 심정이라고 말하고 싶지만, 그건 무리였다.

"엄마를 한 손으로 날려버리는 녀석이 있다니……. 세 번째 사천왕일지도 모른다고 메디가 말했는데…… 만약 내가 그 자리에 있었다면……."

어떻게든 했을 거다, 하고는 농담으로도 말할 수 없다.

"하아…… 푸른 하늘, 푸른 바다, 새하얀 모래사장…… 이 최고의 리조트에서 용사인 나에게 내려진 사명은, 심부름……. 이게 내 현실…… 아아, 남들이 깜짝 놀랄 힘을 가지고 싶어……."

낙원의 풍경 속에서 홀로 기분이 가라앉은 채…….

마사토는 모래사장에 도착했다.

"일단 세 사람을 찾아야 식사를 할 수 있잖아. 열심히 찾아볼까. ……어이, 밥이 다 됐어~! 전원 집합~!"

그렇게 외쳐봤지만…… 대답이 없었다.

바다에도, 모래사장에도, 정글 방향에도, 소녀들의 모습은 보이지 않았다. 있는 거라고는 살짝 타들어 간 야자나무와 야자열매, 그리고…….

커다란 구운 복숭아뿐이었다.

"……응? 복숭아? 이런 곳에? 게다가 살짝 탄 것 같은데?"

그것은 동그랗고 껍질에 뒤덮여 있었으며, 어렴풋이 금이 가 있었다. 복숭아와 비슷한 무언가였다.

정글과 모래사장의 경계 즈음에 덩굴이 부자연스럽게 밀집되어 있었는데, 거기에 복숭아가 열려 있었다……. 아, 열려 있는 게 아니라 쑥 튀어나와 있는 건가?

아무튼.

"아침 디저트로 괜찮을 것 같네. 따 가야지."

양손으로 동그란 복숭아를 움켜잡고, 「오, 부드럽네. 으깨지지 않도록 살살 당겨야지」 감촉을 즐기듯 조물조물하면서, 신중하게 수확을…….

"으냣?"

귀에 익은, 멍한 목소리가 들려왔다.

"어, 이 목소리…… 프라테로?"

"그 목소리는, 형씨구나. 내 엉덩이를 잡은 사람, 형씨 맞제?"

"어, 복숭아가 말을 했어……. 잠깐만, 어, 엉덩이? 이거, 엉덩이야? 프라테로의?"

"그렇데이. 내 엉덩이다. 빨리 놓그라."

"으, 응! 미안해!"

프라테로가 차분한 목소리로 꾸짖자, 마사토는 허둥지둥 손을 뗐다.

"하아…… 정글에 들어오자마자, 덩굴 몬스터에게 옷을 다 벗겨져서…… 다시 갈아입은 후에 왔더니, 이번에는 우리 쪽에서 설치한 함정에 걸리다니…… 정말 어이없데이."

"어? 우리 쪽에서 설치한?"

"아무 것도 아니다. ……그것보다 형씨. 어떻게 좀 해보그라. 빚 좀 지제이."

"좋아. 나중에 갚으라고."

작업 개시. 일단 프라테로의 허리를 잡고, 힘껏 당겨봤다. 「으냐아아앗」, 「완전히 얽혔는걸」 프라테로가 이상한 소리를 냈다. 왠지 위험해 보였다.

얽힌 덩굴을 끊는 쪽으로 작전을 변경했다. 서서히 몸, 호리호리한 손발, 나뭇잎이 잔뜩 붙은 새하얀 머리가 보이더니…….

"이제 잡아당겨도 되겠는걸. 간다…… 하나, 둘, 셋~…… 우왓?!"

"으냣."

뒤편에서 프라테로의 몸을 안고 힘껏 잡아당긴 마사토는 그대로 뒤편으로 벌러덩 쓰러졌다.

마사토의 복부에 앉은 프라테로가 몸을 흔들면서 멍하니 그를 내려다봤다.

"휴우~. 덕분에 살았데이, 형씨."

"별거 아냐. ……그것보다 너는 가볍구나. 밥은 잘 챙겨 먹는 거야?"

"당연하다 아이가. 하지만 좀처럼 근육이 안 붙는데이. 와 그를까?"

"내가 그걸 어떻게 알겠어. 혹시 체질 아냐?"

마사토는 프라테로의 몸을 만지며 살펴봤다. 확실히 근육이 부족해 보였다. 어깨도, 팔도, 허리 부근도, 다리도, 군살은 물론이고 근육도 없었다.

"(……왠지 포타와 비슷한 몸매 같지 않아?)"

물론 포타를 이렇게 만져본 적은 없지만, 체형이나 골격이 비슷할지도…….

갑자기 프라테로가 몸을 일으키더니 「꾸엑」, 「아, 미안하데이」 마사토의 배 위에서 껑충 뛰어내렸다.

"이렇게 재회를 했으니 남자의 우정을 주먹으로 확인하고 싶지만…… 하암…… 밤새도록 덩굴에 얽혀 있었더니 졸린걸. 오늘은 이만 작별하자고."

"그렇게 해. 온몸에 풀이 잔뜩 붙었으니까, 목욕도 하는 게 좋겠네. ……아, 욕실은 있어? 없으면, 우리 숙소에서 하고 가도 되는데……."

"사양하께. 그랬다간 형씨한테 빚을 두 번이나 지게 된다 아이가."

"사소한 걸 신경 쓰는 녀석이네……."

"남자니까 빚을 신경 쓰는 게 당연하지 않겄나? 오늘 빚은 다음에 만났을 때 갚도록 하꾸마. 그럼 잘 있그라."

"그래. 잘 가."

프라테로는 그대로 정글에 들어가더니, 이내 모습을 감추었다.

남자 대 남자의 배틀을 조금 기대했던 마사토가 아쉬워하면서도 프라테로를 배웅한…….

바로 그때였다. 와이즈를 비롯한 세 소녀가 흥분한 기색을 보이며 모래사장을 뛰어오고 있었다.

"앗, 마사토잖아! 마침 잘 됐어! 내 말 좀 들어봐!"

"무슨 일이야. 나도 너희를 찾던 참인데……."

"마사토 군, 우선 저희 이야기를 들어주세요! 이 섬이 사람들로 넘쳐나고 있어요!"

"호텔과 가게에 일하는 사람이 있고, 짐도 계속 들어오면서 진짜 리조트가 되어버렸어요!"

"……뭐, 정말?"

서둘러 식사를 마친 마사토 일행은 수상 별장을 뛰쳐나갔다.

급한 발걸음으로 다리를 건너는 사이에도, 이 섬의 극적인 변화가 눈에 들어왔다.

하늘에는 여러 척의 비공정이, 해상에는 대형 범선 여러 척이 정박 중이었다. 많은 사람을 태운 소형선이 수면을 향해 내려왔다. 인어가 그 배들을 끌며 모래사장으로 향했다.

배와 상공의 비행정에서 여행 가방을 든 수인들이 내리면서 앞다투어 이 섬에 상륙하고 있었다.

"어머어머. 관광객이 잔뜩 왔네. 참 성황이구나."

"너무 갑작스럽잖아……."

마사토 일행은 이동 중인 수많은 관광객에게 섞여서 보행로로 향했다.

이곳 또한 사람들로 넘쳐났다. 관광객만이 아니라 지역 가이드 같은 사람도 있었다. 「멈춰 서지 말아 주세요~!」, 「나무에 달린 과일을 함부로 먹지 마세요~!」 열심히 일하는 그들은 인상이 꽤 좋아 보였다.

서서히 이동해서 이 섬의 번화가 에어리어에 도착해 보니, 이곳도 난리였다.

각종 과일형 점포로 이뤄진 상업시설과 뿌리채소형 별장의 입구, 그리고 고층 브로콜리 호텔까지도 사람들로 북적이고 있었다.

"우와…… 사람 천지, 귀와 꼬리 천지네……."

"숙박시설과 상업시설도 직원들이 영업을 하고 있군요…….

하룻밤 만에 진짜 리조트가 되어버렸어요."

"혹시 마마 씨가 또 무리를 한 건가요……."

"대체 어떻게 된 걸까……. 아, 그래. 너희가 엄마를 배려하는 착한 아이들이라서, 어머니의 힘이 소원을 이뤄준 거야. 응, 틀림없단다. 우후후."

"말도 안 되는 소리 하지 마. 우리 몰래 무리한 거잖아. 정말…… 어?"

바로 그때, 마사토는 봤다.

홀로 마마코의 석상을 올려다보고 있는 수인 여성이 있었다. 검고 뾰족한 귀, 그리고 가늘고 긴 꼬리를 지닌 검은색 장발의 여성이었다.

약간 노출이 심한 여름용 수녀복을 착용한 고양이 수인이, 그 자리에 있었다.

"수녀복…… 불길한 예감이 드네……. 좋아, 나는 아무것도 못 봤어. 아무것도 눈치 못 챈 거야."

마사토가 고개를 돌리려고 한 바로 그 순간이었다.

여성이 그 자리에서 바로 사망하더니, 관 속에 들어갔다.

"어이……."

"마사토, 포기해. 이건 운명이야. ……저렇게 말도 안 되는 식으로 죽어 나자빠져서, 우리가 보는 앞에서 관에 들어가는 사람이라면 한 명뿐이잖아."

"큭! 그래서 피하려고 한 건데!"

어느 친절한 관광객이 마마코의 사인과 맞교환을 조건으로 소생 아이템을 넘겨줬다.

그것을 써서 되살려보니, 역시 예상했던 인물이었다. 관이 안개가 되며 사라지기 전부터, 차갑고 침착한 눈동자가 마사토를 응시했다.

"……안녕하세요, 시라아세 씨."

"오래간만냐옹입니다. 이번에도 되살려냐옹주셔서, 감사냐옹합니다."

"저기, 『냐옹』을 붙이는 부분이 이상하거든요? 고양이 캐릭터를 할 거면, 말끝에 『냐옹』을 붙이라고요."

"정석의 답습냐옹도 중요하지만, 새로운 가능성을 모색냐옹하는 것도 그에 못지않게 중요하다고 생각냐옹하는 시라아세…… 아니, 시냐옹라세입니다. 잘 부탁냐옹드립니다."

"그렇게 별생각 없이 이름 바꿔대지도 좀 말아요."

"냐옹너무 그러지 마시죠."

현재 그녀는 본인이 질릴 때까지, 정체불명의 고양이 수녀 시냐옹라세다.

"그런데, 시냐옹라세 씨가 왜냐옹 여기 있는 거죠?"

"그건 어째냐옹서 제가 아이치 서버에 있는 거냐는 질문인가요? 그 대답은 간단냐옹하답니다. 저는 여러분의 안전 및 쾌적한 게임 라이프를 지원냐옹하기 위한 존재입니다. 설령 냐옹지옥 밑바닥일지라도, 여러분이 계신 곳냐옹을 찾아낼 수 있죠. 그게 제 일냐옹이니까요."

"안전과 쾌적함을 망치는 사람이 무슨 소리를 하는 거야……. 지옥 밑바닥에도 안식의 땅은 없는 건가……. 아니, 냐옹지옥은 바로 여기야……."

"어디냐옹에 가더라도 친어머니와, 동료와, 다른 어머니까지 따라냐옹온다. 멋진 모험이냐옹군요. 후후냐옹후."

놀리듯 마사토의 어깨를 두드린 후…….

시냐옹라세는 마마코 일행과 마주섰다.

"시냐옹라세 씨. 귀와 꼬리가 참 잘 어울리냐옹네. 우후후."

"관광 기분을 낼까 해서, 분위기를 좀 바꿔냐옹봤답니다. 부끄럽기 그지냐옹없군요. ……그런데, 마마코 씨는 왜 여기냐옹계신 거죠? 이 섬은 사정이 있어서, 지도에 기재냐옹되어 있지 않을 텐데요."

"원래는 고보도 대촌락에서 열대지방의 섬으로 바캉스 여행을 떠났냐옹는데……."

"도중에 비공정에서 떨어진 바람에, 우리는 이 섬에 추락했어냐옹. 휘잉~, 쿵~. 그러면서 장비를 전부 잃어버려서, 알몸 상태에서 서바이벌을 시작했다니깐냐옹."

"하지만, 마마코 씨 덕분에 이렇게 무사냐옹했죠. 그래서 이렇게 됐으니 이 섬을 리조트로 개발해서 바캉스를 즐기냐옹기로 했는데……."

"무슨 일인지 보러 왔다가 시라아세 씨, 아니, 시냐옹라세 씨와 마주친 거예요냐옹!"

"어이, 다들. 무리해서 맞춰줄 필요 없어. 그랬다간, 이 사람이 더 우쭐대며 기어오를 거야."

"그냐옹렇게 된 것냐옹이군요……."

"이거 봐. 무슨 소리를 하는 건지 알아들을 수 없는 지경에 이르렀잖아. 부탁이니까 지원사격 좀 그만해."

"알았어. ……맞다. 유감스럽게도 이 섬에서 아만테와 소레라와도 마주쳤어."

"게다가 세 번째로 보이는 사천왕과도 조우했어요. 금방 헤어져서 상세한 건 모르지만요."

"그랬냐옹군요. 어떻게 된 일인지 얼추냐옹 알겠습니다. 알려냐옹주셔서, 감사냐옹합니다. ……개인적냐옹으로는……."

시냐옹라세는 일행을 둘러본 후, 가방을 가지고 있지 않은 포타를 지그시 응시하며 표정을 희미하게 굳혔다.

"여러분이 장비를 전부 잃어버렸다는 점이 가장 쇼냐옹킹한 소식이군요."

"으으으…… 죄, 죄송해요……."

"포타 잘못이 아냐. 그건 어쩔 수 없는 상황이었잖아."

"여행이라고 들떠서 아무 생각 없이 소중한 장비를 벗어둔 저희의 미스예요."

"저냐옹도 분실한 것을 탓하려는 건 아닙냐옹니다. ……그저, 이렇냐옹게 되면…… 계획대로 진행하는 게 꽤 어려워냐옹지겠다고, 생각했을 뿐냐옹입니다."

시냐옹라세는 심각한 분위기를 자아내며 생각에 잠겼다.

"계획이라니…… 아~. 무슨 일 있나 보네요."

"솔직하게 말씀냐옹드리자면, 그렇습니다. 운영 권한으로 여러분이 있는 곳냐옹을 찾아냈을 때는, 이걸로 이긴냐옹거나 다름없다며 기뻐했습니다만……. 장비가 없다면…… 와이즈 양과 메디 양은 마법을 쓸 수 없죠?"

"유감스럽지만, 그 말이 맞아."

"저는 몰라도, 와이즈 양은 평소와 다름없…… 아얏!"

"아~. 메디, 미안해. 네 발이 밟히고 싶어 하지 뭐야~." 꾸욱꾸욱.

"포타 양냐옹의 아이템에 의지할 수도 없죠. 마사냐옹토 군은 애초부터 전력에 도움이 안 되고요."

"큭…… 그렇지 않아. 않다고…… 원래부터 전력에 도움이 안 되는 게 아냐……. 장비가 없어서 그런 건데……."

"그냐옹리고, 마마코 씨도……."

"어머, 나는 괜찮아. 성검이 없더라도, 어떻게……."

"엄마, 스톱. 그건 우리가 허락 못 해."

마사토의 말에 동의한다는 듯이, 와이즈와 메디와 포타가 고개를 끄덕였다. 무리는 금물이다.

"그럼 역시 어렵겠군요……."

"그 어조에서는 심각함이 전혀 느껴지지 않는데요……. 뭐, 그래요. 유감스럽게도, 저희는 전혀 도움이……."

"아뇨. 물냐옹론 충분히 도움이 되시겠냐옹지만, 장비가 없는 상태에서는 큰일냐옹일 거다~ 하고 생각했을 뿐입니다."

시냐옹라세가 당연하다는 듯이 그렇게 말했다.

마사토 일행의 얼굴이 새파랗게 질렸다.

"어이, 큰일 났어! 빨리 장비를 찾지 않으면, 진짜로 큰일 날 거야!"

"이상한 일에 휘말리기 전에, 빨리 가방을 찾으러 가자!"

"서두르죠! 단 한 순간의 유예도 없어요!"

"저, 진짜로 진짜로 진짜로 힘낼게요!"

"좋아, 흩어져서 찾아보자! 나는……!"

"우선 이 근처에서 가방이 주운 사람이 없는지 물어보러 다니자꾸나. 정글은 위험하니까, 혼자 행동하는 건 좋지 않을 거야. 엄마와 약속해줄 거지?"

"아~ 그래, 알았다고! 그럼 수색 개시!"

다들 사방으로 흩어져서 수색을 시작했다.

마사토 일행은 마음이 급했지만, 주위는 관광객으로 북적이고 있었다. 이동조차 쉽지 않은 상황이라 어깨가 부딪쳐서 사과하고, 달리다 또 부딪쳐서 사과하는 등, 악전고투를 펼치고 있었다.

그 모습을 쳐다보는 자가 있었다.

"무인도로 남겨두고 싶은 섬에 사람을 모으다니, 최악의 일을 벌이게 되었는데……."

"이건 이것대로~, 나쁘지 않을지도 몰라~."

세련된 오픈 카페에서 우아하게 트로피컬 주스를 마시며…….

호랑이 무늬 알로하 셔츠를 입은 아만테와, 해골 무늬 알로하 차림의 소레라가 마사토 일행을 쳐다봤다.

"나무를 숨기려면 숲에 숨겨라. 사람이 늘어난 덕분에 우리가 이러고 있어도 전혀 눈치 못 채네."

"게다가~, 마마코 씨 일행의~ 부질없는 노력을 구경하면서~, 여유 부리고 있으니~ 최고네~."

"과즙 100퍼센트 주스로 목을 축이며, 순도 100퍼센트 부질없는 노력을 구경한다…… 최고의 순간이야."

아만테는 발치에 놓인 가방을 테이블 위에 올려뒀다.

숄더백이다. 옆에 달린 토끼 마스코트가 왠지 풀이 죽은 것처럼 흔들리고 있다.

"우리가 먼저 포타 양의 가방을 회수했다는 것도 모르고, 허둥지둥 찾으러 다니다니…… 후후후! 웃음을 참을 수가 없네!"

"너무 바보 같아서~, 웃음이 나~! 아하하~! ……그럼~, 어쩔래~? 프라테로가 말한 대로~, 돌려줄 거야~?"

"돌려줄 리가 없잖아. 프라테로의 명령에 따라야 할 이유가 없는걸. ……그것보다, 이걸 잘 이용해서 저 녀석들에게 한 방 먹여주고 싶어. 특히 현자 와이즈와 치유술사 메디는 한 방이 아니라 두 방 먹여주고 싶다니깐."

"찬성~. 어제 빚을 갚아주고 싶네~. ……으음~, 하지만~, 그건 나중에 생각하기로 하고…… 우선~, 마마코 씨 일행에게 따끔한 맛을 보여준 걸 축하하자~!"

"그래. 우선 승리의 축배부터 드는 거야! 후후후! 아하하하!"

아만테와 소레라는 건배를 하며 기분 좋다는 듯이 웃음을 터뜨렸다.

그 모습을 쳐다보는 자가 있었다.

"……냐옹손님, 확인차 질문냐옹을 드려도 괜찮을냐옹까요?"

"뭔데? 주스값이라면 이미 냈어."

"돈이 아니라, 방금 대화 관련으로 확인냐옹할 게 있습니다. ……테이블 위에 둔 가방은 여행상인 포타 양의 가방냐옹이, 틀림없나요?"

"그래. 주인만 열 수 있어서 내용물은 확인 못 했지만, 가방에 달린 마스코트는 눈에 익거든. 그것보다……."

"웨이트리스가 왜 그런 걸 묻는 건데~? 상관없는 일이잖아~? 그것보다~, 그 이상한 말투는 뭐야~?"

아만테와 소레라가 언짢은 듯이 고개를 돌리자…….

냉정하고 침착하게, 지그시, 시냐옹라세가 쳐다봤다.

"어? ……앗…… 너는, 분명, 운영 측의?!"

"네, 그렇냐옹습니다. 마마코 씨 일행은 아직 이 근처에 있냐옹죠. 소란을 피웠다간 들킬지도 몰냐옹요."

"그, 그건 안 돼~! 전투가 벌어지는 건 싫어~! 조용히 하자~!"

"그래 주시면 감사냐옹하겠습니다. ……자."

딱딱하게 굳어 있는 두 사람한테서 시선을 떼지 않으며, 시냐옹라세는 생각했다.

"(이 상황에서 어쩌면 좋을냐옹까요…….)"

마마코 일행이 가방을 찾는 사이, 시냐옹라세는 운영 측에 상황 보고라도 할까 싶어 카페에 들어왔더니 이런 상황이 벌어진 것이다.

가방의 행방을 바로 알아냈다. 그야말로 대활약이다.

"(마사토 군에게 자랑냐옹해서, 분통 터뜨리게 만들고 싶냐옹습니다만…… 곤란하게 됐군요.)"

아무 말 없이 쳐다보고만 있는 아만테와 소레라가 더 곤란해 보였지만, 어떻게 하면 좋을까. 아무튼 가방을 되찾는 건 필수다.

"(하지냐옹만 저는 전투를 할 수 없죠. 전투 이전에 확 죽어냐옹버릴 자신도 있습니다.)"

그렇다면, 마마코 일행에게 알릴까.

"(지금냐옹은 장비가 없는 상태예요. 사람이 많은 주변 상황냐옹도 좋지 않죠.)"

전투는 피하고 싶은 상황이다. 그렇다면, 어떻게 하면 좋을까?

일단 테이블에 놓인 트로피컬 주스 두 잔을 단숨에 들이켠 후 「잠깐만! 그건 우리 거야!」, 「아아~!」 차분히 생각을 정리했다.

"……장난은 이쯤에서 끝내도록 할까요."

시냐옹라세는 천천히 고양이 장비를 벗었다.

고양이 귀 카추샤를 아만테의 머리에 씌워주고, 고양이 꼬리 액세서리를 소레라의 머리에 씌워주며…….

"아만테 양, 소레라 양……. 괜찮다면, 저와 손을 잡지 않겠습니까?"

배신의 말을 입에 담았다.

여기는 마사토.

엄마와의 약속을 어기고, 혼자 정글을 수색하고 있었다.

“가방은 분명 정글 안에 있을 거야. ……우리가 추락한 곳은 서바이벌 생활 에어리어로 지정해뒀어…… 가혹한 에어리어에 발을 들일 사람은 적겠지……. 남들에게 물어보고 다니는 것보다, 이곳을 뒤지는 편이 분명……!”

효율적일 것이라고, 생각했다.

“저기, 달링. 이 나무에 구멍을 뚫어서 집을 만들면 정말 멋질 거야.”

“그래, 허니. 하지만 동굴 스타일의 집도 구미가 당기는걸.”

“아빠~! 엄마~! 여기는 우리 집 뒷산 같아~!”

“하하하. 아들아. 무슨 소리를 하는 거니. 뒷산만큼 험하지는 않아.”

“식인식물도 없잖아. 너무 안전해서 좀 아쉬운 정글이네.”

서바이벌 생활 에어리어는 관광객들로 북적이고 있었다.

게다가 신체 능력이 뛰어난 수인들에게는 인간족에게 험난한 자연조차도 여유로운 놀이터에 지나지 않았다. 「아~아아~!」, 「끼얏호~!」 아이 어른 가리지 않고 덩굴을 잡고 멋지게 타잔 놀이를 하고 있었다.

“준비…… 땅!”

""""우랴아아아앗!""""

날카로운 발톱으로 브로콜리 줄기를 올라가서 꼭대기에 도착하는 시간을 경쟁하는 레이스도 독자적으로 개최되고 있었다.

그야말로 체육 구역이다. 그것도 이지 모드인…….

"으음…… 정글에서 놀다 오신 분은 없나요? 아…… 번화가 에어리어에서 물어보고 다니는 편이 나았을까……?"

그런 느낌이 들었다……. 엄마와의 약속을 지킬 걸 그랬나…….

마사토가 그런 생각을 하며 반성하고 있을 때였다.

주위의 수인들이 일제히 움직였다. 다들 귀를 쫑긋 세우면서 한 방향으로 향했다. 바닷가 방향이다.

"……저기, 무슨 일이에요?"

"방금, 신호탄 소리가 들렸어. 그리고…… 아, 행사를 한다는 방송도 들리는걸."

"그, 그런가요? ……저는 전혀 안 들리는데요……."

하지만 수인들에게는 똑똑히 들린 것 같았다. 「가볼래?」, 「좋지」, 「가자~!」 주위에 있는 사람들이 소리가 들린 방향으로 이동하고 있었다.

마사토는 어떻게 할지 고민했다.

"으음…… 가방을 찾아야 하지만…… 왠지 신경 쓰이네……."

그러니 잠시만 가보자고 생각한 마사토는 이동하는 집단에 섞여서 구경하러 갔다.

정글을 빠져나가자, 그곳에는…….

새하얀 모래사장에, 나무 막대로 직사각형이 그려져 있었다.

그리고 두 구역으로 정확하게 나누듯이 한가운데에 네트를 설치하면, 준비 완료.

만반의 준비를 마친 후, 검은색 비키니 차림인 시라아세가 말했다.

"이제부터…… 무인도 비치발리볼 대결을 개최하겠습니다."

그 선언에 맞춰, 모여 있던 관객들이 일제히 환성을 질렀다. 「기다리고 있었어요!」, 「오예!」, 「누나, 예쁘네!」, 「이래 봬도 자식을 둔 엄마랍니다. 후후후」 시라아세 씨는 그 말이 싫지 않은 듯한 반응을 보였다.

경기에 앞서, 우선 안내사항부터 발표됐다. 심판대에 앉은 시라아세가 입을 열었다.

"자, 드디어 비치발리볼 대결을 시작하겠습니다. 이 대결은 어느 조직의 협찬으로 개최되며, 조직에 속한 팀과 대전하는 형식입니다. 승부는 단 1세트. 15점을 먼저 따는 팀의 승리입니다."

어~, 너무 짧아~ 라는 야유가 들려왔다. 그 목소리에는 답하지 않았다.

대신 빨리 수영복 여자애들을 보여달라고~ 라는 목소리에는 답했다.

"그럼 어느 조직에 속한 팀을 소개하겠습니다. 이분들입니다."

시라아세는 오른편 코트의 상공을 올려다봤다. 그곳에는…….

다다미 사이즈의 마법서가 떠 있었으며, 누군가가 거기서 뛰어내렸다. 인원은 두 명. 한 사람이 다른 한 사람을 어깨에 짊어진 상태에서…….

푸학! 하는 소리를 내며 코트에 내려선 이는, 아만테와 소레라였다.

“흐흥. 해냈어.”

“안녕~. 응원 잘 부탁해~.”

두 사람은 상하의가 분리된 타입의 조직 유니폼을 입고 있었다. 두 사람의 뛰어난 몸매가 유니폼 때문에 스포티하게 보였다. 옷차림부터 의욕이 넘쳐나고 있었다.

“이어서 도전자를 소개하겠습니다. 이 두 사람입니다.”

시라아세는 관객석 쪽을 손으로 가리켰다. 군중이 물러나며 길을 만들자, 두 소녀가 나란히 걸으며 나왔다.

“하아. 시라아세 씨한테서 느닷없이 연락을 받고 어이없었다니깐. 뭐, 그래도 할 거지만 말이야.”

오른편에 선 와이즈는 정열적인 붉은색 비키니를 입고, 가볍게 스트레칭을 하며 등장했다.

“대결에는 이의가 없지만, 자외선이 걱정되는군요. 빨리 끝내버리도록 하죠.”

왼편에 선 메디는 청초한 순백색 비키니 차림으로, 머리카락을 묶으면서 임전 태세를 취했다.

뜨거운 환성과 시선을 받은 두 사람이 왼쪽 코트에 서더니, 네트 너머로 적을 노려봤다.

“우선 물어볼 게 있는데, 너희 둘뿐이야? 한 명 더 있지 않

았어?"

"으흐흐~. 어디에 있으려나~. 조심하는 편이 좋을 거야~."

"보이지 않는 적을 두려워하기나 해. ……실은 우리도, 어디에 갔는지 모른다, 거나……."

"일일이 설명해주지 말란 말이야~! 부탁이니까 그 버릇 좀 고쳐~!"

"즉, 여기엔 없는 거군요. 경계를 풀면 안 되겠지만, 우선 저 두 사람에게 집중할 수 있겠어요."

"그럼 다음 질문. 비치발리볼로 승부하자니, 대체 무슨 생각이야?"

"그 정도는 가르쳐줘도 되겠네. ……이건, 우리의 협력자인 시라아세 씨의 아이디어야."

"시라아세 씨의 아이디어…… 뭐?!"

"시라아세 씨가, 적에게 협력하고 있다는 건가요?!"

두 사람은 아연실색하면서 심판대를 쳐다보았다. 냉혹하고 악질적인 미소를 머금은 시라아세가 있는 그곳을…….

"믿기지 않는 거야? 하지만 사실이야. ……우리의 최대 목적은 너희를 격퇴하는 것이거든. 딱히 두려워하는 건 아니지만, 가능하면 무력을 통한 전투는 피하고 싶어……. 그런 우리의 사정을 눈치채고……."

"실은 아만테가 멋대로 설명해버렸는데~, 그랬더니~, 비치발리볼로 승부하면 어떻겠습니까~ 하고 추천해줬다니깐~."

"그건…… 아~, 그래. 무기가 없는 저희도 전투를 피하고 싶으니까, 이해가 일치한달까……."

"시라아세 씨의 말에 놀아난 결과, 이렇게 된 거군요."

심판대에 있는 저 사람은 냉혹하고 악질적인 미소를 짓고 있지만…… 잘 생각해보니, 평소에도 저런 표정을 짓는 사람이었다. 그러니 평소와 딱히 다를 게 없다.

"이 대결에 참가하면 포타 양의 가방을 되찾을 수 있다고 들었어요. 그게 정말인가요? 정말로 당신들이 가방을 가지고 있나요?"

"그래. ……소레라."

"알았어~."

코트 위편에 떠있던 마법서가 기울어지더니, 가방이 굴러떨어졌다.

아만테가 손쉽게 받아낸 그것은 토끼 마스코트가 그려진 숄더백이었다.

"그게 진짜로 포타의 가방이야?"

"가짜일 가능성도 있다고 생각하는데요……."

"하아, 되게 의심 많네."

"그럼~, 감정해보면 되겠네~. ……포타 양~, 이쪽으로 와~."

"네? ……아, 네! 제가 감정할게요!"

응원석에서 프릴이 달린 공주님 수영복 차림의 포타가 나오더니, 아만테한테서 가방을 넘겨받았다.

가방을 손에 쥔 순간, 감정할 필요도 없이 바로 자기 가방이라는 것을 깨달은 것 같았다. 포타의 얼굴에 환한 미소가 피어났다.

"이건, 제 가방이에요! 틀림없어요!"

"진짜라는 게 증명됐어. ……그럼 포타 양. 우리가 대결하는 동안, 가방을 맡아줘."

"잃어버리면 안 돼~. 꼭 들고 있는 거야~."

"네! 이제 잃어버리지 않을 거예요! 항상 꼭 들고 있을래요!"

숄더백을 어깨에 걸치며 안심한 포타는 정말 기쁘다는 듯이 껑충껑충 뛰며 응원석으로 돌아갔다.

"어라, 지금 생각해 보니…… 이건, 가방을……."

"이미 되찾았다고 봐야……."

"뭘 수군거리는 거야. 대결을 시작하자."

"너희가 이기면~, 가방을 돌려줄게~. 뭐, 그건 무리겠지만 말이야~."

""아, 네…….""

사천왕 팀 VS 와이즈&메디 팀.

이미 포타가 되찾은 가방을 걸고, 대결 개시!

소레라의 서브로 시합이 시작됐다.

"간다~! 에잇~!"

서브를 날린 순간, 꽤 큰 가슴이 출렁이면서 남성들의 시선을 독점한 사이, 공은 포물선을 그리며 왼편 코트로 날아갔다.

와이즈가 즉시 낙하지점으로 뛰어갔다.

“상대가 사천왕이라는 것만으로도, 대결을 벌일 이유는 충분해! 하기로 했으니 꼭 이기자!”

“네! 그러죠!”

와이즈가 리시브를 했다. 출렁이지 않았다. 메디가 토스했다. 출렁였다. 그리고 「하앗!」 와이즈의 강렬한 어택! 출렁였다!

하지만.

“흥. 별것 아니네.”

아만테가 눈에 보이지 않는 속도로 공 아래편으로 이동하더니…….

팔짱을 끼고 선 상태에서, 공을 튕겨냈다.

“잠깐만! 방금 그건…… 아, 맞다! 반사 스킬!”

“그래. 온갖 공격을 튕겨낼 수 있어. 이 스킬과 나의 탁월한 신체 능력이 있는 한, 공이 지면에 떨어질 일은 없어. ……자, 소레라!”

“그래그래~. 간다~. 토~스!”

아만테가 점프했다. 범상치 않은 신체 능력으로 초강력한 일격을 날리려 했다. 와이즈와 메디는 결사의 리시브를……!

“훗…… 걸려들었어.” 톡.

““앗?!””

강스파이크를 날리는 척했지만, 그 공은 포물선을 그리며 느릿느릿 날아갔다. 「속았어! 크윽!」 자기들의 머리 위편을 지나 라인 바로 앞에 떨어지려 하는 공을, 와이즈가 필사적으로 쫓아갔다.

"그렇게는 안 돼! 이야아아아압!"

간발의 차이로, 헤드 슬라이딩 리시브가 성공했다!

"메디! 부탁해!"

"맡겨주세요! 하앗!"

라인 쪽에 뜬 공을, 그대로 백어택으로 날렸다!

타격에 특화된 완력으로 날린 공은 네트 위를 날카롭게 통과하더니, 「우왓?!」 소레라를 향해 일직선으로 날아갔다. 운동능력이 낮은 상대를 노린 약아빠진 일격이었지만…….

아만테가 더 빨랐다. 순식간에 소레라의 앞으로 이동하더니, 반사 스킬로 공을 튕겨냈다.

"치유술사 메디라면 그렇게 나올 거라고 생각했어."

"큭! 읽혔나요!"

"그야 음흉한 애잖아! 약점을 노릴 게 뻔해!"

"와이즈 양, 시끄러워요!"

"고마워, 아만테~! 그럼~…… 토~스!"

"간다! 이얍!"

아만테가 점프했다. 이번에야말로, 강스파이크다!

"메디! 막아내자!"

"네! 반드시 막아내겠어요!"

와이즈와 메디는 호흡을 맞추면서, 네트 앞에서 결사의 블로킹을……!

"또 걸려들었네." 톡.

아까와 마찬가지로 페이크였다. 공은 두 사람을 놀리듯 포물선을 그리며 머리 위편으로 지나갔다.
"이번에도 인가요?!"
"정말 하나같이 성질머리가 더럽네! ……하지만, 아직 멀었어!"
와이즈가 필사적으로 쫓아가더니, 라인 근처에 떨어지려는 공을 헤드 슬라이딩 리시브! 이번에도 어찌어찌 성공했다!
하지만 공은 상대편 코트로 날아갔고…….
온다.
"노리던 대로야! ……현자 와이즈, 각오해!"
아만테의 다이렉트 어택! 세 번째는 속임수가 아니었다. 진심 어린 일격이었다. 금방이라도 터져버릴 것 같을 만큼 우그러진 공이, 맹렬한 기세로 날아가더니……!
헤드 슬라이딩을 하고 아직 일어나지 못한 와이즈의 엉덩이에, 퍼억!
"아야아아아아앗?!"
"좋아! 성공했어!"
공은 라인 아웃. 사천왕 팀의 1점 선취.
한편 와이즈&메디 팀은 1점을 잃었으며, 와이즈의 엉덩이는 끝장났다.
지켜보는 관중의 시선을 신경 쓸 여유가 없는지, 그녀는 양손으로 엉덩이를 감싸며 바닥을 굴러다녔다.
"으으윽?! 아야, 아야, 내애애애애, 엉덩이이이이이잇!"
"와이즈 씨! 일어서세요! 점수를 딴 쪽에서 서브를 하니까……!"
"이미 날렸어~."

“어?! ……큭, 서브 에이스는 꿈도 꾸지 마세요!”

볼이 라인 근처로 향했다. 메디는 반사적으로 헤드 슬라이딩 리시브를 했고, 겨우겨우 공을 살렸다.

공은 상대편 코트로 날아갔다. 그리고 아만테가 대기하고 있었다.

“와이즈 양과 같은 일을 겪을 순 없죠! 바로 일어나…… 어?”

급히 몸을 일으키려던 메디는 코트에 엎드린 채, 꼼짝도 하지 못했다.

손발에 힘이 들어가지 않았다.

“어, 어째서…… 헉…… 이건 설마, 소레라 양의……?!”

“무슨 소리야~. 나는 딱히~, 능력 저하 스킬을 쓴 적 없어~. 으흐흐~.”

“거짓말하지 마세요! 큭, 비열해요!”

“그럼 아만테~. 내 몫도 잘 부탁해~.”

“알았어. 이얍!”

아만테의 다이렉트 어택! 공이 일직선으로 뻗어가며 고속으로 쇄도하더니……!

메디의 엉덩이에, 두웅!! 크리티컬 히트!

“꺄아아아아앗?! 흐으으으응?!”

“명중했어~! 아만테~, 칭찬해줄게~! 아하하~!”

“흐흥. 이걸로 복수는 마쳤네. ……너희에게 농락당한 엉덩이의 원한…… 똑똑히 갚아줬어!”

어제, 와이즈와 메디가 복숭아로 착각하고 자신들의 엉덩이를 주물러댔던 것 때문에 앙심을 품은 것 같았다.

하지만 표현에 문제가 있었다. 관객들은 성별을 가리지 않고 얼굴을 붉히면서, 두 팀의 멤버를 번갈아 쳐다보았다. 「이, 이상한 의미는 아니거든?!」, 「그런 게 아냐~!」 딱 잘라 틀렸다고는 할 수 없겠지만 말이다.

아무튼, 시합은 아직 끝나지 않았다.

"계속 괴롭혀주자~. 와이즈 양도 꼼짝도 못 하니 말이야~."

"잠깐만, 그만해! 으으, 몸에 힘이 안 들어가!"

"소레라, 스켈레톤 병사를 소환해서 리시브를 시켜."

"오케이~. 공을 이쪽으로 보내게 할 테니까~, 몇 번이든 공격해~."

코트에 엎드린 와이즈와 메디의 주위에서 뼈만 남은 손이 몇 개나 튀어나왔다.

일방적으로 폭력을 가할 준비가 끝났다.

"노릴 거면 와이즈 양! 와이즈 양을 노리세요!"

"어, 메디! 무슨 소리를 하는 거야!"

"자, 두 사람 다 사이좋게 엉덩이와 작별 인사나 해!"

"내 서브~, 간다~!"

""안돼애애애앳?!""

소녀의 엉덩이에, 무자비한 집중 공격이 시작되려던…….

바로 그때였다.

"선수 교대를 알립니다~. 와이즈 양과 메디 양을 대신해……."

시라아세가 호루라기를 부르며 선언했다. 관객들이 술렁거리는 것과 동시에, 새로운 선수가 모습을 드러냈다.

끝내주는 사이즈의 풍만한 가슴과 탄력적인 엉덩이를 지녔고, 중요 부위만 가린 면적의 수영복을 입었으며…….

걸을 때마다 파고드는 수영복 천을 손가락으로 빼면서…….

모든 이의 시선을 받고 환성을 들으며, 누구보다 찬란히 빛나는 마마코가 코트에 섰다.

"와이즈 양, 메디 양. 옷 갈아입느라 늦어서 미안해. 그래도 이제부터는 괜찮아. 뒷일은 나에게 맡기렴."

"마, 마마코 씨이이이이잇! 부탁할게에에엣!"

"부디, 부디, 저희 엉덩이의 원수에, 천벌을 내려주세요! ……아, 하지만…… 마마코 씨는, 어제 많이 지치셨는데……."

"걱정해줘서 고맙구나. 하지만 괜찮아. 힘낼게. 그것보다 두 사람은 빨리 엉덩이를 식히는 게 좋겠구나. 포타 양, 부탁해도 될까?"

"네! 가방을 되찾았으니까, 안에 있는 아이템을 쓰면 돼요! 저한테 맡겨주세요!"

마마코가 코트에 서자, 그 광휘에 두려움을 느낀 것처럼 스켈레톤 병사의 손이 모래 안으로 들어갔다. 포타가 관객석에서 나오더니, 와이즈와 메디를 코트 밖으로 끌고 갔다.

포타는 방송석의 옆에서 신음을 흘리고 있는 두 사람의 엉덩이에 냉각젤 시트를 찰싹 붙여줬다. 「히익?!」, 「아핫?!」 두 사람이 괴상한 소리를 냈지만, 그것은 효과가 있다는 증거다.

"이제 일단 안심해도 되겠네. ……그럼 엉덩이의 원수를 갚아볼까.”

네트 너머에서, 마마코가 미소를 머금었다.

마마코와 대치한 사천왕 팀은 식은땀으로 범벅이 되면서도, 자신만만한 미소를 지었다.

“드디어 나타났구나, 오오스키 마마코……. 미리 말해두겠는데…… 이건 비치발리볼이야!”

“전투가 아니거든~?! 규칙을 지키면서~, 즐겁게 대결하는 거야~!”

“응, 알았단다. 엄연히 비치발리볼인 거구나.”

“그리고, 하나 더! 이쪽은 둘이고, 너는 하나인데!”

“우리는 애들이고~, 마마코 씨는 엄마니까~, 2 대 1이라도 괜찮지~?!”

“어머어머, 벌써부터 규칙이 이상해지는 것 같은데…… 어쩌면 좋을까?”

마마코가 심판대를 쳐다보니…….

거기 있는 시라아세는 그 시선을 눈치채지 못한 채 비치발리볼 경기장을 둘러보고 있었다. 뭔가를 찾는 것 같은데…….

그 틈에, 소레라가 다짜고짜 서브를 날렸다.

“간다~! 에잇~!”

볼이 포물선을 그리며 느릿느릿 날아왔다.

“혼자서는 어떻게 하면 될까……. 한 번밖에 터치를 못 하잖아. 그렇다면…….”

“직접 날릴 생각이구나! 내 반사 스킬이면 여유롭게 막아낼 수 있어! 날릴 테면 날려봐!”

“하나, 둘…… 셋.”

네트 근처에서 점프한 마마코가 매우 가벼운 어택을 날렸다! 「어?」 느릿느릿하고 물러터진 공격에 얼이 나간 아만테의 이마에 공이 톡 닿더니…….

아주 살짝 튕겨난 후, 그대로 코트에 떨어졌다.

“어? 어라?”

“우후후. 해냈어. 우선 1점 땄네.”

“아만테~! 뭐 하는 거야~! 제대로 반사해야 할 거 아냐~!”

“반사…… 아, 맞아! 내 능력은, 어디까지나 반사잖아!”

튕겨내는 힘은, 그 대상에 실린 힘에 비례한다.

가벼운 공격에는, 가벼운 반발력만 발생하는 것이다.

“오오스키 마마코에게 한 방 먹었어! ……그래도, 너무 약해빠진 어택이었잖아…….”

“마마코 씨답지 않네~. 어머니의 힘이 억눌린 탓일까~. 우리 아지트의 특수 효과가~, 제대로 기능하고 있는 거 아냐~?”

“게다가 이 섬을 개발하려고 힘을 너무 많이 쓴 탓에, 피폐진 거야. ……크크큭…… 그렇다면…….”

“이번에는 내 서브네. 갈게.”

마마코의 서브. 「하나~ 둘~, 셋」 공이 천천히 상대편 코트로 날아갔다.

그러자 아만테는 스킬을 이용한 반사 대신, 두 손으로 적절히 리시브를 했다.

"이번에도 공에 힘이 전혀 실려 있지 않네! 틀림없어! 지금의 오오스키 마마코한테는 평소 같은 힘이 없는 거야! 기회네!"

"그럼~, 해치우자~! 아만테, 받아~! 토~스!"

"그리고 힘껏 어택, 하는 척 하면서!" 톡.

"앗……."

네트 앞의 공간에 공이 떨어졌다. 리시브를 하려고 물러나 있던 마마코가 허둥지둥 뛰어갔지만, 「앗」 지친 탓인지 발이 꼬이며 넘어지고 말았다.

겨우겨우 공은 살렸지만, 그대로 느릿느릿 상대편의 코트로 날아가면서 찬스볼을 헌납한 격이 됐다.

"위험해! 마마코 씨, 빨리 일어나!"

"표적이 됐어요! 도망치세요!"

"마마 씨~! 피해야 해요!"

소녀들의 비명이 주위에 울려 퍼졌다.

……어이, 엄마?! ……좋아, 이번에야말로 내가……!

동시에, 어딘가에서 소년의 목소리가 들려왔다.

마마코는 반사적으로 고개를 들었지만, 엎드린 상태에서 몸을 일으키지는 못했고…….

이때다 싶었는지, 아만테가 하늘 높이 점프했다.

"이 기회를 절대 놓치지 않겠어!"

"반항조직이 엄마에게 승리해버리는~, 기념비적인 순간이야~!"

"오오스키 마마코……의, 엉덩이! 각오해! 에잇!"

아만테의 엉덩이 살해 어택이 작렬! 고속의 볼이 일직선으로……!

"엄마의 엉덩이는, 공을 날리는 장소가 아냐."

그 순간, 마마코의 옆에서 모래가 원통형으로 솟구치더니 힘차게 공을 쳐냈다.

모래로 된 원통이 모습을 바꿨다. 나뉜 부분이 팔이 되고, 다리가 되더니…… 사람의 형태를 이룬 끝에, 인간이 됐다.

표정은 약간 어둡지만, 얼굴 생김새는 마마코와 똑같았다.

가슴 사이즈도, 허리의 잘록함도, 엉덩이의 탄력도, 마마코와 판박이였다. 끝내주는 엄마 바디에, 같은 디자인에 색깔만 다른 수영복을 입은…….

HAHAKO가 등장했다.

"……어?"

"잠깐만~?!"

"어머, HAHAKO 씨! 마침 잘 왔어요!"

"오래간만이야, 마마코 씨. 서버 간 이동에 시간이 걸려서 좀 늦었네. 미안해. 일어설 수 있겠어?"

"응, 괜찮아. ……그럼, 우선……."

낙하한 볼을, 마마코가 토스했다. 그러자 HAHAKO가 바로 어택을 날렸다.

아만테와 소레라는 얼이 나가서 꼼짝도 못했다. 공이 코트

안에 떨어졌다. 마마코&HAHAKO 팀의 득점이다.

""우후후. 해냈어.""

하이 파이브!

"어어어엇~?! HAHAKO 씨가 와버렸어~?!"

"우리를 자기 자식으로 삼으려고 하는, 최악의 천적이 나타났잖아! ……시라아세 씨! HAHAKO를 빨리 퇴장시켜! 빨리!"

"이걸로 2 대 2. 이렇게 될 걸 예상하고, 미리 연락해두기 잘했군요. 후후후."

"어어어어~?! 시라아세 씨가 부른 거야앗~?!"

"왜 그런 거야?! 시라아세 씨는, 우리 편이잖아?!"

"배신했어요." 태연.

"표정에서 죄책감이 눈곱만큼도 느껴지지 않네~?!"

"자, 두 사람. 비치발리볼을 통해, 부모 자식 간의 정을 돈독히 하자꾸나. 내 서브를 받아보렴."

시합 속행. HAHAKO가 마음이 담긴 서브를 날렸다.

공이 상냥히 날아갔다. 어머니의 마음이 담긴 그 공을, 아만테가…….

"큭! 이딴 공을 받아줄 리가 없잖아!"

힘껏, 하늘로 걷어 차올렸다.

공은 사천왕 팀의 머리 위에 떠있는 거대 마법서보다 더 높은 곳까지 날아 올라갔다.

"잠깐만, 아만테~! 뭐하는 거야~! 이래서는 토스를 못 하잖아~!"

“아냐, 소레라. 너라면 최고의 토스를 할 수 있어……. 수단과 방법을 가리지 않는, 최고의 토스를 말이지.”

“수단과 방법을 가리지 않는~…… 아~, 그런 뜻이구나~. 오케이~.”

소레라는 아만테의 의도를 바로 이해했다.

상공에서 떨어지는 공이 거대 마법서의 그림자에 가려 보이지 않게 된 순간, 소레라가 몰래 마법을 사용했다.

피옴보 스페라
“……스파라 라 마지아 펠 미라레…… 연구(鉛球)!”

그리고 거대 마법서의 옆에서 볼이 내려왔다……. 거무튀튀한 공이 말이다.

아만테는 즉시 점프하더니, 그 공을 향해 몸통박치기를 날렸다.

“리시브를 할 수 있으면 어디 해봐! 간다!”

검은 공이 쿠앙 하는 묵직한 소리를 내며 튕겨나더니, 낙하방향이 변했다.

마마코를 향해 날아가기 시작한 것이다.

“어머어머. 이걸 리시브했다간 다칠 것 같네.”

“그럼 좀 독특한 리시브를 해볼까. 저 애들의 방식에 맞춰, 룰에 얽매이지 않고 말이야.”

“응. 그 방법밖에 없겠어. ……포타 양, 부탁해도 되겠니?”

“네! 마마 씨, 여기 있어요!”

재빨리 뛰어온 포타가 마마코에게 두 자루의 성검을 건네줬다. HAHAKO도 모래사장에서 똑같은 성검을 출현시켰다.

오른손에 대지의 성검 테라디마도레. 왼손에 바다의 성검 알투라.

마마코와 HAHAKO는 호흡을 맞추며 성검 알투라를 동시에 휘둘렀다.

""하나, 둘…… 리시브!""

물의 힘이 발동됐다. 두 사람 사이에서 대량의 바닷물이 집결되더니, 일제히 뿜어졌다.

노도 같은 수압에 밀려난 검은 공은 그대로 상대편 코트로 날아갔다.

"아앗~?! 돌아왔어~?!"

"내가 튕겨낼게! 소레라는 토스 준비를 해! 상대는 물…… 알지?!"

카로레 아르덴테
"알았어~! ……스파라 라 마지아 펠 미라레…… 열작(熱灼)!"

아만테의 반사 리시브. 소레라가 마법 효과를 부여한 토스.

뜨겁게 달아오르며 색깔이 변한 볼을, 아만테가 반사 어택!

"물 따위, 순식간에 증발할 거야! 이거라면……!"

"마마코 씨. 준비 됐어?"

"응. 그럼, 하나, 둘…… 리시브!"

마마코와 HAHAKO는 동시에 성검 테라디마도레를 휘둘렀다.

그 순간, 모래사장의 모래가 집결되면서 거대한 주먹이 되더니 활활 타오르는 공에 펀치를 날렸다. 공은 그대로 상대편 코트로 튕겨 날아갔다.

"이익! 그쪽에서 이렇게 나온다면……!"

"안 봐주겠어~! 어디 한 번 끝까지 해보자~! 우오오오~!"

사천왕 팀은 바람의 힘을 두른 공으로 어택!

"그럼 HAHAKO 씨."

"응. 하나, 둘…… 리시브!"

마마코&HAHAKO 팀은 모래가 흐트러지지 않도록 물로 굳히며 펀치를 날렸다!

어마어마한 응수였다. 랠리가 끝없이 이어졌다.

심판대에서 트로피컬 주스를 마시며 느긋이 쉬고 있던 시라아세도 마음속은 흥분 상태였다.

"이렇게 열띤 비치발리볼은 처음 보는군요. 정말 멋져요. 그렇게 생각하지 않나요? 와이즈 양, 메디 양."

"으음…… 저게 비치발리볼이야?"

"비치에서 하고 있긴 하니까, 절반은 그렇다고 할 수 있겠죠."

"마마 씨, HAHAKO 씨! 힘내세요!"

관객의 응원 또한 뜨거웠다. 「좋아~!」, 「더 힘내라고~!」, 「양쪽 다 끝내주는 출렁…… 커억?!」 일부 열광적인 남성 관객이 미소 짓고 있는 여성들에게 천벌을 받고 있지만, 비치발리볼 대결은 대성황이었다.

그리고, 그 순간이 찾아왔다.

"이제, 질렸어! ……소레라! 전력을 다한 토스를…… 아니, 확 그대로 꽂아줘서 단숨에 결판을 내버리자!"

그루포 디 메테오리테
"오케이~! 스파라 라 마지아 펠 미라레…… 운석군(隕石群)!"

아만테의 반사 리시브에 힘차게 튕겨 난 공이 머나먼 상공까지 날아가더니, 그대로 시야에서 사라지자…….

대기를 뒤흔들면서, 여러 개의 운석이 차례차례 낙하하기 시작했다.

"낙하하는 것들 전부가 공이야! 이걸로 결판을 내겠어!"

"전부 공으로 여기는 거구나. 그렇다면……."

"코트 안에 떨어지지 않는 건, 그냥 둬도 아웃인 거잖니."

"어? ……어라~?"

아웃이 되면, 마마코&HAHAKO 팀이 점수를 딴다. 「……소레라」, 「에헤헤~」 소레라가 웃으면서 얼버무리려 했지만, 운석 어택은 중단되지 않았다.

하나, 둘, 셋, 넷. 운석이 차례차례, 바다와 모래사장에 떨어졌다. 「피하자~!」, 「빨리 안전한 곳으로 가죠!」, 「어버버버벗!」 운석 낙하의 여파에 죽은 시라아세의 관짝을 짊어진 와이즈 일행이 운석을 조심하며 도망쳤다.

다섯, 여섯, 일곱, 여덟. 수인 관객들은 뛰어난 신체능력을 활용해 사방으로 흩어지며 재빨리 피난했다.

아홉, 열, 열하나, 열둘. 이제까지 열두 개의 운석 공이 아웃됐다. 마마코&HAHAKO 팀이 연속 12득점. 아까 얻었던 점수까지 합치면, 총 14점을 땄다.

"매치포인트네. ……좀 내키진 않지만, 이런 말썽을 부리는 아이의 어리광을 받아주면 안 된다고 생각해. 마마코 씨도 그렇게 생각하지?"

"응. 엉덩이의 원수를 갚아주기 위해서라도, 따끔하게 꾸짖어줘야 한다고 봐."

어머니의 힘으로 만들어낸 모래 손이 두 사람을 태운 채, 그대로 상승했다.

하늘에서 코트 안쪽을 향해 떨어지는 마지막 운석이 두 사람의 눈앞을 지나가려는 순간…….

""하나, 둘…… 때찌!"

한 손을 허리에 손을 대며 다른 손의 검지를 꼿꼿이 세우더니, 어머니의 주포『때찌』가 동시에 발사됐다!

어머니가 날린 꾸중의 빛을 쬔 운석이 낙하 각도를 바꾸더니 사천왕 팀의 코트를 향해 떨어졌다.

"이이이, 이쪽으로 오잖아~?! 아만테, 잘 부탁해~!"

"나만 믿어! 내 반사 스킬로…… 잠깐만 있어 봐? 저『때찌』에는 공격 판정이 없으니까…… 그렇, 다면……."

반사 스킬로는, 막아낼 수 없다.

"으음~, 그럼~…… 아만테한테 맡길게~! 잘 부탁해~!"

"잠깐만! 혼자 도망치지 마! 어어어?!"

아만테가 도망치려는 소레라를 잡은 순간, 두 사람은 그대로 바닥을 굴렀다.

모래 위에 널브러진 두 사람의 엉덩이에, 때지 운석이…….

""아, 안 돼애애애애애애애애애애애애애애애애애애애애애애애애애애애애애애애애애앳?!""

두웅 하고 정통으로 명중하자, 주위의 모래와 바닷물이 그대로 솟구쳤다.

웅덩이의 중심에서 운석에 깔린 아만테와 소레라가 어떻게 됐는지는 확실치 않지만…….

이것으로 15점이다. 비치발리볼(?) 대결은 마마코&HAHAKO 팀의 승리로 끝났다. 멀찍이서 지켜보고 있던 관중이 축복의 환호성을 보냈다.

두 사람은 손을 흔들며 그에 답했지만…… 갑자기 마마코가 비틀거렸다. HAHAKO가 그런 마마코를 부축했다.

"마마코 씨, 꽤 피곤해 보여."

"응. 이 섬에서는 어머니의 힘을 쓰기 어려운 것 같아……. 성검을 쥐고 있는데도, 역시 힘을 발휘하기가 어려워서…… 좀 지친 것 같네."

"나는 아무것도 느껴지지 않아. 그럼 나는 아직 진정한 어머니가 아닌 거네. 유감이야. ……아무튼 마마코 씨는 잠시 쉬도록 해. 무리를 하지 마. 가능하면 마사토 성분도 보충하는 편이 좋겠어."

"그러는 편이 좋겠네. 그렇게 할게. ……아까 마 군의 목소리가 들렸는데, 어디에 있는 걸까……. 어머?"

마마코가 시선이 향한 곳에서, 관객들 사이로 보이던 머리 중 하나가 순간적으로 머리를 푹 숙였다.

"위험했어……. 이 거리에서도 눈치채는 거냐고……. 엄마의 아들 센서는 장난 아니라니깐…….”

비치발리볼 경기장에서 대피한 수많은 관객 중에서 가장 뒤편에 있었는데도 들킬 뻔했다. 거리상 수십 미터는 될 텐데 말이다. 위험했다.

반사적으로 몸을 웅크린 마사토는 그 자세 그대로 천천히 정글 근처까지 후퇴했다. 여기까지 오니 마마코의 모습을 눈으로 확인할 수 없었다. 들킬 일은 없을 것 같았다.

“보아하니 포타는 가방을 되찾은 것 같으니까…… 우리의 문제는 무사히 해결됐나.”

그렇다. 해결됐다.

마사토가 관여하지 않고도, 해결된 것이다.

“시작하기 전에 나한테 말 한마디 걸어줬어도 됐지 않을까……. 훌쩍…….”

그런 생각을 해봤자 소용없다. 딱히 동료로 여겨지지 않은 건 아니다. 마사토는 엄마와의 약속을 어겼기 때문에 모습을 드러낼 수 없었다. 그게 전부다.

설령 모습을 드러냈더라도…….

“……내가 저 자리에 있었더라도, 할 일은 없었을 거야.”

마마코가 쓰러져서 위기에 처했을 순간에 마사토는 나서려 했지만, 한 걸음 내딛기도 전에 위기는 해소됐다.

그 후에도 성검을 손에 쥔 마마코는 지쳐가면서도 힘을 발휘했고, HAHAKO와 함께 압도적인 승리를 거뒀다.

마사토가 개입할 여지는 그 어디에도 없었다.

"엄마의 활약으로 문제 해결. 나는 그냥 호들갑만 떨었을 뿐. 평소와 같은 패턴이네. 아, 그래. 항상 이랬어. ……그래서……."

이미 익숙해졌다, 란 말로 넘어가려 했지만…….

그럴 수 없었다. 머릿속이 응어리에 휩싸였다.

그 응어리의 정체는, 자기 자신에 대한 솔직한 감정이다.

"……분하네."

관객들이 마마코를 칭송하고 있다. 그 목소리가 크면 클수록, 마사토의 기분은 가라앉았다.

그저 쳐다보고만 있을 뿐이란 사실에, 분하기 그지없었다.

"나도, 천공의 선택을 받은 용사거든? 범상치 않은 존재야. 분명 그럴 거라고."

눈을 감고 하늘을 향해 손을 뻗으며 소망했다. 천공의 용사의 힘으로, 폭풍을 일으키는 것이다!

그러면서 하늘을 올려다보았지만, 구름 한 점 없이 맑았다.

열받을 정도로, 날씨가 좋았다. 아아, 화가 난다.

"그래그래, 알고 있었어. 맞아. 그래. 이게 나야. 엄마처럼은 무리라고. ……게다가 말이야!"

크게 한숨을 내쉰 후, 마사토는 내달렸다. 흥분의 도가니가 된 모래사장을 등지고, 정글 안으로 뛰어 들어갔다.

적당한 나무 막대를 주워든 후 속도를 점점 높였다.

그리고 자기 자신을 향해, 혼신의 힘을 다해 외쳤다.

"이대로는 상황이 절대 달라지지 않아! 언제 어디서나 모친 동반! 아무리 떨어져 있더라도 모자지간! 절대 끊어지지 않는 유대로 이어져 있으니, 항상 곁에 있는 압도적 강자에게 압도당하는 나날이 이어지는 거야! 이대로는 안 돼!"

그럼 어떻게 해야 할까?

"바꾸는 거야! 무슨 수를 써서라도 엄마를 능가하는 힘을 손에 넣어서, 내 세상을 바꾸고야 말겠어! 그러기 위해서!"

단련한다. 그 방법뿐이다. 삐뚤어지지 말고, 성실하게, 착실하게. 지금은 그것 말고 다른 방법이 생각나지 않았다.

마사토는 돌격했다. 자신을 막아서는 식물의 잎을 향해 「하앗!」 나무 막대를 휘둘렀다! 나뭇잎을 쓰러뜨렸다!

"좋아! 용사 마사토의 레벨이 올랐다! 검술 스킬도 올랐다!"

그런 느낌이 들었을 뿐이지만 말이다.

눈앞에 나뭇가지가 나타났다. 이대로 가다간 얼굴에 부딪히겠지만 「그렇게는 안 돼!」 그런 뻔한 공격에는 당하지 않아! 즉시 몸을 비틀며 회피했다!

"좋아! 용사 마사토의 레벨이 올랐다! 특히 회피력이 몇 단계나 올랐다!"

그런 느낌이 들었을 뿐이지만 말이다.

아무튼 마음이 중요하다.

"좋아! 단련되고 있어! 나, 강해지고 있다고! 우오오오오!"

오브젝트에는 경험치가 없어요, 그저 정글을 어지럽히고 있을 뿐이에요, 같은 건 아무래도 좋다.

강해지고 싶다는 마음. 그것이 소년을 강하게 만든다!

바로 그때였다.

"응? 뭔가 있어……. 오오, 몬스터!"

격렬하게 날뛰면서 수풀 속으로 뛰어들자, 몸을 웅크린 어른 사이즈의 뿔 개구리를 발견했다. 「개굴? 개구우우우울!!」 상대도 마사토를 발견했다. 입을 벌리더니, 가볍게 잽을 날리듯 혀를 내밀면서 위협했다.

전투 개시다.

"전에 마주쳤던 녀석보다 훨씬 작네……. 상대는 조무래기…… 마치 지금의 나 같아……. 그러니까, 나는 너를 쓰러뜨리고 더 높은 경지에 올라서겠어! 간다, 개구리!"

"개구우우우울!!"

나무 막대와, 혀. 서로가 방어를 도외시하며 격렬한 격돌을 펼쳤다.

마사토의 공격! 「이얍!」, 「개굴?!」 뿔 개구리에게 1 대미지! 뿔 개구리의 공격! 「개굴!!」, 「아얏」 마사토에게 1 대미지!

마사토의 공격 1 대미지! 뿔 개구리의 공격 1 대미지! 마사토의 공격 1, 뿔 개구리의 공격 1, 마사토의 공격 1, 뿔 개구리의 1 마사토 1, 뿔 개구리 1 마사토 1, 개구리 1, 마개, 마개, 마개…….

전투가 종료될 때까지, 진득하게 기다려주십시오…….

바로 그때였다.

"그 사냥감, 내가 해치운데이."

나른하고 귀여운 목소리가 들리더니, 원시적인 가죽옷을 입은 조그마한 사람이 뛰어왔다.

못 알아볼 리가 없다. 마음의 친구다.

"프라테로…… 어이, 도움은 필요 없다고."

"도와주겠다고는 말한 적 읎다. 내가 잡으려는 것 뿐이데이."

프라테로는 그렇게 말하면서도, 마사토와 어깨를 나란히 하며 함께 싸우려는 듯한 태세를 취했다.

"솔직하지 못한 녀석이네. 뭐, 좋아. ……그럼 결정타를 날린 쪽의 승리인 거야."

"그래……. 잠깐만, 형씨. 저 녀석, 어딘가 이상하데이."

뿔 개구리가 움직였다. 네 개의 발로 서며, 고개를 치켜들더니…….

"개굴개굴개굴, 꾸왓꾸왓, 꾸왓~!"

울음소리? 아니, 노랫소리에 가까운 소리가 들린 직후의 일이다.

정글 상공에서 거대한 물체가 내려왔다.

"뭐야? 형씨, 저건……."

"놀라기 전에, 피하라고! 하아, 정말!"

마사토는 반사적으로 프라테로를 안으며 대피했다. 가볍다. 그리고 좋은 향기가 났다. 그것보다…….

두둥, 하고 땅을 뒤흔들리며 내려선 것은 방금까지 싸운 개체보다 훨씬 거대한 뿔 개구리였다. 「개구우우우우우우울!!」, 「엄마개굴!!」 일반 사이즈의 뿔 개구리가 껑충 뛰며 상대의 머리 위에 올라타더니, 자랑스럽다는 듯이 내려다봤다.

“『엄마개굴!!』…… 이 녀석, 설마 엄마를 부른 걸까?”

“2 대 1이라 불리하다는 생각에 바로 엄마한테 매달리다니, 정말 치사한 녀석이데이.”

“동감이야. 하필이면 엄마한테 매달리다니…… 자식이라면 아무리 힘들더라도 엄마를 능가하는 힘을 손에 넣어서, 자기 힘으로 승리를 거머쥐어야 할 거 아냐!”

“오오……. 형씨, 말 한 번 잘했다. 그 말이 맞는기다. 형씨는 남자다. 남자 중의 남자 아이가. 진짜 멋지데이.”

“네~. 남자 중의 남자입니다. 정말 멋지다고요.”

프라테로가 멍한 눈을 치켜뜨더니, 반짝이는 눈동자로 마사토를 올려다봤다. 마사토는 그 시선을 받고 멋쩍어했다.

하지만, 이렇게 노닥거릴 때가 아니다.

“그럼, 어떻게 하지……. 저 커다란 녀석은 분명 강할 거야. ……아까까지 싸우던 녀석보다 체력이 몇 배는 되겠지……. 이럴 때는 작전을 짜서…….”

“좋다. 내가 공격할란다. 으냐아아아아앗…….” 고오오오오!

“앗! 어이, 관둬! 그 기술을 쓰면, 내 차례가……!”

말려봤지만 이미 늦었다.

힘을 모은 프라테로가 앞으로 뛰쳐나가더니, 주저 없이 공격을 펼쳤다.

“으냣.”

“개굴……?!”

필살 정권지르기가 엄마 뿔 개구리의 복부에 명중한 순간…….

마치 폭발이라도 일어난 것처럼 그 거대한 몸이 튕겨 날아갔다. 나무를 몇 그루나 부러뜨리고, 풀잎을 흩뿌리면서, 수평으로 날아가, 순식간에 시야에서 사라졌다.

정글에 생긴 그 구멍을 보면서, 마사코는 털썩 무릎을 꿇었다.

"나, 또 활약 못했어…… 큭……."

"빠른 사람이 임자 아이가. 나쁘게 생각 말그라. ……있다이가, 형씨. 생각을 좀 해봤는디."

"……뭔데?"

"내는 형씨에게 빚이 있다 아이가. ……그러니 이 힘을 형씨한테 가르쳐줄 수도 있데이."

멍한 눈이 왠지 두근거림을 품으며, 마사토를 올려다보았다.

"형씨가 아까 말했제? 『엄마를 능가하는 힘을 손에 넣어서, 자기 힘으로 승리를 거머쥐어야 할 거 아냐!』 하고 말이다. 내는 그 말이 형씨의 소원처럼 들린 기다."

"그, 그래……. 맞아. 그게 내 소원이야."

"역시 그런 기가. ……사실 내 힘은 그걸 위한 힘이데이. 그러니 형씨만 원한다면 가르쳐주께."

"……정말?"

"진짜라 안 하나. 내는 형씨가 진심으로 마음에 들었다 아이가. 남자다움도, 마음가짐도, 전부 말이다. ……그러니까……."

프라테로는 갑자기 마사토의 안면을 향해 펀치를 날렸다. 「어이쿠」 마사토는 그 펀치를 손바닥으로 받아냈다.

"더욱 강해진 형씨와 승부를 하고 싶데이. 그게 내, 가장 큰 목적인 기다."

"최고의 대결을 하기 위해, 적에게 도움을 주는 거구나. 너는 참 별난 남자구나."

"칭찬으로만 들린다카이."

마사토는 망설이지 않았다.

그는 힘을, 원하고 있었다.

"알았어. 그렇게까지 말한다면, 네 도움을 감사히 받겠어. ……단, 내가 너보다 강해지더라도 울지 말라고."

"흥. 오만하게 들리지만, 그렇게 안 나오면 재미가 없다 아이가. ……그럼 지금 바로 수행을……."

프라테로가 지시를 하려던 바로 그때였다.

……정말~! 저 두 사람이 콤비를 짜면~, 절대 무리야~!

……이렇게 됐으니 일단 후퇴하자! 아지트로 돌아가서 대책을 짜자!

머나먼 상공에서 목소리가 들려오더니, 네모난 그림자가 마사토의 머리 위를 지나갔다.

"어라, 방금 그건……?"

"또 사고를 친 기가……. 하아, 진짜로……. 형씨, 미안하지만 급한 볼일이 생겨서 오늘은 이만 돌아가 봐야겠데이."

"뭐? ……자, 잠깐만 있어봐! 힘의 전수는 어떻게 되는 건데?!"

"내일 꼭 가르쳐주께. 해가 뜨면 여기서 보제이. 남자와 남자의 약속이데이."

정글에 생긴 커다란 구멍 너머로 뛰어가다 갑자기 돌아본 프라테로는 「약속이데이」 하고 말하면서 손을 흔든 후에 사라졌다.

"남자와 남자의 약속, 인가……. 좋아. 믿어줄게."

힘의 전수는 내일로 연기됐다.

밤. 오늘 숙박 장소는 정글의 별장이다. 하지만 잠자리에 들기 전에…….

건물 옆의 지면에 구멍을 파고, 무수한 바위로 욕조를 만든 후, 물을 끌어왔다.

그리고 욕조 중앙에 대지의 성검 테라디마도레 두 자루를 꽂아 넣고, 지열(地熱)로 물을 데우자…….

순식간에 대자연 속의 정글 노천 목욕탕이 완성됐다.

자, 선수 입욕이다.

"그럼 이 세상 엄마 중 한 사람으로서, 어머니의 힘의 은총을 받는 것을 사양하지 않겠습니다."

시라아세가 태연히 가장 먼저 탕에 들어갔다. 수건을 욕조 안의 물에 젖게 하는 것은 매너 위반이다. 그래서 몸을 감싼 목욕 수건을 화끈하게 벗어 던졌다.

한밤의 정글에서, 일하는 어머니의 아름다운 바디가 훤히 드러났다. 보름달처럼 동그란 가슴. 군살 하나 없이 가느다란 허리. 담쟁이덩굴처럼 탄력적인 손발. 만만찮은 매력을 자랑하는 시라아세 바디였다.

2번 타자는 포타.

"으으으…… 좀 걱정되지만, 들어갈게요! 에잇!"

머리에 올려둔 가방을 꼭 움켜잡으며, 욕조에 첨벙. 「으으! 얼얼해요~!」 햇살에 탄 손발이 얼얼해 보였지만, 금방 익숙해졌는지 빙긋 웃었다.

그럼 다음 입욕자를 발표하고 싶지만…….

"욕조 안에…… 들어가고 싶지만, 무리야. 들어갔다간 죽을 거야."

"저도, 지금은 자제하겠어요. 미래를 위해서요."

이어서 모습을 보인 와이즈와 메디는 노천 목욕탕 구석으로 이동했다.

그리고 물이 담긴 대야에 엉덩이를 첨벙 담그더니, 무릎을 끌어안으며 바닥에 앉았다. 엉덩이 살해 어택을 맞고 부은 엉덩이에 조그마한 대야가 딱 맞았다. 「너무 딱 맞는 것 같은데……」, 「나중에 빠지긴 하겠죠……?」 저스트 피트.

그 모습을 곁눈질하며, 시라아세가 옅은 미소를 머금었다.

"다소 피해가 발생하긴 했지만, 포타 양의 가방을 되찾는데 성공했군요. 저도 안심했습니다."

"시라아세 씨가 배신해준 덕분에 잘 풀린 거야."

"적을 속일 거면 우선 같은 편부터 속여라. 부디 웃으며 용서해주십시오."

"아군도 정기적으로 속이고 있으니까, 평소와 그다지 다르지 않군요."

"독기가 감도는 대꾸, 참으로 감사합니다. ……그럼 이쯤에서 좀 긴 혼잣말을 할 생각입니다만, 들어도 해가 안 되는 혼잣말이니……."

"들으면 안 돼! 메디, 포타! 귀를 막아!"

"들었다간 분명 휘말리고 말 거예요!"

"아, 네! 조심할게요!"

세 소녀는 양손으로 귀를 막으며 방어했다.

그런 세 사람에게 제대로 들리도록, 시라아세가 이야기를 시작했다.

"『MMMMMORPG(가제)』…… 부모자식의 유대를 기르는 것을 목적으로 하는 이 게임에는 그 방침에 반대하는 것으로 모자라 부모 자식의 관계를 혼란에 빠뜨리거나 이 세상에서 모친 말소를 획책하는 등, 반항적인 활동을 이어가는 조직이 존재합니다."

"반항조직 리벨레 말이네. 안 들리지만 말이야."

"저희 운영 측은 그 조직의 전모 해명 및 박멸을 위해 이제까지 대대적으로 조사를 해왔습니다. ……그리고 드디어, 알아냈습니다."

"뭘 알아낸 건지…… 들리지 않지만, 말씀해주시지 않겠어요?"

시라아세는 고개를 끄덕인 후, 말했다.

"이제까지의 모든 사건에 관여한 흑막의 정체. 또한, 실행범인 사천왕의 아지트로 추정되는 장소를 밝히는 데 성공했다는 것을 대대적으로 알려드립니다."

와이즈 일행은 눈을 치켜뜨더니, 무심코 귀에서 손을 뗐다.

이것은 꼭 들어야만 하는, 놓쳐서는 안 되는, 너무나도 중요한 정보였다.

"흑막의 정체…… 어, 잠깐만. 잠깐만 있어 봐? 그럼…… 우리 엄마한테 이상한 힘을 준 사람을 알아냈다는 거야?!"

"수상한 지팡이를 보내서 어머님과 저를 이상하게 만들어, 모녀간의 유대를 파괴하려 한 범인을…… 드디어 찾아낸 거군요."

"어, 엄청난 정보예요! 전부 알아낸 거나 다름없네요!"

"네, 그래요……. 전부, 알아냈답니다."

시라아세는 포타를 쳐다보며 애매모호한 미소를 지었다.

하지만 곧 의연한 표정을 짓더니…….

"행동을 일으키는 데 필요한 것이 갖춰졌습니다. 그래서 운영 측은 반항조직 박멸 계획을 입안해, 순차적으로 실행에 옮기고 있습니다."

"어, 벌써 시작된 거야?! 뭘 하고 있는데?!"

"우선 아지트의 파괴. 이번에 제가 여러분을 찾아온 것도, 그 계획에 협력을 요청하기 위해서입니다. 사천왕을 몇 번이나 상대해온 전문가이자, 누구나 인정하는 최고 전력인…… 바로…… 용사 마사토 군의 협력이 필요하죠!"

중요한 인물은 마사토였다!

"필요하구나! 우리의 믿음직한 리더인, 마사토가 말이야!"

"하늘조차 찢어발기는 힘을 지닌 최고 전력! 마사토 군이 필요한 거군요!"

"마사토 씨는 대단해요! 그렇게 대단한 마사토 씨가 필요해요!"

"네. 그런 마사토 군을 필두로, 여러분의 협력을 얻어서 조직의 아지트를 공격할 예정입니다. 또한 공격 목표는 바로 이 섬이죠."

"뭐, 정말? 이 섬이야? ……그것보다, 그 녀석들은 이쪽 세상에 아지트를 만들었어?"

"운영 측을 속이기 위해, 그렇게 한 것 같습니다. ……아직 시험 운용 단계에 이르지 않은 것도 포함해, 각 지방의 서버는 정기적으로 접속 실험이 이뤄지고 있죠. 그 타이밍에 맞춰 사천왕들은 몰래 이동한 것 같습니다. 카산 지방을 아무리 뒤져도 발견하지 못한 것도 이해되는군요. 한 방 먹었습니다."

"하지만, 드디어, 발견한 거네요."

"그러나 교묘하게 은폐된 탓에 아지트에 침입할 방법은 아직 찾지 못했습니다만…… 아무튼, 여러분이 이 섬에 온 것은 하늘의 인도라고 해도 과언이 아닐 겁니다. 네. 그리고 하늘 하면?"

하늘에 선택받은 용사! 그는 바로!

"그야 물론, 마사토야!"

"마사토 군이 인도해준 거군요!"

"마사토 씨는 대단해요!"

"그래요! 이건 전부 마사토 군 덕분입니다! 포타 양의 가방을 무사히 되찾아서 모든 장비를 손에 넣은 지금이 바로, 분열이 일어설 때죠! 마사토 군의 호령에 맞춰!"

"마사토와 함께!"

"마사토 군과 함께!"

"마사토 씨와 함께!"

일어설 때가 됐다!

됐지만……!

"……이렇게까지 말하는데도, 걸려들지 않는군요."

시라아세는 한숨을 내쉬면서 도끼눈인 와이즈와, 도끼눈인 메디와, 눈을 반짝이는 포타와 함께 일제히 한 곳을 쳐다봤다.

네 사람의 시선이 향한 곳. 욕조 옆의 세면장에 있는 건…….

"하아~. 행복해~. 너무 행복하네~."

목욕 의자에 탁 앉아서…….

"우후후. 어떠니? 가려운 곳은 없어? 있으면 말하렴."

접촉을 피할 수 없을 만큼 커다란 가슴의 감촉을 오른팔로 느끼며, 어머니에게 머리가 감기고…….

"자식의 등을 씻겨주니, 참 행복한 기분이 드네. 공부가 됐어. ……자, 마사토. 씻겨줬으면 하는 곳이 있으면, 사양하지 말고 말하렴."

친어머니와 판박이처럼 똑같은 가슴의 감촉을 왼팔로 느끼며, 친어머니와 판박이처럼 똑같이 생긴 사람에게 등을 씻기는…….

"하아~. 정말 최고의 기분이야~."

마사토였다. 주위의 시선을 느끼지 못하고 마마코와 HAHAKO에게 온몸을 씻겨지고 있는, 마사토였다.

"우후후. 마 군이 오늘은 좀 이상하네. 평소 같으면 『하지 마!』 하면서 불같이 화를 냈을 거잖니."

"아~, 뭐, 그런 기분도 들긴 하는데…… 하아~…… 지금은 뭐랄까, 행복으로 가슴이 가득해서…… 그냥 다 용서가 돼……."

"마사토는 행복한 거구나. 무슨 일이 있었던 거니?"

"있었습니다. 있었다고요. ……아, 맞다. 엄마, 그리고 HAHAKO 씨도 들어줘."

""어머, 무슨 일이니?""

"나, 내일 아침 일찍 잠시 나갔다 올게. 언제 돌아올지는 모르겠지만…… 해가 지기 전에는 돌아오겠어."

"외출하는 거니? 그건…… 아, 혹시……."

"잠깐만, 마마코 씨. 나도 엄마의 감을 단련하고 싶어. 내가 맞춰볼게."

HAHAKO는 히죽거리는 마사토의 얼굴을 지그시 응시하더니, 곧 뭔가를 눈치챘다.

"……알겠다. 데이트구나."

"아, 아니에요~. ……으음~. 뭐, 누군가를 만나기로 한 건 맞아요."

"어머어머. 그럼 데이트네. ……저기, 마 군. 이 엄마한테 몰래 가르쳐주지 않겠니? 상대는 어떤 애야?"

"마마코 씨. 그런 걸 물으면 아이한테 미움받아. 내 안의 데이터에 비춰 보니 그래."

"맞아~, 엄마. 나한테 미움받는다고……. 전부 잘 풀리면 다 털어놓을 테니까, 그때까지 기다려줘."

"으음…… 좋아. 알았어. 그렇게 하자."

머리와 등만이 아니라 팔, 다리, 사타구니도 「거기는 안 돼!」 마마코와 HAHAKO가 씻겨주는 가운데…….

마사토는 꿈만 같은 심정으로, 별이 가득 찬 하늘을 올려다보았다. 아, 별똥별이다.

"내일이야……. 내일, 나는 드디어 힘을 손에 넣어……. 그렇게 갈구해왔던 힘을!"

할 말이 있는 듯한 시선 세 줄기에 꿰뚫리면서도 개의치 않으며…….

마사토는 최고의 기분으로, 내일이 오기만 기다렸다.

MASATO OOSUKI SPECIAL SKILL

용사 오오스키 마사토의 필살기 개발 3

0초 만에 필살기 개발 코너! 자, 이번 강사는 포타 선생님입니다! 포타 선생님, 잘 부탁드립니다!

아, 네! 저, 힘낼게요!

포타

이번에는 포타 선생님이 지닌 아이템 크리에이션 스킬을 이용해, 순식간에 필살기를 만들어볼까 합니다! 잘 부탁드립니다, 포타 선생님!

네! 할 수 있을지는 모르겠지만, 제 스킬을 마사토 씨에게 건네주는 느낌으로…… 으으음…….

포타

필살기가 만들어질까? 필살기가 만들어질 거야! 필살기가…….

"……지그시~……."

와이즈&메디

헉?! 나를 불쌍하게 여기는 시선이 느껴져?!

제4장
볼을 꼬집어봤다. 아프지 않다. 꿈이 아냐! 아들 무쌍의 모험담이 시작된다!

하늘이 어렴풋이 밝아온 시각. 새벽이라고 하기에도 아직 이르다.

하지만, 마사토에게 있어서는…….

"응, 아침이야! 눈부신 아침이네! 아~침~!"

침대에서 벌떡 일어나서 세수를 하고, 준비되어 있던 아침 식사를 마친 후…….

드디어 다시 손에 넣은 장비를 착용하자, 준비 완료.

"그럼 마 군, 깜빡한 건 없니? 손수건은 챙겼지? 그리고……."

"무기와 방어구도 다 장비했어! 깜빡한 건 없어!"

"마사토. 옷깃이 단정치 못하잖니. 내가 손봐줄 테니까 가만히 있으렴."

"고마워요! ……좋아, 이걸로 준비 완료!"

"마사토 씨! 저, 응원할게요! 힘내세요!"

"정말~, 데이트하러 가는 게 아니라니까 그러네! 하하! 그럼, 다녀오겠습니다!"

현관을 힘차게 뛰쳐나간 순간, 「끼얏호~!」 마사토는 그대로 힘차게 내달렸다. 잠옷 차림인 마마코와 HAHAKO와 포타에게 배웅을 받으면서, 약속 장소를 향해 그대로 뛰어갔다.

빛이라도 뿜을 것처럼 힘찬 뒷모습이, 아직 어두컴컴한 정글 속으로 사라졌다.

"하아, 진짜로 가버렸네……."

"가버렸군요……. 아, 넘어졌어요…… 어머, 웃으며 일어나서 다시 달려가는군요……. 정말 행복해 보여요."

방금 일어난 와이즈와 메디가 그렇게 말했다. 흐트러진 머리카락을 손으로 대충 쓸어넘긴 두 사람은 테라스에서 마사토를 배웅하며 땅이 꺼지게 한숨을 내쉬었다. 어이없어 죽겠다는 반응이었다.

"데이트인지 뭔지는 모르겠지만, 너무 흥분하는 거 아냐? 정말."

"후후후. 와이즈 양은 신경 쓰이나 보군요. 몰래 쫓아가 보는 게 어떤가요?"

"하아, 헛소리하지 마. 그런 게 아니거든? 지금은, 진짜로, 단순히, 어이없어하는 것뿐이야. ……이렇게 중요한 시기에, 저 바보가……."

"동감입니다. 마사토 군은 현재 진행 중인 계획의 중대함을 전혀 이해하지 못한 것 같군요."

불만을 뱉으면서 모습을 드러낸 이는 시라아세였다. 섹시한 네글리제 차림인 그녀는 실내에서 테라스를 천천히 이동했다.

"시라아세 씨도 일어났구나……. 그것보다 그 잠옷, 되게 야

하네."

"에로스는 성인 여성의 소양이죠. 정기적으로 알몸이나 다름없는 이런 모습이 되면서, 자신의 체형 변화를 체크하는 거랍니다."

"그럼 건강(헬스)이 목적이잖아……. 뭐, 됐어."

"그러고 보니 시라아세 씨가 이쪽 세상에서 숙박하는 건 매우 드문 일 아닌가요?"

"반항조직의 아지트를 파괴하는 계획을 실행하기 위해, 딸을 본가에 맡기고 시간에 구애받지 않으며 활동할 수 있게 했죠. 그럼에도 불구하고……."

"바보 마사토가……."

"정신이 딴 데 팔려가지고……."

"정말, 곤란하기 그지없습니다……."

세 사람은 고개를 절레절레 저으면서, 동시에 한숨을 내쉬었다.

바로 그때였다.

"마사토의 행동은 헛되지는 않을 거라고 생각해. 경우에 따라서는 계획 수행에 필수불가결한 한 수가 될 가능성이 있어."

배웅을 나갔던 HAHAKO가 돌아왔다. 마마코와 포타도 뒤따라 들어왔다.

"HAHAKO 씨? 헛되지는 않을 거라는 게 무슨 소리야?"

"말 그대로의 의미란다. 하지만 이 이상의 정보제공은 하고 싶지 않아."

"하고 싶지 않다는 게…… 무슨 말이죠?"

메디가 묻자, HAHAKO는 당혹스러운 표정을 지었다.

"나는 매우 복잡한 심정을 품고 있어. ……너희는 사천왕 아이들을 공격하려고 해……. 확실히 그 아이들은 공격받아 마땅한 짓을 해왔어. ……하지만, 그 아이들은……."

"HAHAKO 씨의 자식들이 되어줄지도 모르는 아이들, 인 거구나."

마마코 씨가 그렇게 말하자, HAHAKO는 기쁘다는 듯이 고개를 끄덕였다.

"나는 너희가 아직 모르는 정보를 몇 개 가지고 있어. 그것을 알려주면, 그 아이들이 힘들어질지도 몰라……. 그러니, 엄마로서 말해주고 싶지 않아. 나는 아직 그 아이들의 엄마가 되지 못했지만, 이 마음에 따르고 싶어. 그러니까……."

HAHAKO는 다른 이들을 향해 깊이 고개를 숙였다.

남들에게 폐를 끼치는 아이일지라도, 자식은 자식이다. 자기 자식은 귀여울 수밖에 없는 것이다. 모성이란 선악의 판단을 넘어서는 것일지도 모른다.

그런 HAHAKO를 향해…….

"그러면 돼. 그건 엄마로서 어쩔 수 없는 감정인걸."

마마코는 빙그레 웃더니, HAHAKO의 등을 상냥히 쓰다듬어주며 고개를 들게 했다.

"엄마의 곤란한 부분까지 지니게 되다니, HAHAKO 씨는 점점 엄마다워지고 있네."

"그런 걸까……. 마마코 씨가 그렇게 말해주니 정말 기뻐."

"그럼 이대로……."

마마코와 HAHAKO는 호흡을 맞춰, 「「Let's 엄마!」」 엄마와, 엄마를 꿈꾸는 이가 힘차게 그렇게 외쳤다.

"그렇게 됐으니까…… 너희도 납득해주지 않겠니? 부탁할게. 와이즈 양. 메디 양. 포타 양."

"으음, 뭐…… 엄마의 마음이라고 한다면야……."

"정보제공을 요청하고 싶지만, 강요는 할 수 없겠네요."

"저는 그래도 괜찮다고 생각해요. 엄마의 마음은 소중하니까요!"

"고맙구나. ……시라아세 씨는, 어때?"

굳은 표정으로 생각에 잠겨 있는데…….

"한 사람의 엄마라는 입장을 떠나…… 운영 측의 일원으로서, 한 방 먹은 기분이군요. 이 게임에서는 부모 자식의 유대가 가장 중요한 요소로 규정되어 있는 만큼, 어머니의 마음을 부정할 수는 없죠. ……정말 탐이 나는 정보입니다만, 캐물을 수는 없겠군요."

시라아세는 그렇게 말하면서 HAHAKO로부터 뒤돌아섰다. 「혹시 모르니, 상층부로부터 양해를 받아오겠습니다」 약간 분해 보이는 분위기를 풍기면서, 별장 안쪽으로 사라졌다.

그 등을 향해 고개를 숙인 후…….

"그럼 나는 이만 가볼게. 마마코 씨 일행과 사이좋게 지내고 싶지만…… 너무 친해졌다간, 그 아이들에게 미움받을 것 같거든."

HAHAKO가 발치의 지면에 녹아들듯 사라졌다. 게임의 근간을 형성하는 메인 시스템에 의해 작성된 특이한 존재가 순식간에 사라졌다.

자…….

"그럼 이제 어떻게 할까. ……나는 역시 마 군이 신경 쓰이는데……."

"그건 그래. 나도 마마코 씨와 마찬가지로, 순수한 의미에서 신경이 쓰이네."

"정보제공을 하지 않는다면서도, HAHAKO 씨는 딱 하나 알려준 게 있으니까요."

"네! 마사토 씨의 행동이 매우 중요할지도 모른다는 점을 알려주셨어요!"

"그래! 맞아! 그래서 신경이 쓰이는구나!" 근질근질!

"마마코 씨는 항상 그렇다고 생각하는데……."

"특히 이번에는 마사토 군이 데이트를 하고 있을 가능성도 있으니까요……."

"마 군이 어디 있을까……. 어디에 갔을까……. 누구와 만나는 걸까……. 정말 신경 쓰인다니깐!" 안절부절안절부절!

마마코가 안절부절못하자, 지면이 「스톱!」, 「마마코 씨, 진정하세요!」 어머니의 마음에 호응해 들썩거리려고 했기에 저지했다.

"휴우. 마마코 씨도 겨우 진정……."

"맞다! 대지의 힘을 빌려서, 마 군이 어디 있는지 알아내는 거야! 포타 양, 가방에서 성검을 꺼내주겠니?!"

"네! ……으음……." 뒤적뒤적.

"진정 못 했잖아! 잠깐 기다려! 【어머니의 송곳니】는 안 돼!"

"마사토 군이 어디 있는지 알아내더라도, 현장이 엉망진창으로 변할 거예요!"

"그러니까 그런 방법이 아니라! ……메디는 감이 오지?"

"네. 이럴 때는 역시…… 몰래, 쫓아가 보는 거죠."

그런 걸 좋아하는 두 여자애가 빙그레 웃었다.

어두컴컴한 정글 안에서, 운명에 이끌리듯 약속 장소에 도착!

……이라고 말하고 싶지만, 실은 아무렇게나 뛰다 보니 도착했다. 대략적인 방향만 잡고 나아가니, 금세 전투 흔적을 발견했다.

마사토는 프라테로의 일격에 의해 생겨난, 정글을 꿰뚫는 듯한 커다란 구멍을 지그시 응시했다.

"역시 위력이 장난 아냐……. 엄청나다는 말로는 부족해……. 이 힘을 나에게 가르쳐주기로 한 마음의 친구는…… 아직 안 왔나 보네."

적당한 장소에 앉아서 두 시간 가량 기다렸지만, 프라테로는 나타나지 않았다. 마사토가 너무 일찍 온 탓이니 어쩔 수 없지만 말이다.

하늘을 뒤덮은 브로콜리 사이로, 푸른 하늘이 보였다. 벌써 아침이 된 것 같았다.

그러니, 슬슬…….

“오, 형씨. 벌써 온 기가.”

“어, 프라테로! 기다리고 있었어!”

커다란 구멍 너머에서, 프라테로가 모습을 드러냈다.

멍한 눈길로 마사토를 쳐다보더니, 만족한 듯이 고개를 끄덕였다.

“형씨, 좋은 아침. 남자 대 남자의 약속을 지키다니, 대견하데이.”

“남자니까 당연히 지켜야 하지 않겠어?”

“응. ……그건 그렇고, 오늘은 복장에도 기합이 잔뜩 들어간 거 아이가?”

“흐흥. 어때? 이게 나의 진정한 모습이야.”

몸에는 재킷, 팔에는 건틀릿, 허리에는 천공의 성검 필마멘트.

완전 풀 장비 마사토가 우쭐대듯 포즈를 취했다! 짜잔~!

그런 마사토와 가죽 옷차림인 자기를 번갈아 쳐다본 프라테로가 한숨을 내쉬었다.

“형씨, 안 덥나?”

“솔직히 말해, 쪄 죽겠어. 벗고 싶다고. 하지만 이게 내 장비니까, 벗을 수 없어.”

마사토는 앉아서 기다리고 있었을 뿐인데도, 땀으로 범벅이 됐다.

"그럼 어쩔 수 없지. 그럼 우선 이동하자고."

"이동? 여기서 수행하는 게 아냐?"

"그 옷차림으로는 형씨가 더워 먹고 쓰러질 기다. 그러니 좀 더 시원한 장소로 가자. 우리 아지트로 안내해주께."

"어, 아지트?"

"겸사겸사 내도 장비를 갖출끼다. 내 전용의 엄청 멋진 장비가 있데이. 구경시켜주께."

집도, 호텔도, 여관도 아니라, 아지트. 프라테로는 그렇게 말했다.

그 말에서 위화감을 느꼈지만 「형씨, 두고 간데이」, 「아, 기다려!」 프라테로가 이동을 시작했기에, 마사토는 일단 쫓아가기로 했다.

그로부터 잠시 후…….

마사토와 프라테로가 있던 장소 근처의 수풀에서, 포타가 고개를 빼꼼 내밀었다.

그리고 오른쪽을 보고, 왼쪽을 보고, 다시 오른쪽을 본 후…….

"으으음…… 나와도 될 것 같아요!"

평소 복장에 숄더백도 꼭 들고 있는 포타가 수풀 밖으로 나왔다.

그 뒤를 이어서 진홍색 재킷을 장비한 와이즈, 하얀색 힐러

튜닉 코트 차림의 메디, 마음에 든 원피스 위에 갑옷 파츠를 착용한 마마코, 겸사겸사 수녀복 차림인 시라아세도 슬금슬금 기어 나왔다.

네 사람 다 땀범벅이 된 채 지쳐 있었다.

“더워…… 온몸의 수분이 빠져 나간 것 같아…….”

“만약에 대비해 장비를 착용하고 온 게 실수였는지도 몰라요. ……와이즈 양, 일단 땀 좀 식혀 주세요.”

“오케이~…… 스파라 라 마지아 펠 미라레…… 풍량(風涼)(벤토 프레스코)…….”

늘어진 목소리로 영창을 하자, 마법이 발동됐다. 기세가 약하지만 시원한 바람이 그녀들의 주위에 불었다.

더위 때문에 축 늘어져 있던 일동의 표정이 약간 누그러졌다.

“어머, 시원해라. 와이즈 양 덕분에 살았네.”

“정말 살겠어요! 역시 와이즈 씨예요!”

“이번만큼은 인정할 수밖에 없겠군요. 와이즈 씨가 있어서 다행이에요.”

“아니, 메디까지 그렇게 말하니…… 좀, 부끄럽네…….”

“부끄러워할 필요 없습니다, 인간 에어컨 아가씨.”

“잠깐, 시라아세 씨?! 말이 심한 거 아냐?!”

“평소 전투에서 마법을 쓸 기회는 좀처럼 없으니까…… 이 기회에 『실내 온도 관리직』으로…….”

“전직 안 해! ……그것보다, 그딴 소리 할 상황이 아니거든?!”

와이즈는 당혹스러운 표정을 짓더니, 정글을 꿰뚫는 커다란 구멍을 쳐다봤다.

"……마사토와 같이 있던 애, 그 녀석 맞지?"

그 질문에 마마코도, 포타도, 메디도 고개를 끄덕였다.

"그래. 틀림없단다."

"저도 그렇게 생각해요!"

"저기, 무슨 이야기를 하시는 건지 모르겠습니다만……."

"그러고 보니 시라아세 씨는 그 자리에 없었죠. 설명, 아니, 알려드리도록 하겠습니다~."

"메디 양, 방금 그 말은 저에게 도전하는 건가요? 제 역할을 노리는 겁니까?"

"시라아세 씨의 스타일에 맞춰드렸을 뿐이에요! 아무튼 잘 들으세요! ……리조트 개발을 진행하던 도중에, 사천왕 두 사람을 우연히 발견했는데……."

그때 난입한 자가 마마코를 한 손으로 날려버렸다.

그 난입자가 바로…….

"프라테로 씨…… 그러고 보니, 다른 사천왕들이 그 이름을 입에 담았죠. 조직의 관계자라는 사실을 뒷받침해주는 정보군요."

"그럼 틀림없겠네. 저 프라테로라는 애가 세 번째 사천왕이야. 결정~."

"저희와 마주쳤을 때와 말투가 다른 것 같은데…… 저건 마사토 군의 마음에 들기 위한 작전이라고 봐야 할까요?"

"마사토에게 미인계를 쓰려고 했던 누구누구 씨와 같은 거네. 음흉해~."

"그건 어머니의 명령으로, 어쩔 수 없이 했던 거예요."
빙긋~ 꾸욱꾸욱~.
"우와, 그만해! 음흉 미소녀가 지팡이로 내 발등으으으으으으을?!"
"으음~, 그럴까……. 의도적으로 그러는 것처럼 보이진 않는데……."
"제 눈에도, 저 두 사람은 사이좋아 보여요!"
"저도 그렇게 보입니다만, 그런 의문은 일단 제쳐두도록 하죠. 그것보다 먼저 해야 할 일이 있습니다."
시라아세가 먼저 걸음을 내디뎠다.
"저 두 사람은 프라테로 씨의 아지트로 향한다고 했죠. 이건 기회입니다."
"그래. 적이 친히 안내해주는 기회를 헛되이 할 수는 없어."
"겸사겸사 아직 밝혀내지 못한 침입 방법도 알 수 있다면 더할 나위 없겠네요."
"그렇습니다. 그럼 가도록 하죠."
입을 다문 그녀들은 소리를 죽이면서 마사토와 프라테로를 미행했다.

한편 미행당하는 자들은…….
"주위에 수상한 기척은…… 없나."
"형씨라면 몰라도, 내 정도 되는 남자에게 들키지 않고 접근하는 건 불가능하데이."

"내 감지 능력을 무시하지 마. 너보다 대단하거든?"

"내가 더 뛰어날 게 틀림없데이."

어깨로 서로를 밀며 고집을 부리는 마사토와 프라테로는 그대로 계속 나아갔다.

정글을 빠져나가자, 암석과 감자가 굴러다니는 바위 밭이 눈앞에 펼쳐졌다.

비탈길이라 걷기 어려워 보였지만, 등반할 수 없을 정도는 아니었다. 거대한 바위와 감자를 우회하며 나아가니 의외로 쉽게 나아갈 수 있었다.

그리하여 두 사람은 절벽 같은 산의 기슭에 도착했다.

"암벽등반을 할 수 있겠는걸……. 여기서 어디로 갈 거야?"

"아무 데도 안 갈끼라. 여기가 아지트의 입구다 아이가."

프라테로가 눈앞에 있는 절벽에 손을 댔다.

그 순간, 그곳에는 사람이 드나들 수 있는 사이즈의 구멍이 생겨났다.

"어라? ……어이, 방금 뭘 어떻게 한 거야?"

"별거 아니데이. 그냥 손을 댔을 뿐인기다. 여기에 사는 이들, 그리고 사역하고 있는 언데드 계열 몬스터는 이렇게 자유롭게 드나들 수 있데이."

"……뭐? 왜 언데드 계열 몬스터도 드나드는데?"

"동료 중에 그런 걸 조종하는 게 특기인 녀석이 있어서, 출입이 가능하도록 해둔 기다. ……뭐, 그만 것에 의지할 정도로 나약해빠졌다는 사실이 참 어이없지만 말이데이."

"프라테로의 동료 중에, 그런 녀석이…… 어……."

한순간, 마사토는 요사하고 음탕한 눈동자를 머릿속에 떠올렸다.

"가자, 형씨. 이 안은 미로처럼 되어 있어서 길 잃기 십상이데이. 내한테서 떨어지지 말고 잘 따라오그라."

"아, 응……."

더위가 아니라 급변하는 감정 탓에 뿜어져 나온 땀을 닦으면서, 마사토는 프라테로의 뒤를 계속 좇아갔다.

동굴 안은 완만한 내리막길이었다. 드문드문 마법석이 박혀 있어서 꽤 밝았다.

어딘가에서 좀비 무리가 나타났지만, 프라테로를 보더니 바로 길을 비켰다.

그 앞은 길이 두 갈래로 나뉘어 있었으며, 더 나아가자 세 갈래 길이 보였다. 더 나아가자 또 갈림길이 나왔다.

"……완전히 미로인걸."

"우리도 때때로 헤맨데이. 길을 잃어서 동굴 안을 뛰어다닌 끝에, 통로란 통로를 다 지나다닌 후에 돌아온 바보도 있다 아이가. ……뭐, 그 녀석은 발이 엄청 빠르니까, 몇 분 만에 완주하지만 말이데이."

"그거 참…… 신체 능력만 쓸데없이 뛰어난, 바보네……."

“그러고 보니 그 바보가 『귀찮아 죽겠네!』 하고 외치면서 뭔가를 만들었는데…… 입구 근처에서 뭔가를 본 것 같은 느낌도 드는디……. 형씨는 못 봤나?”

“아, 못 봤어……. 딴생각을 했거든…….”

서늘한 바람이 볼에 닿아서 기분이 좋았지만, 왠지 오한이 느껴졌다.

몇 개의 분기점을 지나자, 지면에 깔린 것이 모래와 흙에서 타일로 바뀌었다. 벽과 천장도 숙련된 기술자가 만든 것처럼 격조 높고 잘 정돈된 느낌으로 바뀌었고…….

마사토와 프라테로는 마법석의 화려한 불빛이 비추는 성당 같은 건물의 입구에 도착했다.

“마치 지하 신전 같네…….”

“딱히 신을 모시는 곳은 아니니까, 신전은…… 아, 그러고 보니 꽤 그럴듯한 게 모셔져 있긴 하데이. 엄청난 보물이 하나 있다 아이가.”

“엄청난 보물?”

“뭐야, 형씨. 흥미 있나? 뭐, 그렇겠제. 동굴을 따라 나아가 보니 이런 건물이 있고, 이 안에 보물이 있다는 말을 들으면 가슴이 뛰는 게 당연하데이. 남자라면 다 그럴 기다.”

“응. 뭐, 그런 느낌이긴 한데…….”

“좋아. 형씨한테만 특별히 보여주께. 따라오그라.”

내부를 순찰하고 있는 스켈레톤 기사에게 「수고 많군」 하고 느긋하게 인사를 건넨 프라테로는 콧노래를 부르며 걸음을 옮겼다.

마사토는 눈앞에 있는 조그마한 등과 거리를 약간 벌리면서, 그 뒤를 따랐다.

“(큰일인걸…… 이 상황은, 진짜 위험해…….)”

마음 한편으로는, 이미 눈치챘다.

눈치챘지만, 이해가 안 됐다.

대체 어디서 뭘 잘못한 것인지, 머릿속으로 재검토 작업을 한창 진행하는 한편…….

동시에, 이 상황으로부터 탈출할 방법을 생각해야만 했다.

머릿속이 복잡하기 그지없어서, 어지러울 지경인 와중에도…….

“도착했다. 보물은 여기 있다.”

발이 멋대로 움직이며 멋대로 따라갔다. 그리고 통로 끝의 커다란 문이 열렸다.

검은빛이 눈 안으로 스며들어왔다.

“아니…… 이, 이건……?!”

그곳은 과학과 마술의 실험장 같아 보였다.

실내는 꽤 넓었다. 바닥에는 거대한 마법원이 그려져 있었다. 그 기괴한 문양에 따르듯 다양한 색깔의 코드가 배치되어 있으며, 마법원의 외곽 부분에 배치된 여러 기기와 연결되어 있었다.

그리고 마법원의 중앙에는 직경 10미터가 넘어 보이는 젤 형태의 구체가 안치되어 있었다.

"후후. 형씨, 눈을 동그랗게 뜬 기가. 놀란 표정이 꽤나 마음에 든데이."

"그, 그래……. 너무 서프라이즈해서…… 놀랐다고……."

"안에 들어와서 봐도 된데이. 느긋하게 있그라. 내는 그 사이에 옷 갈아입고 오께."

프라테로는 어딘가로 뛰어갔다.

마사토는 실내에 들어섰다. 우선 근처에 있는 것부터 살펴봤다.

기기 위에는 주먹 크기의 칠흑빛 보석이 놓여 있었다.

"이 보석은…… 틀림없어. 아만테와 소레라가 쓰던 거야."

행동 패턴의 변경, 몬스터화 등, NPC를 자유자재로 조종하는 비정규 아이템. 이제까지 펼쳐진 그녀들과의 싸움에서 몇 번이나 쓰였던 물건이다.

기기에는 【NOW LOADING】이라고 표시되어 있었다. 칠흑빛 보석은 뭔가를 한창 다운로드받고 있는 것 같았다.

보석 아래의 기기, 기기와 연결된 코드, 코드 끝에 있는 마법원…… 차례차례 주의 깊게 살펴보면서…… 공급원으로 보이는 구체에 얼굴을 내밀고 지그시 응시하니…….

"칠흑빛 보석에 다운로드되고 있는 건, 이 데이터…… 프로그램이라고 해야 할까? ……의미는 모르겠지만, NPC를 자유자재로 조작할 수 있는 프로그램…… 그러고 보니…… 그런 게, 있었지."

카지노에서 소레라와 처음 만났을 때의 일이다. 당시에 마사토 일행은 운영 측으로부터 훔친 캐릭터 설정용 프로그램의 회수를 의뢰받았다.

『알자레의 서』란 형태로 존재하던 그것은 마사토의 활약으로 무사히 회수됐지만…….

"설마 그게 가짜…… 아, 아냐! 그럴 리 없잖아! 시라아세 씨도 확인했는걸! 즉, 몰래 복제된 거야! 그래! 맞아! 내가 실수했을 리가 없어~! 틀림없다고오오오오!"

마사토의 고함이 실내에서 메아리쳤다.

고함을 질러댄 덕분에 마음이 진정된 마사토는 차분히 생각했다.

"즉, 여기는 칠흑빛 보석의 제작 현장. ……그렇다면, 이 아지트 자체는……."

반항조직 리벨레의 아지트. 유감스럽게도, 그것은 사실이리라.

그리고 프라테로는…….

"큰일인걸……. 어쩌다 이렇게 된 거야……. 나, 어쩌면 좋냐고……."

마사토는 실내를 멍하니 쳐다보며 망연자실하게 서 있을 뿐…….

뭘 어쩌면 좋을지 생각나지 않았다.

같은 시간.

평범하기 그지없는 산기슭으로 위장된, 아지트의 입구 앞에서는…….

"가자! 스파라 라 마지아 펠 미라레…… 대폭구(大爆球)(알토 봄바 스페라)!"

와이즈가 마법으로 만들어낸 특대 에너지 덩어리가 발사됐다.

마법은 산기슭에 명중했다. 맹렬한 폭발이 발생하더니, 열풍이 휘몰아치면서 주위의 바위를 일제히 날려버렸다.「아얏?!」바위 하나가 와이즈의 이마에 명중했다. 5 대미지! 그것보다…….

자욱한 흙먼지가 바람에 흩날려서 사라졌다. 그러자 무참히 도려내진 지면이 드러났지만…….

산기슭은 멀쩡했다. 타들어 간 흔적조차 없었다.

"칫! 열받네!"

"와이즈 양, 이번에는 제가 해볼게요."

바위 밭의 거대 감자의 뒤편에서 나온 메디가 선수 교대를 했다. 메디는 산기슭을 향해 미소녀 스마일을 보냈다.

퍽퍽퍽퍽!! 그리고 연이어 건달 킥을 날려댔다.「아얏?!」발차기의 풍압에 휘날린 바위가 와이즈의 이마에 명중했다. 9 대미지!

마법보다 위력이 강한 미소녀 건달 킥이라면 혹시…… 하고 생각했지만…….

산기슭은 멀쩡했다. 발자국도 나지 않았다.

"제 힘으로도 부술 수 없다니…… 분하네요."

"혹시라도 부서졌다면 나는 충격을 받았을 것 같은데…… 아무튼, 파괴 공작은 실패야. 하아~, 열받아~."

와이즈는 거대 감자를 향해 신호를 보냈다.

대피했던 마마코와 시라아세가 나오더니, 두 사람과 합류했다.

"두 사람 다 수고했어. 힘낸 두 사람에게, 상으로 머리를 쓰다듬어줄까?"

"와아~, 고마워~…… 아, 쓰담쓰담을 받고 싶은 기분이지만, 그래도 실패했잖아."

"마사토 군과 프라테로 씨는 여기를 통해 안으로 들어갔어요. 여기가 입구인 건 틀림없죠. ……하지만……."

"역시 특정 방법을 써야만 길이 열리는 걸까요……. 곤란하게 됐군요……. 여기까지 왔는데 발이 묶이다니, 정말 속이 탑니다……."

시라아세가 고개를 숙이자, 그녀의 낙담이 전염된 것처럼 마마코를 비롯한 다른 세 사람도 고개를 숙였다.

그 옆에서는…….

"뭔가 특별한 장치가 되어 있는 걸까요……. 제 눈으로 봐도 감정이 안 되는데…… 제가 다시 한번 열심히 살펴볼게요!"

포타가 혼자서 산기슭을 향해 뛰어가더니 「……으으음……」 뚫어지게 쳐다보았다. 반드시 뭔가를 찾아내겠다는 듯이, 산기슭을 전체적으로 둘러봤지만…….

결국 아무것도 찾아내지 못했다. 정말 유감이다.

"아우우우…… 저는, 도움이 못 됐어요……."

포타는 실망했다. 산기슭에 손을 짚으며 고개를 숙였다. 「하아」 하고 한숨을 내쉬었다.

바로 그때였다. 산기슭 일부가 사라지더니, 동굴이 모습을 드러냈다.

"어어? ……우왓! 열렸어요! 진짜로 열렸어요!"

"어, 정말? 오오, 진짜네! 포타, 굿잡!"

"어머어머. 대단해, 포타 양. 대체 어떻게 한 거니?"

"으음, 만져봤을 뿐이에요! 그랬더니 열렸어요!"

"만져봤을 뿐인가요? ……그럼, 마치…… 저기……."

메디가 말끝을 흐렸다.

바로 그때, 시라아세가 메디의 어깨를 두드리며 말을 막았다.

"잘 된 것 아니겠습니까. 길이 열렸으니 서두르도록 하죠. 자, 가요. 고~ 고~ 예이~."

"시라아세 씨…… 그 뻔뻔한 태도…… 혹시, 뭔가 알고 있는 건가요?"

"네. 알고 있는데, 깜빡했었습니다. 간단한 해결법이 있는데도 불구하고, 당황한 바람에 생각 못 하다니…… 저도 아직 멀었군요."

"저로서는 설명을 부탁드리고 싶은데 말이죠……."

"양해 부탁드려도 될까요? ……꽤나 쇼킹한 내용인지라…… 저로서도, 어떻게 전해드리면 좋을지 난감해하고 있답니다."

그렇게 말한 시라아세는 포타에게 시선을 보냈다. 「간지러워요!」 마마코와 와이즈에게 포옹을 당한 포타는 기쁨과 즐거움에 가득 찬 미소를 머금고 있었다.

메디도 포타를 보더니, 표정을 살짝 굳히며 작게 한숨을 내쉬었다.

"……알았어요. 그럼 시라아세 씨의 판단에 맡기겠어요."

"감사합니다. 답례로, 은근슬쩍 눈치를 챈 메디 양께서는 협력을 해주셔야겠어요. 후후후."

"그, 그건…… 만약 제 상상대로라면, 매우 힘든 협력이 될 듯한 느낌이 드는데 말이죠……."

"똑똑한 사람은 고생을 자처하는 법이죠. 잘 부탁드립니다. 그럼…… 마마코 씨, 와이즈 양, 포타 양. 이제 그만 출발하죠. 마사토 군의 상황이 신경쓰이니까요."

"응, 맞아! 마 군이 걱정돼!"

"저로서는 마사토보다, 마마코 씨가 마사토를 너무 걱정한 나머지 큰일이 날까 봐 더 걱정되니까! 적의 아지트에 쳐들어갈래!"

"네! 가죠!"

눈이 밝은 포타가 선두에 서면서, 일행은 어둑어둑한 동굴에 들어갔다.

다들 무기를 쥐며, 최대한 경계 태세를 취하고 있었다.

"다들, 주의하렴……. 여기는 조직의 아지트니까…… 함정이 있을지도 몰라."

"그래요……. 게다가, 어둑어둑한 것을 보면…… 언데드 계열 몬스터가 배치되어 있더라도 이상할 게 없어요."

"으음~. 저기, 잠시 내 말 좀 들어주겠니?"

"응? 마마코 씨, 무슨 일이야?"

"여기는 아만테 양과 소레라 양이 사는 장소지? 그런 곳에 함정이나 몬스터를 배치하는 건 좀 그렇지 않겠니? ……안쪽으로 바로 이동할 수 있는 편리한 이동 수단이 준비되어 있다면, 이야기가 달라지지만 말이야."

마마코는 고개를 갸웃거리면서 솔직한 의문을 입에 담았다.

다른 이들이 멈춰서서 잠시 생각에 잠기더니, 곧 말도 안 된다는 듯이 고개를 저었다.

"마마코 씨가 하고 싶은 말이 뭔지는 알겠어. 확실히 자기 집에 함정이나 몬스터를 배치하는 건 말도 안 돼. 멍청한 짓이야. ……하지만 RPG라는 건 원래 그런 거잖아."

"RPG를 즐기는 모든 이들이 한 번쯤은 생각해 보지만, 암묵의 양해를 통해 받아들이는 부분이라고 생각해요."

"그리고 아무리 자기 집일지라도, 편리한 이동 수단을 준비해 두지 않는 게 정석이죠. 상식이라 해도 과언이 아닙니다. ……그런 게 있을 리가……."

"없어."

"없어요."

"없죠."

"아! 있어요!"

""""어?""""

입구에서 몇 미터 떨어진 지점에서, 포타가 한곳을 손가락으로 가리켰다.

【일일이 설명 안 해도 알겠지만, 전송 마법원은 이쪽에 있어!】

동굴의 흙벽에는 나무판자로 만든 안내판이 박혀 있었으며, 거기에는 화살표가 그려져 있었다.

안내에 따라 나아가니 조그마한 방이 있었고, 지면에는 마법원이 그려져 있었다.

마마코 일행은, 편리한 이동 수단을 발견했다!

"응, 틀림없네. 참 도움이 되겠어. 우후후."

"왜 있는 거야……. 아, 그래……."

"여기는 그 사천왕의 아지트잖아요……."

"바보 소굴이란 건가요……."

"거주 구역으로 바로 갈 수 있을 것 같아요! 제가 조작해볼게요!"

싱글벙글 마마코와, 싱글벙글 포타와, 왠지 매우 지쳐 보이는 다른 세 사람이 함께 마법원 위에 섰다.

"목소리로 조작하는 것 같으니, 제가 말할게요! 하나둘, 『전송 개시』!"

포타의 지시에 맞춰, 빛이 일행을 감싸자…….

순식간에 이동이 완료됐다.

"자, 간단히 도착했네. ……여기는……."

"어머나. 참 멋진 곳이구나."

마마코 일행은 성이나 신전처럼 격조 높은 통로의 한가운데에 있었다. 통로 앞에서 뒤까지 줄지어 설치된 마법석 램프가 주위를 환하게 비추고 있었다.

통로에는 좌우에 두 개씩, 총 네 개의 방이 있었다.

오른편에 있는 방의 문에는 각각【Ⅰ】과【Ⅱ】가 표기되어 있었다.

왼편에 있는 방의 문에는【男】과【Ⅳ】가 표기되어 있었다.

"여기가 거주 구역이고, 이 방은 사천왕들의 방인 걸까요."

"그렇게 생각하는 게 무난하겠네요. ……하지만 왜 하나만【男】이라고 표기된 건지 이해가 안 돼요……."

"뭐, 됐어. 일단 대충 둘러보자. 실수로라도 적과 딱 마주치지 않도록, 주의하면서……."

바로 그때,【男】이라고 표기된 문이 열렸다.

"되게 시끄러운걸. 내…… 어험…… 나의 방 앞에서 떠들고 있는 건 어떤 멍청이지?"

귀여운 말투를 차가운 어조와 말투로 수정하면서…….

한 치수 큰지 소매와 옷자락이 긴 검은색 코트를 착용한, 사천왕 모드의 프라테로가 통로로 나왔다.

"……응?"

그가 나온 순간, 마마코 일행과 딱 마주쳤다. 양측은 어리둥절한 표정으로 서로를 응시하더니…….

흠칫하며 상황을 파악했다.

"우선 인사부터 해야겠네. 안녕, 프라테로. 갑작스럽게 찾아와서 미안하구나."

"아, 아냐. 괜찮아."

마마코가 정중히 인사하자, 프라테로는 반사적으로 마주 인사했다. 예의범절 교육을 잘 받은 것 같았다.

"아니, 잠깐만…… 너희가 왜 여기 있지? 이게 대체 어떻게 된 거냐?"

"우왓, 큰일 났다! 바로 마주쳤어!"

"하필이면 이 애와 마주치다니, 최악의 전개군요……. 시라아세 씨와 포타 양은 빨리 피난하세요!"

"그 말에 따르도록 하겠습니다. 포타 양, 가죠."

"아, 네! 전투에 방해가 되지 않는 곳으로 가요!"

시라아세는 포타를 데리고 일단 통로 반대편의 방에 숨으려고 했다.

하지만 상황은 최악으로 치달았다.

"저기 프라테로! 왜 떠들어대는 거야! 시끄럽거든?!"

"우리는~ 운석에 입은 화상을 치료 중이니까~, 안정 좀 취하게 해줘~!"

문이 동시에 열리더니, 【I】이라고 적힌 방에서 아만테가, 【II】라고 적힌 방에서 소레라가 나왔다.

몸 곳곳에 냉각젤 시트를 붙인 모습으로, 사천왕 두 명이 등장한 것이다.

"아야야야…… 아직도 얼얼…… 어, 엇?! 너희는……?!"

"어어어, 어째서 마마코 씨 일행이 여기 있는 거야~?! 대체 왜~?!"

"대체 얼마나 최악이어야 직성이 풀리는 거야!"

"사천왕 중 셋과 동시에 마주치다니……!"

"어머어머. 아만테 양과 소레라 양도 무리하지 말렴. 쉬는 편이 좋지 않겠니?"

"아니, 마마코 씨! 적을 배려할 때가……!"

"그래? 그럼 쉬도록 할까~."

"실은~, 움직이기만 해도 아프다니깐~."

아만테와 소레라가 방으로 돌아갔다…….

"어? 시키는 대로 하는 건가요? 그럼 빨리 들어가세요."

"노, 농담이야! 그딴 뻔한 책략에 걸려들 것 같아?!"

"그, 그래~! 누가 걸려들겠어~!"

진짜로 방으로 돌아가려고 하던 두 사람이 허둥지둥 뒤돌아섰다. 『「아야야야……!」』 냉각젤 시트를 살~며시 뜯어내며, 사천왕으로서의 권위를 세웠다.

프라테로, 아만테, 소레라. 세 방향에 적이 있었다.

한편 마마코와 와이즈와 메디는 몸을 맞대며, 상대방의 움직임에 대비했다.

"어머? 포타 양과 시라아세 씨는……."

"몰래 【Ⅳ】 방에 들어간 것 같아."

"뛰쳐나오지 않는 것을 보면, 거기는 안전한 거겠죠."

"그렇구나. 그럼 우선 마 군이 있는 곳을……."

"물어본다고, 순순히 대답해줄 리 없어!"

"순순히 대답하고 싶어지도록, 실력행사로 부탁을 해봐야겠네요!"

와이즈는 마법서를, 메디는 지팡이를 손에 들면서 전투태세를 취했다. 「으음, 우선 이야기를……」 대화 노선을 제안하는 마마코를 제지하며, 두 사람은 한 걸음 앞으로 나섰다.

한편 사천왕들은 무기를 꺼내 들지 않으며 태연한 태도를 보이고 있었다.

"설마 아지트 침입을 허용할 줄이야……. 이런 실수를 범하다니…… 하지만, 어찌 보면 잘 된 걸지도 모르겠군. 여기에는 오오스키 마마코를 해치울 비책이 갖춰져 있으니 말이지."

"프라테로의 말이 맞아. ……여기는 우리의 아지트잖아. 어머니의 힘이 발동되기 어렵도록 마스터가 손을 본 곳이니까, 오오스키 마마코는 본래의 힘을 발휘할 수 없어……. 게다가 비장의 그것을 사용한다면…… 크크큭……."

"참고로~, 내 능력 저하 디버프가 베이스가 됐거든~. 그러니 내 공이야~. 이건 중요한 점이니까~, 잘 기억해둬~."

"둘 다 입 다물어. 일일이 설명해주지 마. ……빨리 시작하자. 지옥을 보여주지."

"어머나, 분위기가 좋지 않네. 와이즈 양, 메디 양. 조심하렴!"

사천왕 세 사람은 전투태세를 취한 마마코 일행을 포위했다.

승리를 확신한 악당들은 미소 지으며 범상치 않은 분위기를 자아냈다.

우선 아만테가, 손을 쑥 내밀며 읊조렸다.

"어머니에게 반역하는 자. 모역(母逆)의 아만테가 명한다!"

이어서 소레라도 같은 행동을 취했다.

"어머니를 깔보고 업신여기는 자, 모멸(母蔑)의 소레라가 명할게~."

마지막으로 프라테로가 읊조렸다.

"어머니를 힘으로 위협하는 자, 모협의 프라테로가 명한다."

세 사람의 말에 호응하듯, 마마코 일행의 발치에 갑자기 마법원이 생겨났다. ……어디선가 본 듯한 문양인데…….

곧 사천왕들은 마법원의 가장자리에 손을 대며, 일제히……!

""""『전송 개시』!""""

마법원의 전송 기능이 발동했다.

"잠깐, 오의 같은 게 아닌 거야?!"

"평범한 전송인가요?!"

"어머나. 어디로 이동하게 되는 걸까……. 아, 마 군이 있는 곳이려나?!"

"마마코 씨는 너무 긍정적으로 생각한다니깐! 아앗, 위험해!"

마마코 일행은 빛에 휩싸이며…….

여기는 【Ⅳ】라 표기된 방 안.

시라아세와 포타는 문에 귀를 대고, 이야기를 엿들으려 했다.

"……아무것도 안 들리는군요."

"방 밖에서 무슨 일이 일어나고 있는지, 하나도 모르겠어요!"

"신경은 쓰이지만…… 함부로 얼굴을 내밀었다가 전투에 휘말리는 건 피하고 싶군요. 나와도 된다고 마마코 씨 일행이 알려줄 때까지, 이 방에서 얌전히 기다리도록 하죠."

시라아세는 방안을 쳐다보았다.

넓찍한 실내에는 침대와 선반, 소파와 테이블 같은 세련된 디자인의 가구가 갖춰져 있었다.

봉제 인형이 곳곳에 놓여 있는 것을 보면, 아이를 위한 방 같았다.

"……앗!"

갑자기 포타가 탄성을 터뜨리면서 소파로 뛰어갔다. 그곳에 놓여 있던 커다란 곰 인형을 안아들자, 그녀의 눈이 반짝였다.

"그게 어쨌다는 거죠?"

"이 봉제 인형은 제가 전부터 가지고 싶어 했던 애예요! 게임을 시작했을 때부터 참 마음에 들었지만, 좀처럼 입수 방법을 알 수가 없어서……!"

"흠, 그런가요……. 포타 양이 진심으로 기뻐할 만한 물건이 이 방에…… 단순한 우연일지, 아니면……."

"앗! 죄, 죄송해요! 이럴 때가 아니잖아요!"

"아뇨, 괜찮습니다. 덕분에 제 마음속에 어떤 예감이 생겨났으니까요."

막연한 예감이지만, 맞기를 바라면서…….

시라아세는 포타를 자기 앞에 세우며, 입을 열었다.

"반항조직 리벨레의 수령이신 분, 계신가요? 잠시 이야기를 나누고 싶습니다만……."

포타가 돌아보며 어리둥절한 표정을 지었지만, 시라아세는 못 본 척했다.

"운영 측은 당신의 정체를 이미 파악했습니다. 그 증거로……."

간질간질.

"와아아앗?! 아하하하핫!"

"이렇게 명백한 증거를 준비했습니다." 간질간질.

"시, 시라아세 씨이이이잇! 깐찌러버요오오오옷!"

볼과 목 언저리를 손가락으로 간질간질당한 포타는 몸을 배배 꼬았다. 그래도 간지럽혔다. 시라아세는 계속 간지럽혔다.

그러자…….

『……한심한 짓거리는, 그만해라. 용건이나 말하도록.』

시라아세의 눈앞에 칠흑빛 소용돌이가 갑자기 생겨나더니, 성별을 알 수 없는 이질적인 목소리가 들려왔다.

"어엇?! 이, 이상한 게 나타났어요!"

"역시 감시하고 있었나요. 예상대로군요."

『용건을 말하라고 했을 텐데?』

"그럼 바로 본론으로 들어가겠습니다. ……현재 저희 쪽에서는 반항조직 박멸 계획을 실행 중입니다. 곧 당신에게도 수사의 손길이 미치겠죠. 하지만 그 전에, 제안을 하나 드리고 싶습니다."

『……어떤 제안이지?』

"당신이 일으킨 일련의 사건은 부모 자식의 유대를 되찾는데 필요한 것이었다, 라는 것으로 해서 이 사태를 수습하지 않게 않겠습니까?"

『……읔!』

칠흑빛 소용돌이 안에서, 숨을 삼키는 소리가 들려왔다.

그 제안에 상대방이 반응을 보이자, 시라아세는 말을 이었다. 계속 밀어붙였다.

"이 제안을 받아주신다면, 저는 물론이고 운영 측도 협력을 아끼지 않겠습니다. 부디, 고려 부탁드립니다."

『그런 게…….』

"가능합니다. 다행히 전례도 있죠. 당신도 알고 있을 겁니다. 사건의 규모를 생각하면 가볍지 않은 페널티가 부가될 거라고 여겨집니다만…… 그래도, 부모 자식의 유대를 최우선으로 생각해서……."

『그럴 수 있었다면, 애초부터 이렇게 되지는 않았을 거야!』

갑자기 찢어질 듯한 목소리가 들려왔다.

압도당한 시라아세가 무심코 입을 다물자…….

『……시라세 씨. 그 애를 데리고, 즉시 이 섬에서 탈출해주세요. 부탁드리겠어요.』

마지막으로 그 말을 남긴 후, 칠흑빛 소용돌이는 사라졌다.

교섭은 결렬됐다.

멍하니 서있던 시라아세는 실의에 찬 한숨을 내쉬었다.

"……발을 디뎌선 안 되는 부분에, 무심코 발을 디디고 만 것 같군요. 저답지 않게, 큰 실수를 범하고 말았습니다."

"저, 저기…… 시라아세 씨……."

포타가 매우 당혹스러워하며 시라아세를 올려다보았다. 눈은 입만큼 유창하게 말한다. 불안에 찬 눈동자로 뚫어지게 쳐다보며, 설명을 요구하고 있었다.

하지만 시라아세는 눈치 못 챈 척을 했다.

“제 업무상의 이야기입니다. 신경 쓸 필요 없어요.” 간질간질.

“하, 하지만! 저는 우왓, 아하하하핫! 깐지러버요!”

“신경 쓸 필요 없어요.” 간질간질간질간질.

“하, 하지만, 아하하하핫!”

“신경 쓸 필요 없어요.” 간질간질간질간질간질간질간질간질.

“아, 알았어요! 신경, 안 쓸게요. 신경 안 쓸테니까, 아하하하핫!”

실력행사로 입을 다물게 만든 건 아니다. 이것은 착한 아이에게 주는 상이다. 「서비스입니다」, 「아하하하핫!」 포타도 참 기쁜지 몸을 배배 꼬며 웃어댔다. 이건 어엿한 상이다.

자. 나쁜 어른다운 짓은, 이쯤에서 끝내기로 하겠다.

“아무튼 제 용건은 끝났습니다. 문제는 마마코 씨 일행의 상황입니다만…….”

시라아세는 다시 문에 귀를 대며 바깥 상황을 살폈지만…… 전투음 같은 건 들리지 않았다. 방에 숨은 후로 지금까지, 문밖에서는 정적만 감돌고 있었다.

“대체 어떤 상황인 걸까요……. 슬며시…… 어머?”

문을 조금만 열면서 틈새로 복도를 살펴보니…….

그곳에는, 아무도 없었다.

MASATO OOSUKI SPECIAL SKILL

용사 오오스키 마사토의 필살기 개발 4

하아…… 매 공격이 성공한 건 천하제일 모도회 때, 딱 한 번뿐……. 내가 필살기를 익히는 건 불가능한 걸까…….

시라아세
그렇지 않습니다.

HAHAKO
마사토. 고개를 들렴.

시라아세 씨! HAHAKO 씨!

시라아세
필살기 습득은 가능합니다. ……저에게 충성을 맹세하며 뭐든 하겠다고 약속해주신다면, 몰래 시스템을 넣어드리죠. 후후후.

HAHAKO
나처럼, 메인 시스템이 창조한 존재가 되면 돼. 필살기 같은 건 마음껏 만들 수 있어.

악마의 꼬임에 넘어갈 건지, 인간이기를 포기할 건지…… 의외로 필살기 습득 이벤트다운 느낌이라 망설여지네…….

제5장
누구나 가지고 있는, 바보인 나도 가지고 있는, 그 힘을 발견했다.

긴 것 같으면서도, 짧게 느껴졌다. 아무튼, 답을 확인할 시간이다.

적당한 장소에 앉아서 칠흑빛 보석이 만들어지는 광경을 쳐다보며, 자기가 어쩌면 좋을지 멍하니 생각하고 있을 때…….

마사토의 앞에, 답이 모습을 드러냈다.

"기다리게 해서 미안하데이."

프라테로가 돌아왔다. 검은색 코트를 걸치고 있었다.

그리고 마사토의 곁으로 뛰어와서, 뒤돌아서더니…….

등에 그려져 있는 『母』란 글자를 뒤집어놓은 듯한 마크를 보여줬다.

"내 단벌옷인 기다. ……이걸 입어도 되는 건, 반항조직 리벨레의 사천왕 뿐이지. 멋지제?"

"……응. 그래. 멋지네."

프라테로는 사천왕 중 한 명. 세 번째 사천왕.

여기는 반항조직 리벨레의 아지트.

프라테로의 뒤를 이어 입구에서 모습을 드러낸 두 사람 또한, 그 인식이 옳다는 것을 증명해주고 있었다.

"누구인가 했더니, 오오스키 마사토잖아."

"어머머~, 진짜네~. 마사토 군이잖아~. 야호~."

아만테와 소레라였다. 약간 놀라면서도, 태연히 걸어왔다.

마사토가 반응을 보이기도 전에, 프라테로가 당황했다.

"느그들…… 어험…… 너, 너희들. 왜 나를 따라온 거냐. 따라오지 말라고 했을 텐데?"

"딱히 문제 될 건 없지 않아? 여기는 우리 아지트니까, 우리가 어디에 가든 그건 우리 자유거든. ……그리고……."

"이제 그만~, 무리해가며 말투를 바꿀 필요는 없지 않아~? 무게 잡고 싶은~ 건가 본데~…… 본래의 자기 자신으로 승부 하지 않는다는 건~, 남자답지 못한 짓 아닐까~?"

"그래. 남자답지 못해."

"남자답지 못하잖아~. 으흐흐~."

그 말을 들은 순간, 프라테로의 관자놀이에 힘줄이 돋았다.

"즉, 너희는 내한테 시비를 거는 기가. 자~알 알았다. ……어이, 형씨. 이 바보들을 날려버려야겠데이. 성가신 상대니까, 좀 도와도."

머리끝까지 분노가 치솟은 프라테로가 마사토의 옆에 서며 전투태세를 취했다. 적은 아만테와 소레라. 둘이서 힘을 합쳐, 저 두 사람을 자근자근 밟아주자는 듯이…….

하지만 마사토는 프라테로의 어깨를 밀쳐내며, 거부했다.

"……형씨?"

"헛짓거리는 그만 끝내자. 이제 충분하잖아?"
"헛짓거리? 무슨 소리고?"
"시치미 떼지 마. 이미, 알고 있어. ……나와 너는, 적이잖아."
"적, 이라고……?"
"그래. 너는 반항조직의 사천왕 중 한 명. 나는 그것도 모른 채, 어머니를 뛰어넘을 힘에 낚여 쫄래쫄래 따라온 바보 멍청이. 이대로 속은 채 이용당할 뻔한 거잖아. ……내 말 맞지?"
마사토가 지그시 쳐다보자, 프라테로는…….

"으냐? 그게 뭔 소리고?"

영문을 모르겠다는 듯이, 고개를 갸웃거렸다.
순진무구하기 그지없는, 아무것도 모르겠다는 표정을 지으면서 말이다.
"아니, 저기, 프라테로? 프라테로 씨? 좀 더 자세한 설명이 필요한 거야?"
"응. 설명해줬으면 한데이."
"우선…… 나는 평범한 용사, 오오스키 마사토. 그리고 프라테로는 반항조직 리벨레의 사천왕 중 한 명. 즉, 우리는 적대관계야. 여기까지는 이해했지?"
"그것도 이해가 안 된데이. 왜 적대관계인 긴데?"
"어? 그런 것도 모르는 거야?"
마사토와 프라테로가 사이좋게 고개를 갸웃거리자…….

아만테와 소레라는 한 걸음 물러서며 소곤거렸다.
"……저기, 소레라. 너, 오오스키 마사토에 관한 정보를 프라테로에게 알려줬어?"
"어~? 아만테가 알려준 거 아니었어~? 나는~, 마사토 군을 딱히 적대시 안 하니까~, 안 알려줬는데~?"
"아, 그랬구나……. 실은 나도 중요하게 생각 안 해서, 이름도 안 알려줬는데…… 입 다물고 있는 편이 좋겠네."
"비밀로 해두자~."
"다 들린다고~. 즉, 너희 탓인 거냐."
마사토는 아만테의 경단 머리와 해골 액세서리가 달린 소레라의 앞 머리카락을 힘껏 잡아당겼다. 「「히익, 악마 같은 표정?!」」, 「보고, 연락, 상담」, 「「아야야야얏?!」」, 「보고, 연락, 상담」, 「「잘못했습니다, 잘못했습니다?!」」, 보고, 연락, 상담. 조직에 있어 중요한 규율이다.
아무튼, 이유는 판명됐다.
마사토는 다시 프라테로와 마주했다.
"그럼 프라테로는 내가 적인 줄 몰랐다는 거구나. 내가 엄마의…… 오오스키 마마코의 아들이라는 걸, 몰랐던 거지?"
"처음 들었데이. 형씨는, 오오스키 마마코의 자식…… 하지만 딱히 적대시하지 않아도 된다는 걸, 방금 안 기다."
"너도 그런 소리를 하는 거야?! 뭐, 좋아! 아니, 좋지는 않거든?! 뭐, 이미 익숙해졌지만 말이야! ……아무튼, 너는 나를 속일 생각이 없었던 거구나! 그렇지?!"

그 질문에, 프라테로는 힘차게 고개를 끄덕였다.

"응. 내는 형씨를 속일 이유가 없다이가. 처음에 제대로 이름을 밝히지 않은 건 내 실수인 기다. 우선 사과하께."

"그 점에 관해서는 나도 마찬가지야. 서로가 잘못한 거니, 나도 사과하겠어."

"내한테, 형씨는…… 주먹과 검으로 이야기를 나눈, 마음을 나눈, 남자 대 남자의 싸움 친구데이. 그건 틀림없는 기다."

"그래. 그렇구나. 거짓말은 안 했구나. 나와 너는 마음의 친구. 남자와 남자의 우정으로 맺어진, 최고의 라이벌! 내가 믿은 것에는, 한 치의 거짓도 없었어!"

마사토는 안도하며, 환희했다……!

"……저기, 소레라. 프라테로가 실은 여자라는 건, 밝히지 않는 편이 좋을까?"

"으음~, 그래~. 마사토 군이 오해하고 있는 편이~, 재미있을지도 몰라~."

"그래. 알았어. 그럼…… 프라테로는 우리를 질색하고, 성별이 같다는 점에도 불만이 있어서, 남자를 자칭하는 거야, 라고, 일일이 설명해주지는 말자."

"비밀로 해두는 거야~."

"그러니까, 다 들린다……고…… 어? 뭐?"

"적당히 좀 해라. 이 멍청이들아."

프라테로는 또 쑥덕거리는 아만테와 소레라의 경단머리와 앞머리카락을 움켜쥐고 잡아당겼다. 「잠깐만, 떨어지겠어어어엇?!』, 「떨어져버려」 진짜로 뜯어버릴 생각인 걸까. 그것보다…….
"어, 어이, 프라테로…… 너, 여자애야……?"
"아냐. 이 바보들이 형씨를 놀리는 기다. 내는 남자다. ……거짓말이라고 생각하면, 몸을 만져보그라. 가슴이든, 사타구니든, 얼마든지 만져도 된데이."
"오오, 남자답게. 그럼……."
확인 삼아, 마사토가 손을 뻗자…….
프라테로는 갑자기 얼굴을 붉히며, 한 걸음 물러났다.
"……어이."
"내, 내는 남자데이. 형씨가 만져도, 아무렇지 않은 기다. 중요 부위를 만지더라도, 개의치 않제……. 하지만…… 형씨가 체포될 가능성이 있다는 것만은, 일단 말해두께."
"미리 말해줘서, 고마워. 덕분에 살았어. ……진짜로 여자애구나……. 그래……. 내가 믿은 것은, 거짓으로 점철되어 있었어."
엄마, 동료들, 적, 겸사겸사 정체불명의 수녀…… 여자 천지인 모험 속에서, 처음으로 만났다고 여긴 동성 친구는…… 환상이었던 것이다.
마사토가 고개를 푹 숙이자…….
"우리도 뭐가 어떻게 된 건지 얼추 파악했어. 둘 사이에 있었던 오해는 제쳐두기로 하고……."
"마사토의 행동이~, 우리에게~, 좋게 작용한 것 같네~. 으흐흐~."

아만테와 소레라가 악질적인 웃음을 흘렸다.

"……그게 무슨 소리야."

"일일이 설명해줄 생각 없어." 흥.

"아니, 말해! 지금 바로 설명해! 그게 네 담당이잖아!"

"그런 담당 아냐! 애초에, 나는 지금까지 한 번도……!"

"자~. 지금은 가르쳐주는 편이 재미있을 것 같으니까~, 내가 설명해줄게~."

소레라가 요염한 미소를 흘리면서 머리 위에 거대 마법서를 출현시켰다. 페이지가 펼쳐지자, 검은빛이 벽을 비췄다.

마치 프로젝터처럼, 영상이 표시됐다.

『정말! 이게 뭐야! ……이렇게 되면, 내 마법으로…….』

『와이즈 양, 마법은 안 돼요! 이렇게 좁은 장소에선 위험해요!』

어둑어둑한 방. 짜증이 머리끝까지 치솟은 듯한 와이즈와 메디가 재질을 알 수 없는 검은 벽을 걷어차고 있었다. 퍽퍽 하고 인정사정없이 걷어차 대고 있었다.

마마코도 있었다.

『초특급으로 요리할게! 금방 되니까 잠시만 기다려주렴!』

방 중앙에는 간이 주방이 있었고, 마마코가 거기서 무를 썰고 있었다. 톡톡톡톡톡 하고 리드미컬하게, 초특급으로 말이다.

그런 영상을 본 마사토는…….

"……어이. 엄마와 저 애들은 뭘 하는 거야. 저긴 대체 어디인데?"

"마마코 씨 일행은~, 마사토 군을 찾아서 아지트에 들어온 것 같은데~, 우리와 딱 마주친 바람에~…… 멋진 방으로 전송됐어~."

"왜 온 거야……. 아니, 그것보다 멋진 방이라니……."

"『THE END OF 어머니(Eternal Housework Edition)』이란 이름의 방이지."

"되게 긴 이름이네."

"우선 『THE END OF 어머니』는, 조직이 개발한 대 모친용 특수 설비 시리즈명이야. 그 방은 세상과 격리된 특수공간에 있는데, 만물의 어머니인 대지와 바다의 힘을 이용할 수 없는 구조이며……."

"『(Eternal Housework Edition)』의 사양은~, 직접 보는 편이 빠를 거야~. 잘 봐~."

그 사양이란…….

여기는 THE END OF 어머니(Eternal Housework Edition)이라고 이름 붙여진 방의 내부.

벽에 화풀이해대는 와이즈와 메디의 옆에서, 마마코가 여전히 요리를 하고 있었다.

무를 한입 크기로 썰고, 냄비에 넣어서, 육수와 함께 끓였다.

거품을 걷어내고, 된장을 넣은 다음, 조미료로 간을 맞추면…… 완성!

"우후후. 평소와 같은 맛이네. 이 정도면 마 군도 기뻐할 거야."

"마마코 씨, 다 됐어?!"
"그럼, 어딘가에……!"
요리가 완성된 것을 확인한 와이즈와 메디는 사방의 벽을 살폈다.
그리고 와이즈의 왼편에 있는 벽 한가운데 부분이 좌우로 슬라이드되며 열렸다.
"이쪽에 길이 생겼어! 가자!"
와이즈가 앞장을 서면서, 세 사람은 벽 너머로 향했다.
네모난 통로를 지난 일행은 또 다른 방에 도착했다.
"또 방이잖아! 하아, 정말 짜증나네!"
"게다가, 또 이거군요."
넓이도, 바닥과 벽의 질감도, 아까 있었던 방과 똑같았다.
하지만 이번에는 방 중앙에 엉망으로 쌓여 있는 세탁물이 놓여 있었고…….
【네 자식을 데리고 있다. 돌려받고 싶으면, 모친이 세탁물을 전부 개어라.】
협박조의 지시가 표시됐다.
마마코는 산더미 같은 세탁물 앞에 무릎을 모으고 앉더니, 그것을 개기 시작했다.
"좋아! 그럼 빨리 정리한 후, 마 군이 있는 곳에 가야지!"
"잠깐만, 마마코 씨! 이건 이상하잖아!"
"네 번 전의 방에서도, 여덟 번 전의 방에서도, 같은 상황이 었어요……. 청소, 세탁, 요리, 세탁물…… 그 네 개의 작업을 요구하는 방이 계속 반복되고 있는 것 같아요."

"맞아. 그런 느낌이 들지만…… 자, 다 됐단다!"

세탁물을 금방 개서, 조건을 클리어했다.

동시에 마마코의 오른편에 있는 벽이 열리면서 통로가 모습을 드러냈다. 「가자꾸나!」, 「어, 마마코 씨!」, 「기다리세요!」 마마코가 먼저 뛰어갔다.

그렇게 도착한 곳은 또 작은 방이었다. 이번에는 중앙에 빗자루, 먼지떨이, 걸레와 양동이 같은 것이 놓여 있었다.

【네 자식을 데리고 있다. 돌려받고 싶으면, 모친이 이 방을 청소해라.】

그리고 이번에 지시한 것은 청소였다.

"그럼 시작할게! Let's 청소!"

"Let's 청소~, 같은 소리를 할 때가 아냐! 마마코 씨, 좀 진정해! ……이건 함정이야! 조건을 클리어해도, 마사토가 있는 곳에는 못 가!"

그 필사적인 외침에, 바닥을 걸레로 닦던 마마코가 한순간 움직임을 멈췄다.

하지만 곧, 다시 움직였다. 바닥을 닦았다.

"어쩌면 와이즈 양의 말이 맞을지도 모른단다. ……하지만, 왠지 느껴져. 마 군과 가까워지고 있는 느낌이 드는구나."

"아니, 하지만……!"

"설령 그렇더라도, 이대로는 안 돼요. 이건 틀림없는 함정이에요. 집안일을 끝도 없이 시켜서 체력을 빼앗으려고 하는 함정이 틀림없어요. 그러니……."

"응. 메디 양의 말처럼, 함정일지도 모른단다. 평범하게 집안 일을 하고 있을 뿐인데, 힘이 빨려 나가는 느낌이 들어."

"그럼……!"

"하지만, 관둘 수는 없단다. 함정이 아닐 가능성도 있는걸."

양동이의 물에 적신 걸레를 힘차게 짜면서…….

볼을 타고 흘러내린 땀을 손등으로 닦은 마마코가 다시 바닥을 닦았다.

"괜찮아. 걱정하지 마. 나는 엄마인걸. 아이를 위해서라면, 어떤 일이든 열심히 할 수 있어. 아무리 힘든 일도, 해낼 수 있어. 그게 바로 엄마잖니. ……그러니까 여기는 나한테 맡겨줘. 정말 괜찮아."

자식과 재회하는 순간을 상상한 건지, 기쁨과 행복에 찬 미소를 머금으면서…….

마마코는 땀범벅이 되어가며, 열심히 일했다.

마사토는, 영상 속의 마마코한테서 눈을 떼지 못했다.

"뭐가 괜찮다는 거야……. 말도 안 되는 소리 하지 마. 부탁이니까 제발 그만하라고."

어이없다는 듯이, 화난 것처럼, 그렇게 중얼거렸지만…….

솔직한 마음은, 그렇지 않았다. 눈시울을 뜨겁게 만드는 감각이, 마사토의 마음속에서 샘솟고 있었다.

하지만 눈치 없는 제삼자 덕분에, 눈물을 흘리지는 않았다.

"어머머~, 와이즈 양과 메디 양은~, 눈치챘나 보네~. 유감이야~. 하지만 마마코 씨는~, 완전히 걸려들었어~."

"당연하잖아. 자기 자식을 아끼는 어머니일수록, 저 함정에서 빠져나올 수 없어. 끝도 없이 지시를 내리는 무한 루프 안에서 자멸할 수밖에 없는 거야. 크크큭."

"잠깐만. 멋대로 자멸해버리면 재미없지. 자기 힘으로 오오스키 마마코에게 이기기를 바라는 사람이 있으니 말이다. ……형씨, 안 글나?"

프라테로가 마사토에게 다가오더니, 소매를 잡아당겼다.

"형씨. 이 틈에 수행을 하제이. 힘을 손에 넣어서, 오오스키 마마코를 날려버리는 기다. 그럴 거제? 형씨."

마치 놀러 가자는 듯이 희희낙락하며 소매를 잡아당기는, 프라테로의 손을…….

마사토는 힘껏, 쳐냈다.

"……형씨?"

"이제야 알겠어. 내가 갈구하는 힘이, 어떤 건지를……."

얼이 나간 프라테로에게 눈길도 주지 않으며, 마사토는 걸음을 옮겼다.

성검 필마멘트를 뽑아들고 힘껏 움켜쥐며, 마마코의 영상 앞에 섰다.

"……저기, 엄마. 나, 이제 알았어."

자기 자식을 구하기 위해 필사적인 어머니의 모습이, 가르쳐줬다.

마사토에게 있어 힘이란…….

"구하고 싶은 누군가를 구하기 위해, 필요한 것…… 그것이 바로, 힘이야."

이 상황에서도 솔직하게 『엄마를 구하기 위해』라고 말하지 못하는 걸 보면 아직 멀었다 싶지만, 그래도 찾아냈다.

마사토는 성검을 뒤쪽으로 힘껏 내밀며, 힘을 모았다.

"위대한 천공이여……. 어머니 되는 바다와 대지가 차례차례 뭔가를 만들어내는 것을, 옆에서 지켜볼 수밖에 없었던 천공이여…… 나와 너는 같아……. 그러니 알 거야……. 지금이야말로, 해내고 싶잖아! 그래! 해내자고! 그러기 위해, 힘을 빌려줘!"

격앙된 목소리로 그렇게 울부짖으며, 반드시 해낼 수 있을 거라 믿으며…….

"뭐, 뭐야……. 오오스키 마사토가, 뭘 하려는 거지?!"

"잘 모르겠지만~, 아무튼 엄청난 기백이야~!"

"설마, 형씨한테도, 특별한 힘이……?"

압도당한 사천왕들이 숨을 삼키더니, 꼼짝도 못 하며 지켜보는 가운데…….

마사토가 움직였다!

"궁극오의…… 시공참(時空斬)!"

성검 필마멘트를, 전력으로, 수평으로 휘둘렀다.

궁극오의 시공참— 그것은 천공의 선택을 받은 용사 마사토가 그 위대한 힘을 얻어 펼치는 지고의 일격. 끊임없이 되풀이해온 수련과, 누군가를 구하고 싶다는 강한 마음에 의해 펼칠 수 있게 된, 필살기.

그 일격이 이 공간과 다른 공간 사이의 벽을 찢더니, 갇혀 있는 동료들을 구출해냈다!

"오, 열렸잖아! 좋아, 나가자~!"

들렸다. 영상 음성이 아닌, 와이즈의 육성이……!

마사토의 한참 뒤편에서, 들려왔다.

"……어? 뒤편?"

마사토의 눈앞에 있는 벽이 아니라 뒤편에 있는 벽이 좌우로 슬라이드되더니, 동료들이 모습을 보였다.

"어라…… 으음……."

"형씨의 궁극오의가, 공간을 갈랐어……!"

"그, 그래! 그렇게 된 거야!"

"오오스키 마사토가 쳐다보던 공간과 전혀 다른 공간에서 나왔어! 시공을 초월한 무언가일까!"

"아, 아마도…… 아니, 맞아! 그래! 내 생각대로 됐어!"

"게다가~, 수평으로 휘둘렀는데~, 상하가 아니라 좌우로 갈라졌어~! 베는 각도도 자유자재로 조절할 수 있다니~, 정말 대단해~!"

"그렇지?! 그렇지?! 그래! 나는 대단해! 나는 드디어 각성했다고……!"

그 순간, 동료들의 목소리가 들려왔다.

"함정이 먼저 항복하다니, 역시 마마코 씨야~."

"세탁물과 식재료, 그리고 청소까지도 새로운 걸 준비하지 못할 만큼 전부 해치워버리다니…… 마마코 씨의 집안일 능력에는 정말 탄복했어요."

"어떻게든 되어서, 다행이야. 우후후."

……라고 한다.

아만테도, 소레라도, 프라테로마저도, 아무 말 없이 마사토를 응시했다.

응.

"으음…… 할 수 있으려나…… 할 수 있으면 좋겠네, 하고 생각했는데…… 넋두리를 늘어놔서, 죄송합니다."

울지 않는다. 남자니까 울지 않는다. 마사토는 제대로 사과한 후, 검을 검집에 집어넣었다.

그렇게 마음을 다잡은 마사토는 아무 일도 없었다는 듯이, 환하게 웃으면서 동료들과 재회했다.

"엄마! 다들! 오래간만이야! 무사해서……!"

"그래그래, 감동의 재회는 나중에 해. 적을 넙죽넙죽 따라간 것에 대한 설교도, 나중에 해줄게."

"우선 사천왕을 처리……하기 전에, 마사토 군이 할 일이 있어요."

"뭐? 할 일이라니……."

"마 군! 여기 있었구나! 이 엄마가 정말 걱정했단다!"
"헉! 그거냐?!"
마사토를 본 순간, 마마코는 전속력으로 뛰어왔다.
자기 자식을 너무나도 걱정한 어머니의 품에 꼬옥~ 안겨줘서, 안심시켜준다. 그것이 마사토가 할 일…….
이었지만…….
"물러나."
마마코가 마사토를 안으려는 순간, 프라테로가 그 사이에 파고들면서 그녀의 복부에 손을 댔다. 그 순간, 마마코의 몸이 그대로 뒤편으로 튕겨날아갔다.
"꺄앗……?!"
"엄마?!"
마마코가 날아간 방향에는 칠흑빛 보석을 만드는 석조 받침대가 있었다.
"우왓, 큰일났네! 방어 마법을 쓰기엔, 늦었어!"
"그럼 저희의 몸으로……!"
마마코가 거기에 내동댕이쳐지기 직전, 와이즈와 메디가 몸을 날렸다. 「끄윽?!」, 「아앗?!」 두 사람이 쿠션이 된 덕분에, 마마코는 큰 대미지를 입지 않았다.
"와이즈 양?! 메디 양?! 미미미, 미안해!"
"시, 신경쓰지 마! 우리는 항상 마마코 씨한테 의지하기만 하잖아!"
"도움이 되어서, 기뻐요! ……그것보다……!"

격돌의 충격에 기기가 흔들렸다. 비정상적인 진동을 느낀 바람에, 안전장치가 작동했다.

그 기기를 중심으로 마법의 감옥이 형성되면서, 마마코 일행은 사로잡히고 말았다.

"이딴 건 내 마법으로 날려버리겠어! ……스파라 라 마지아 펠 미라레…… 폭구(爆球)(봄바 스페라)! ……어라? 마법이 발동 안 하네?!"

"쓸데없는 짓이야. 그 감옥 안에서는 마법을 쓸 수 없어. 어머니의 힘도 못 쓰지."

"와이즈 양, 다행이에요! 와이즈 양이 안습 현자라 못 쓰는 게 아니에요!"

"다행이야~……가 아니라! 뭐가 다행이라는 거야! 함정 방에서 겨우 탈출했나 했더니, 또 갇혔잖아! 너무해! 으윽~!"

"확실히, 매우 불쾌하군요……. 정말 우울해요……!"

마법의 감옥을 손으로 잡고 날뛰는 와이즈와 메디(다크 파워)를, 아만테와 소레라가 즐겁다는 듯이 쳐다봤다.

"아하하! 참 잘 어울리는 꼬락서니네! 맹수로 전직하는 게 어때?! 확 서커스단에 팔려 가면 더 재미있을 거야!"

"연달아 잡히다니~, 진짜 바보네~! 꼴사나워~! ……그건 그렇고~, 마마코 씨는~, 진짜로 『THE END OF 어머니』의 방한테 이긴 거야~?"

"진짜로 『(Eternal Housework Edition)』의 소재를 바닥낸 건지 궁금하네. 확인해보자."

아만테와 소레라는 함정 방에 들어갔다.

벽에 뚫린 문이 좌우로 쑥 닫혔다. 두 사람의 그림자조차 보이지 않았다.

절망적인 표정으로 벽을 두드리는 아만테와 소레라의 영상이 한동안 표시됐지만…… 거대한 마법서가 사라지자, 영상 또한 끊겼다.

"저 바보들은 얼마나 바보짓을 해야 직성이 풀리는 거냐……!"

어이없어하던 프라테로는 곧 기묘한 기운을 감지하더니, 무심코 숨을 삼켰다.

"……후우……."

마사토는 작게 숨을 내쉬더니, 천천히 걸음을 옮겼다. 지그시 쳐다보고 있는 프라테로의 옆을, 그대로 지나쳤다.

마사토는 잡혀 있는 동료들에게 다가가더니, 밖에서 말을 건넸다.

"두 사람 다 괜찮아?"

"괜찮을 리가 없잖아! 또 잡혔단 말이야! ……어…… 어라, 마사토?"

"대미지는 입었지만, 빈사 상태는 아니에요…… 으음…… 마사토 군?"

와이즈와 메디는 온화한 표정을 짓고 있는 마사토를 보더니, 말문이 막혔다.

"으음…… 마사토? 너, 마사토 맞지?"

"평소와 분위기가 다른 것 같은데요……."

"나는 나야. 나 이외의 그 누구도 아냐."

두 사람의 반응을 확인하고, 다른 사람에게 넘어갔다.

와이즈와 메디의 뒤편에 앉아있는, 아직 땀범벅인 마마코를 쳐다봤다.

"엄마. 괜찮아?"

"응! 이 엄마는 괜찮단다! 괜찮아! 이렇게 마 군을 본 덕분에, 엄마는 기운이 넘……!"

"응. 거짓말이네."

"저기, 거짓말이 아닌데……."

"거짓말이잖아."

마사토의 냉철한 한마디와 올곧은 시선을 받은 마마코가 무심코 입을 다물었다.

"……저기, 엄마. 할 이야기가 있어."

"으, 응! 뭐니?!"

마마코는 놀라면서 허둥지둥 무릎을 모으고 앉았다.

꾸중을 들을 거라고 생각하는 걸까. 그렇기는 했다.

어쩌면 이번이 인생에서 처음일지도 모른다. 불가사의한 분노가 어린 목소리로, 마사토는 마마코에게 말했다.

"저기, 엄마. 엄마는 항상 『괜찮다』고 말하는데…… 그러지 마."

"뭐? ……하, 하지만 괜찮으니까, 괜찮다고……."

"진짜로 괜찮을 때라면, 그래도 돼. 하지만 괜찮지 않을 때도 괜찮다고 말하지는 마. ……엄마는 말도 안 되는 힘을 지녀서 뭐든 다 할 수 있지만…… 그래도, 지칠 때는 있을 거잖아.”

“그건, 그렇지만…….”

“그럴 때도 괜찮다는 거짓말을 하면, 거꾸로 불안해져. ……엄마는 나를 불안하게 만드는 게 재미있는 거야?”

“그, 그렇지 않단다! 이 엄마는 마 군을 불안하게 만들지 않으려고, 그래서…….”

“그 결과로 불안하게 만들어선 의미가 없어. 그렇게 생각 안 해?”

내가 지그시 응시하자, 마마코는 풀이 죽은 것처럼 고개를 숙였다.

“그건…… 그래……. 맞아.”

“그러니까, 좀 생각을 해봐. 이럴 때는 어떻게 해야 할 것 같아? ……엄마한테 있어 나는 항상 어린애겠지만…… 그래도, 할 수 있는 일이 있을지도 모르잖아?”

“마 군…….”

“그러니까, 저기…… 즉…… 엄마가 나를 걱정하듯이, 나도 엄마를 걱정해. 그 점을 이해해달라는 거야. 할 말은 이게 다야.”

내 생각을 있는 그대로 전하면서, 아들로서 따끔하게 꾸짖어주자…….

마마코는 고개를 숙인 채, 몰래 미소 지었다.

“그래……. 마 군은 이 엄마를 걱정해주는구나……. 우후후.”

마마코의 몸이 서서히 빛을……「기뻐할 일이 아냐」, 「으, 응!」 지금은 설교를 듣는 중이었다.

마사토는 자기 마음이 올바르게 전해지기를 빌며 말했다.
“그럼 엄마. 솔직하게 대답해줘. 엄마는 지금 지쳤지?”
“……그래. 좀 지친 것 같아.”
“그럼 거기서 잠시 쉬고 있어. 아무것도 안 해도 돼. ……내가, 이번에야말로, 꼭, 구해줄게.”
마사토가 차분한 어조로 그렇게 말하자, 마마코는 깊이 고개를 끄덕였다.
“알았단다. 여기 앉아서 쉬고 있을게. 이 엄마는 아무것도 안 할 거야.”
“와이즈와 메디도 쉬고 있어. 그리고 엄마를 감시해주면 좋겠어. 뒷일은 나한테 맡겨.”
“아, 응. 알았어……. 시키는 대로 할게.”
“알았어요. 뒷일은 마사토 군에게 맡길게요.”
와이즈와 메디는 마사토를 이상하다는 듯이 쳐다보면서, 바닥에 앉았다.
마마코는 돌로 된 받침대에 등을 맡기며 쉬려고 했다.
그와 동시에 모친 특수 스킬 【어머니의 휴일】 발동!
그것은 이름대로 어머니가 쉬는 시간이다. 아이들이 배려해서 만들어준 시간이라면, 절대 아무것도 해선 안 된다. 그야말로 강제적인 휴식이다.
그 효과가 마마코가 등을 기댄 받침대와 거기에 연결된 코드로, 그리고 코드에서 바닥에 그려진 마법원으로 흘러 들어가더니…….

마법원의 중앙에 안치된 젤 형태의 구체에도 효과가 미치면서 데이터 송신이 중단되고 말았다.

칠흑빛 보석 제조가 완전히 정지됐다.

"어, 어라?! 마마코 씨가 뭔가 한 것 같은데?!"

"분명 아무것도 안 했는데 말이죠……."

"마~ 군~. 이 엄마는 마 군이 걱정하지 않도록, 아무것도 안 하며 쉬고 있을게~. 우후후."

"그게 아무것도 안 하는 거냐……. 하아……. 역시 우리 엄마네. 우리 엄마야."

마마코가 느긋하게 손을 흔들었다. 그 모습을 보며, 피식 웃은 후…….

마사토는 향했다. 마음의 친구라 믿었던 상대에게로…….

마마코 일행의 시선을 받으며, 마사토는 프라테로와 마주섰다.

프라테로는 멍한 눈길로, 비난하듯 마사토를 응시했다.

"……형씨 정도의 남자가 어머니에게 그런 태도를 보이는 기가. 참 우습데이."

"뭐가 그렇게 우스운데?"

"설교하고 싶다면, 주먹으로 하면 될 거 아이가. 그게 남자의 방식인기다. 힘으로 어머니를 굴복시키는 게 남자데이."

"그런 건 남자가 아니라 『쓰레기』라고 해."

"아니다."

"맞아."

잠시 동안 서로를 노려본 후…… 마사토는 가볍게 탄식하며 검을 뽑아 들었다.

"즉, 그게 네 힘인 거냐."

"맞다. 내 힘은 어머니를 해치우는 힘이다. 그게 바로 형씨가 원했던 힘인 기다."

"미안하지만, 그 이야기는 없었던 걸로 해줘. 내가 원한 건 그게 아냐. 그딴 힘은 필요 없어."

딱 잘라서 그렇게 말하자, 프라테로는 입가를 일그러뜨렸다. 불만이 있는 것 같았다.

"……형씨는 어머니와 사이좋게 지내고 싶은 기가? 알콩달콩 꽁냥꽁냥하고 싶은 거냔 말이데이."

"말도 안 되는 소리 하지 마. 나는 그저 극히 평범하게, 엄마와 나름 사이좋게 모험을 하고 싶을 뿐이야."

"정신 나간 거 아이가?"

"그럴지도 몰라. 딱 잘라 부정하진 않겠어. ……모친 동반에, 모친 무쌍. 자식은 압도만 당할 뿐. 그런 상황에서, 내가 몇 번이나 절망했는지 모르겠어……. 하지만 말이야. 나는 터무니없는 일들이 재미있어. 터무니없고, 이딴 건 아무도 클리어 못 하겠다 싶으니까, 내가 클리어해줘야겠다고 생각한 거야."

"제정신 아니데이."

"상관없어. 제정신 아닌 모험이야말로…… 남자를 불타오르게 만들잖아?"

도발하듯, 웃음을 터뜨렸다.

얼이 나간 프라테로는 땅이 꺼지게 한숨을 내쉬더니…….

불구대천의 원수를 보는 듯한 눈길로, 마사토를 쳐다봤다.

"남자의 각오라면, 내도 더는 아무 말도 안 한데이. 내도 남자니까, 결심을 굳힐 기다."

"그렇게 해줘. 나도 이미 각오가 됐어. ……그리고, 솔직히 말해…… 이제 한계야."

마사토는 흔들림 없는 칼끝으로 프라테로를 겨눴다.

"어이, 프라테로…… 우리 엄마한테…… 무슨 짓을 하는 거냐!"

냉정을 유지하려고 온 힘을 다해 억누르던 분노가, 단숨에 폭발했다.

마사토는 프라테로의 목을 향해, 그대로 검을 수평으로 휘둘렀다.

"으냣."

프라테로는 펄쩍 뛰어오르며 피했다.

적당한 위치다.

"거기 있으라고! 일격에 해치워주마! 우랴아아앗!"

성검 필마멘트의 힘을 담아, 전력을 다해 공격을 날렸다.

분노에 찬 충격파가 날아오자, 프라테로는…….

"좋은 공격이지만, 아직 멀었어."

프라테로는 그 충격파의 옆면을 미끄러지듯 몸을 회전시키며 피한 후…….

착지와 동시에, 단숨에 쇄도했다.

"으냣."

"뻔히 보인다고!"

프라테로의 정권지르기. 그에 맞춰, 마사토는 왼손을 내질렀다.

방어장벽을 전개해서 주먹을 받아낸 순간, 카강 하고 딱딱한 소리가 울려 퍼졌다.

한순간 보인 흉흉한 너클 같은 금속 무기가 곧 소매 안으로 사라졌다.

"……너, 이상한 무기를 숨기고 있지?"

"내는 권투용 무기를 장비하고 있데이. 팔에 장비하고 때리면 쑥 튀어나오는 무기인 기다."

"아하. 암기 같은 거구나."

"평범한 무기데이. 코트의 소매가 길어서 잘 안 보일 뿐이제. 남자답지 못하게 숨기고 있는 건 아니다."

"그래. 너는 그런 녀석이 아니지."

"겸사겸사 말해주자면, 내 공격은 어머니가 상대라면 어마어마하게 강력하지만, 그 외의 상대에겐 평범한 펀치데이. 하지만 이 무기가 있으면, 평범한 상대에게도 때때로 어마어마한 공격을 할 수 있다 아이가."

"러키 펀치 같은 거냐. 공평을 위해 설명해줘서 땡큐야."

"유어웰컴, 이데이."

프라테로가 또 간격을 좁혔다. 하지만 아만테처럼 재빠르지는 않았다. 마사토는 차분히 관찰하면서…….

정권지르기를 날리는 타이밍에 맞춰, 왼손을 내밀어서 방어장벽을 전개했다. 「으냣」, 「하앗!」 순간적으로 소매 안쪽에서 튀어나온 흉흉한 브래스 너클의 일격을, 한 손으로 손쉽게 받아냈다.

"유감이지만! 꽝이네!"

"다음에는 대박일 기다. ……으냐아아아앗……."

자세를 낮추며 온몸을 경직시킨 프라테로가 힘을 모았다. 덩치가 산만한 뿔 개구리를 날려버리고, 정글에 커다란 구멍을 뚫었던 필살의 일격을 날리려는 것이다.

"(이걸 맞는다면 큰일 나겠지……. 피할까? ……아냐, 받아내자!)"

프라테로가 자랑하는 힘을, 당당히 부정해주고 싶다.

그런 마음으로, 마사토는 그 자리에 당당히 섰다.

"덤벼, 프라테로!"

"각오하그라, 형씨. 으냣."

프라테로의 필살 정권지르기! 마사토는 방어장벽을 전개해서……!

가볍게 받아냈다.

"큭, 불발인기가."

"자, 답례다!"

마사토는 성검을 치켜들었다. 그리고 그대로 내리긋자……!

"으냣."

프라테로는 양손으로 머리를 감싸며 눈을 꼭 감더니, 으~~ 하고 필사적으로 방어하는 자세를 취했다. 겉보기에도 귀여운, 여자애 가드!

공격을 했다간, 분명, 틀림없이, 마사토가 악역으로 보일 것이다.

마사토는 즉시 공격을 중단했다.

"어이, 인마! 너무 약은 거 아냐?!"

"뭐꼬, 공격 안 하는 기가? 그럼 내가 공격한데이. 으냣."

"그 기합소리도 귀엽게 들려서 웃기거든?! 큭!"

프라테로가 날린 정권지르기를, 마사토는 방어장벽으로 막아냈다.

그리고 이번에야말로, 마사토가 공격을……!

"으냣." 여자애 가드!

"그러니까 그 짓 좀 하지 마! 작작 하라고!"

"뭐꼬. 또 공격 안 하는 기가. 그럼 내가 공격한데이. 으냣."

"하아, 정말! 이 녀석, 싸우기 어려워…… 어……."

가볍게 막아내려고 펼친 방어장벽이, 서서히 밀려났다.

그 힘은 결국 방어장벽을 파괴하더니, 조그마한 주먹이 마사토의 복부에 꽂힌 순간…….

마사토는 맹렬한 기세로 튕겨 날아갔다.

"으극……?!"

그대로 뒤편으로 튕겨 날아간 마사토는 낙법조차 하지 못하고, 그대로 벽에 내동댕이쳐졌다.

상황을 지켜보고 있던 마마코 일행이 허둥지둥 몸을 일으켰다.

"안 돼, 마 군?!"

"잠깐만, 뭐하는 거야! 메디, 나서자!"

"네! 어떻게든 회복마법을……!"

"이건 내 싸움이야! 끼어들지 마!"

마사토의 기백에 눌린 마마코 일행은 멈춰 섰다.

솔직히 말해, 괴롭다. 등이 뜨겁다. 뜨거워서 아프다. 폐의 공기가 단숨에 몸 밖으로 쏟아져 나오면서, 가슴까지 아팠다. 회복마법을 받지 않으면 위험한 상황이라는 걸 스스로도 알고 있다.

하지만, 이 싸움만은 혼자 힘만으로 끝내고 싶다.

"(나에게도, 의지가 있어!)"

용사로서, 남자로서. 그저 무게를 잡으려고 하는 것뿐이라는 것도 알면서도.

눈앞에서, 어머니가 공격을 당하는 것을 본 순간…… 느낀 충동에 따랐다.

무슨 수를 써서라도, 빚을 갚아주고 말겠다.

마사토는 고통을 무시하며 몸을 일으킨 후, 전투태세를 취했다.

프라테로는 위협을 하듯 손가락 관절을 풀면서, 서서히 다가왔다.

"형씨. 사랑하는 엄마한테 도움을 청하는 편이 좋지 않긋나?"

"안 해. 『엄마한테 기대지 말라고오오오오! 짜샤아아아아앗!』 라는 즉사급 공격을 당하기는 싫거든."

"그건 또 뭐꼬?"

"혼잣말이니까 신경 쓰지 마."

"흐음…… 뭐, 좋데이. 몸이 슬슬 달아오르기 시작했으니까, 내 진심의 진심이 어린 한 방을 날려주꾸마. 각오하그라, 형씨."

"각오라면, 이미 되어 있어. ……덤비기나 해."

두 사람은 거리를 두며 대치했다.

프라테로는 오른 주먹을 뒤로 빼며 힘을 모았다. 혼신의 일격을 날리기 위해 힘을 모으고, 모으고, 또 모았다.

주위의 공기가 떨릴 정도로 힘이 응축되는 것을 보면서, 마사토는 별생각 없이 말을 건넸다.

아직 마음 한편으로 프라테로를 마음의 친구라고 믿기에, 그런 걸지도 모른다.

"어이. 너는 왜 엄마를…… 날려버려야만 한다고 했지?"

"응. 날려버릴 기다."

"이유가 뭔데? 그래야만 할 이유가 있어? 엄마에게 원한이라도 있는 거야? 그런 거라면 나도 조금은 이해가 될 것 같거든. 어때?"

그렇게 묻자…….

프라테로는 마사토를 멍하니 응시하며, 말했다.

"이유는, 딱히 없데이."

"……뭐?"

"내한테는, 엄마를 상대로만 발휘되는 강한 힘이 있기 때문에, 쓰고 있는 기다. 엄마가 상대라면, 무조건 이기는 기다. 이기면 기분 좋다 아이가. 그래서 날려버리는 거데이."

"뭐…… 딱히 이유도 없이, 엄마가 상대라면 이길 수 있어서 폭력을 휘두른다니…… 그냥 날뛰고 싶을 뿐인, 반항기 꼬맹이잖아."

"꼬맹이가 아니라, 남자다."

"남자는 무슨. 몸도, 마음도, 남자가 아니잖아. 정말. ……하아…… 내 믿음은 하나같이 잘못됐던 거냐고……. 최악이네. 젠장!"

어이가 없는 탓에 몸에서 힘이 쭉 빠지려고 했지만, 어찌어찌 참았다.

"신뢰 같은 건 이제 바보 같아서 하기도 싫어…… 하고, 말하고 싶지만…… 나는 그래도 믿어보고 싶어."

마사토는 검을 고쳐들었다.

"이런 바보를 내버려 두면 안 돼……. 엄마를, 어머니들을 지키기 위해…… 그러기 위한 힘이, 나에게 있다고, 믿고 싶어!"

마음을 말로 표현하며, 마사토는 정신을 집중했다.

그러자 성검 필마멘트에 변화가 발생했다. 투명한 칼날에서 빛의 입자가 흘러나오기 시작했다.

마치 별처럼 빛나는 반짝임이, 칼날에서부터 은하수를 자아냈다.

“이건…… 아, 그래……. 드디어 힘을 빌려주는 거구나. 부탁해, 파트너. ……나는 지키는 힘으로, 너에게 이기겠어! 간다, 프라테로!”

“좋아. 내는 쓰러뜨리는 힘으로, 형씨를 해치워주겠데이.”

두 사람은 동시에 지면을 박찼다.

“오오오오오오!”

“으냐아아아앗!”

베어올리는 힘과, 내지르는 힘이 격돌했다.

아우라를 흩뿌리는 프라테로의 주먹이 검에 닿았다. 필살 정권지르기의 위력이 부풀어 오르면서, 마사토는 검과 함께 튕겨 나가야 마땅했지만…….

마사토의 지키는 힘이 그 위력을 흘려넘기면서 튕겨냈다.

“으냣……?!”

“내가 이겼어. 설교 대신 받아달라고. 이 멍청한 꼬맹이야.”

마사토는 위대한 힘이 깃든 검의 옆면으로, 프라테로의 머리에 일격을 날렸다.

프라테로는 그대로 눈이 까뒤집히더니, 철퍼덕 널브러졌다.

싸움은 끝났다.

프라테로는 눈이 까뒤집힌 채, 완전히 기절했다.

적이 전투 불능이 된 것을 확인한 마사토는 동료들이 갇혀 있는 감옥을 쳐다보며, 검을 들었다.

"지금 구해줄게. 지금의 나라면 할 수 있어. 이번에야말로 가능해. ……궁극오의……!"

그것은 진정한 힘에 눈뜬 용사 마사토가 펼치는 필살기. 다른 공간에 있는 물체마저 벨 수 있는 궁극의 공격이, 마법의 감옥을 간단히 절단……!

……하기 전에, 와이즈와 메디가 감옥 틈새를 손으로 간단히 벌리며 밖으로 나왔다.

"어라, 그냥 나올 수 있잖아. 어떻게 된 걸까?"

"마마코 씨의 특수 스킬 【어머니의 휴일】의 영향 아닐까요. 사람을 잡아주는 기능이 휴식에 들어간 것 같아요."

"아하~. 그렇게 된 거구나."

그렇다고 한다. 동료들은 이미 해방되어 있었다. 「지금, 내가, 이렇게, 확…… 뭐, 됐어」 마사토는 투덜거리면서도 검을 검집에 집어넣었다.

자유로워진 와이즈와 메디가 마사토한테 서둘러 뛰어왔다.

"잠깐만, 마사토! 너, 괜찮은 거야?!"

"우선 치료부터 할게요! 이야기는 나중에 하고요!"

"두 사람 다 진정해. 나는 괜찮아. 꽤 대미지를 입긴 했지만, 장비의 자동 회복 기능 덕분에 HP는 회복……."

"그게 아니라……!"

와이즈와 메디는 마사토의 이마에 손을 댔다.

"너, 머리는 괜찮아?!"

"어이, 왜 내 머리를 걱정하는 건데?"

"아까 전의 마사토 군은 마사토 군답지 않았어요! 어머니를 위해 분노하고, 어머니를 지키기 위해 힘을 발휘해서, 사천왕과 일대일로 승부를 벌인 끝에 이겼잖아요!"

"너, 아까 조금 멋있었거든?! 진짜야! 마사토 주제에 말이야! 말도 안 되는 일이거든?! 그러니 걱정하는 거야!"

"나한테 반하는 루트는 없는 거냐."

"그것도 나쁘지 않겠지만, 그것보다 걱정이 더 크단 말이에요!"

"아, 네. 그런가요. 걱정 끼쳐서 죄송합니다. 하아. 그럼 슬슬……."

슬슬 마마코에게 힘껏 포옹을 당할 타이밍이라고 생각한 마사토가 마음의 준비를 했지만…….

마마코는 다가오지 않았다.

"……어머나, 이게 뭘까……. 왠지, 좀 이상한 기분이야……."

마마코는 받침대 앞에 앉은 채, 안절부절못하며 주위를 두리번거리고 있었다. 어딘가 안정이 안 되는 모습이었다.

"뭐 하는 거야. 뭐, 됐어."

딱히 칭찬의 포옹을 받고 싶었던 건 아니다. 결단코 아니다.

그것보다…….

"아, 맞다. 두 사람 다 내 걱정은 할 필요 없으니까, 좀 떨어져 있어. 지금부터 해야 할 일이 있거든."

"해야만 할 일?"

"여기는 칠흑빛 보석의 제조 장소야. 방 한가운데에 말랑말

랑해 보이는 커다란 구체가 있지? 저게 본체야. 이 세상을 지키기 위해, 저걸 파괴해서 두 번 다시 못 쓰게 만들겠어."

"마사토 군이 또 진짜 용사 같은 말을 해요……. 와이즈 양!"

"알았어! 머리를 회복시키기 위해 연속 마법을 쓰라는 거지?!"

"너희는 이제 됐어."

마사토는 검 자루를 움켜쥐며 홀로 구체에 다가갔다.

바로 그때였다. 마사토의 앞에서 어둠이 격렬하게 뿜어져 나오면서 소용돌이쳤다.

"이, 이게 뭐야……?"

『알 필요는 없다. 너희는, 그저 듣기만 하면 돼.』

칠흑빛 소용돌이 안에서, 정체불명의 목소리가 흘러나왔다.

『이제 계획의 수행은 불가능해. 불쾌해. 매우 불쾌해. ……원인은, 너희다. 너희 탓이다. 너희가 있어서 이렇게 된 거다.』

"우리 탓, 이라니……."

『원인이 된 너희에게 벌을 주겠다. 내 힘에 굴복해, 너희가 쌓아 올린 모든 것을 잃게 해주마. 명령을 수행하지 못하는 실패작들과 함께, 바다 밑바닥에 가라앉아라.』

저주에 가까운 말을 일방적으로 내뱉은 후, 칠흑빛 소용돌이는 소실됐다.

그와 동시에, 주위가 격렬하게 흔들리기 시작했다. 이어서 바닥이 수십 센티미터 정도 내려앉는 느낌이 들자, 이 자리에 있는 모든 이들이 무릎을 꿇었다.

"잠깐만, 이게 뭐야?! 무슨 일이 일어나는 건데?!"

"저 기묘한 소용돌이가 무슨 짓을 한 걸까요?! 마사토 군, 설명해주세요!"

"아니, 나도 아는 게 없다고……!"

"마 군, 위를 보렴!"

"어?"

반사적으로 올려다보니, 천장 자재가 부서지며 떨어지고 있었다. 머리에 정통으로 맞는다면 목숨을 잃을 정도의 사이즈였다. 「맙소사!」 반사적으로 옆으로 굴러서 겨우겨우 그 파편을 피했다.

지면의 진동 탓에 휘청거리면서도, 마마코가 뛰어왔다.

"마 군, 다친 데는 없니?!"

"아, 응! 괜찮아! 덕분에 살았어! ……아무튼, 여기 있으면 위험해! 빨리 탈출하자!"

"그래! 그러자…… 아! 기다려, 마 군! 사천왕 애들도 대피시켜야 해!"

"그 녀석들을 걱정할 때가 아니잖아……!"

"이 애들이라면, 괜찮아."

갑자기 THE END OF 어머니(Eternal Housework Edition)의 출구인 벽이 열리더니, HAHAKO가 모습을 드러냈다.

세탁물과 걸레를 쥔 채 축 늘어져 있는 아만테와 소레라를 옆구리에 끼고 있었다.

"HAHAKO 씨?! 왔었어요?!"

"왠지 불길한 예감이 들었거든. 상황을 보러 오기 잘했네.

이 애들은 내가 맡을게. 그쪽은 마마코 씨에게 맡겨도 되지?"
"응! 이 아이들이라면 맡겨줘! 휴식 중이지만 긴급사태니까, 어떻게든 해볼게!"
"그럼…… 다음에 또 봐."
마마코와 웃으며 인사를 나눈 HAHAKO는 부유 상태에서 스무스하게 이동하며 프라테로를 주워들었다. 「이 애가, 세 명째 자식 후보네」 사천왕 셋을 안아 든 채, 바닥에 빠져들듯 사라졌다.
"HAHAKO 씨가 와줘서 다행이네. ……그럼, 마 군!"
"응! 우리도 탈출하자!"
"오~! ……그런데, 대체 어떻게 탈출하면 되는데?!"
"탈출 경로는……!"
"이쪽이라는 것을, 이 시라아세가 여러분에게 알려드리겠습니다!"
방의 커다란 문 쪽에서 뛰어온 누군가가 크게 손을 흔들고 있었다. 이럴 때도 기본 스타일을 유지하는 것을 보면, 시라아세가 틀림없다.
"포타 양은 미리 피난시켰습니다! 여러분도 서두르시죠!"
"좋아! 다들, 뛰어!"
격렬한 진동에 의해 천장의 자재가 떨어지고 있다. 칠흑빛 보석을 만드는 구체가 그 파편을 정통으로 맞고 터졌다. 기둥이 쓰러지면서, 받침대 위에 놓여 있던 보석도 산산조각이 났다. 끝나지 않는 파괴가, 마사토 일행을 덮쳤다.

머리 위에 주의를 기울이고, 갑자기 가라앉는 지면에 휘둘리면서, 마사토 일행은 전속력으로 방을 빠져나갔다.

아지트 건물을 빠져나가자, 복잡한 동굴 에어리어에 도착했다. 미로 같은 구조지만, 갈림길에는 봉제 인형이 놓여 있어서 어디로 가야 할지 알 수 있었다.

그런 귀여운 안내에 따라 동굴을 탈출하자, 밖으로 나갈 수 있었다. 그곳은 섬을 한눈에 볼 수 있는 언덕이었다.

봉제 인형보다 귀여운 표식이 껑충껑충 뛰면서 손을 흔들고 있었다.

"마사토 씨~! 여기예요~!"

"어! 포타, 발견! 무사해서 다행이야!"

포타와도 합류했다. 여기까지 왔으니 안심, 이라고 말하고 싶지만…….

밖에 나왔어도 머리 위에서 떨어지는 파편의 위협에서 벗어난 것에 지나지 않았다. 지면은 여전히 진동하고 있었으며, 지면이 가라앉는 느낌 또한 간헐적으로 발생하고 있었다.

게다가 예상 이상으로 심각한 사태가 벌어지고 있었다.

"저기, 마 군……. 왠지, 섬이 작아진 것 같지 않니……?"

"작아지고 있는 게 아냐…… 가라앉고 있는 거야……. 섬이, 통째로, 가라앉고 있어!"

언덕 위에서 섬을 둘러보니, 모래사장이 보이지 않았다. 섬이 침몰하면서 해수면이 상대적으로 상승한 바람에, 바다에 잠기고 만 것이다. 다리 또한 수몰됐다. 수상 별장도 반쯤 가라앉아 있었다. 모래사장에 있던 배는 떠내려간 건지 보이지 않았다.

바다는 지금도 땅을 계속 침식하고 있었다. 이 침공에서 도망치듯, 관광객들이 일제히 내륙을 향해 뛰고 있었다.

덕분에 보행로는 혼잡하기 그지없었다. 번화가 에어리어 또한 짐을 들고 도망치는 사람들로 가득 차 있었다. 몸도 꼼짝할 수 없는 상태였다.

"다들, 이쪽이야! 빨리 언덕 위로……!"

"잠깐만요, 와이즈 양! 여기에 모여봤자 목숨을 부지한다고 단정 지을 순 없어요!"

"무슨 소리야, 메디! 그나마 여기가 낫잖아!"

"그건 그렇지만, 근본적인 해결 방법이 없으면 의미가……!"

"두 사람 다 진정해! 다툴 때가 아니잖아! 차분하게, 이 상황을 타개할 방법을 생각하자! 우선 냉정하게…… 우왓, 또 가라앉았어?!"

마사토 일행은 서로에게 기대며 겨우겨우 서 있는 상태였다. 마마코는 마사토의 팔을 절대 놓지 않겠다는 듯이 잡았다. 와이즈와 메디는 다투듯이 서로를 움켜잡고 있었다. 포타도 허둥지둥대며 시라아세에게 매달려 있었다. 이런 상태에서 냉정을 유지하는 건 무리…….

아니, 시라아세는 평소와 다름없었다. 냉정하게 상황을 살피고 있었다.

“섬의 기반 부분이 단계적으로 지워지고 있는 것 같습니다. ……섬에서 탈출하란 말의 의미를 알겠군요.”

“시라아세 씨?! 그게 무슨 소리예요?!”

“실은 아까 반항조직의 흑막 분과 이야기를 나눌 기회가 있었는데, 그때 들었습니다. 이 사태를 일으킨 건, 아마 그분이겠죠.”

“반항조직의 흑막…… 그러고 보니 이상한 소용돌이가 눈앞에 나타나서 『너희가 쌓아 올린 모든 것을 잃게 해주마』, 『바다 밑바닥에 가라앉아라』 같은 소리를 했는데…… 혹시, 그게……?”

“그게 칠흑빛 소용돌이였다면 틀림없습니다. 수사를 방해하기 위한 증거 인멸, 여러분에 대한 보복…… 혹은 질투심…… 다양한 이유로 이런 행위를 일으킨 거겠죠. 참 곤란하군요.”

“진짜로 곤란하게 됐다고요! 하지만 그 이야기는 나중에 해요! 그것보다……!”

가라앉는 섬. 도망칠 곳을 잃은 사람들. 어떻게 해야 할까.

“나, 좋은 생각이 났어! 전송 마법을 쓰는 거야!”

“저희만이라면 몰라도, 관광객분들이 저렇게 많잖아요! 모든 사람을 이동시키려면 MP량과 시간이 너무나도 부족해요!”

“그럼 운영 측의 기술적인 힘으로…… 아, 무리군요. 이쪽 서버 세계는 오픈한지 얼마 안 되는지라, 운영 측의 반칙 능력이 탑재되지 않았습니다. ……그렇다면, 역시…….”

시라아세가 그 이름을 입에 담기 전에…….

마마코가 마사토의 손을 놓고 포타를 향해 뛰어갔다.

"포타 양. 내 검을 꺼내주겠니?"

"아, 네! 금방 꺼내드릴게요!"

"저기, 엄마. 뭘……!"

"마 군, 괜찮단다. 마 군이 쉬게 해준 덕분에, 이 엄마는 기운을 되찾았거든. 그러니까 힘 좀 내봐도 되겠니?"

실질적으로 이 궁지를 어찌할 수 있는 것이라고는 마마코의 힘뿐이다. 이제까지 몇 번이나 기적을 일으켰던, 불가능은 없다고 여겨질 정도로 압도적인 그 힘에 기대해볼 수밖에 없다.

무리하지 마, 같은 말을 할 상황이 아니다. 걱정도, 분한 마음도, 전부 삼킨 마사토는 아무 말 없이 고개를 끄덕였다.

"고마워, 마 군. 그럼……."

오른손에 대지의 성검. 왼손에 바다의 성검.

마마코는 성검 두 자루를 치켜들며 소망했다.

"어머니의 힘이여…… 부탁할게……. 위험해 처한 사람들을 구하고 싶어……. 부디 힘을 빌려줘!"

사람들을 구하고 싶다는 소망이, 이뤄졌다.

육지와 사람을 삼키려 하던 파도가, 움직임을 멈췄다.

그와 동시에 정글이 바쁘게 움직이기 시작했다.

거대 브로콜리가 줄기를 잘라서 판자 형태로 만들더니, 배 형태로 모여들었다. 곧 덩굴이 그것들을 고정했다. 또한 대량의 나뭇잎이 세세한 틈을 메워서 완전히 없애자…….

조그마한 마을이 통째로 들어가고도 남을 듯한, 거대한 방주가 완성됐다.

"오오오오! 마마코 씨는 역시 대단하다니깐!"

"멋져요! 앞으로는 마마코 씨라 쓰고 『노아』라고 읽어도 되겠네요!"

"우리 엄마한테 그런 성서에나 나올 이름 붙이지 마. ……그것보다, 역시 엄마는 대단해. 하아."

"그럼 다음은 관광객 여러분을 배에 태워…… 어, 어머……?"

바로 그때, 마마코가 무너지듯 주저앉았다. 「어이쿠!」 옆에 있던 마사토가 바로 부축을 해줘서 넘어지는 건 면했지만…….

마마코는 땀으로 범벅이 됐다. 호흡도 거칠었다.

"엄마! 괜찮…… 아니, 딱 봐도 전혀 괜찮지 않잖아!"

"미, 미안해. 좀 현기증이…… 역시, 아직 피곤한가 봐……. 어머, 큰일이네!"

마마코의 집중이 풀린 순간, 움직임을 멈췄던 파도가 다시 치기 시작했다.

보행로 입구 근처에 정박한 거대 방주가 파도에 흔들리며 서서히 이동하기 시작했다.

"우왓! 배가 떠내려갈 것 같아요!"

"파도를 조종해서 어떻게든 이쪽으로……. 아뇨, 무리겠군요. 마마코 씨는 이미 지칠 때로 지쳤어요. 더는 힘이 남아있지 않은 것처럼 보입니다."

"저기, 마사토! 큰일 났어! 진짜로 큰일 났단 말이야!"

“어떻게든 해야만 해요! 마사토 군!”

“그, 그래! 나한테 맡겨! 지금의 나라면, 할 수 있어!”

마사토는 지칠 대로 지친 마마코를 부축하면서, 한 손으로 성검을 들고 집중했다.

칼날에서 별의 빛이 뿜어나오자, 마사토의 몸이 힘으로 가득 찼다.

하지만, 그게 전부였다.

“젠장! 무슨 일이라도 일어나라고! 누군가를 지키기 위해! 내 힘으로, 수많은 사람을 지켜야 해! 지키게 해달라고!”

마마코가 일으킨 것 같은 기적은, 아무리 기다려도 일어나지 않았다…….

바로 그때였다.

“마사토 군, 마사토 군. 누군가를 지키기 위해, 같은 어울리지 않는 소리 하면 안 됩니다. 우스워서 배꼽이 빠질 것 같군요.”

“시라아세 씨?! 지금은 저를 놀릴 때가 아니거든요?!”

“아, 그럴 생각은 없습니다. 저는 그저, 마사토 군의 오해를 풀어주고 싶을 뿐이니까요.”

“오해라니…….”

“생각해 보세요. 이 세상에서 가장 중요한 것이 뭔지…… 평범한 용사인 마사토 군에게 이 세상이 바라는 게 뭔지…… 그걸 눈치챘다면, 기적을 일어날 겁니다.”

이 세상에서 가장 중요시되는 건, 부모자식의 유대다.

평범한 용사에게 이 세상이 바라는 건, 세상을 구하라 같은 거창한 게 아니다. 평범하게 사이가 좋고 평범하게 행복한 모습을 보여주는 것이야말로, 평범한 용사인 마사토가 추구해야만 하는 것이다.

"(프라테로와 싸울 때, 나는…… 엄마들을 지켜야 한다고 생각했고…… 그랬더니 힘이…….)"

그때를 문뜩 떠올리자…….

"어머, 왠지 따뜻하네…… 어머나! 마 군의 검이……!"

"……뭐?"

밤하늘의 별처럼 점점이 빛나고 있던 성검 필마멘트의 칼날 전체가 빛을 뿜었다. 마치 달처럼, 상냥한 빛에 감싸여 있었다.

"오오, 파워업한 것 같아! 좋아! 지금이라면, 내 힘으로 기적을 일으킬 수 있어……!"

그렇게 생각했지만, 갑자기 성검의 빛이 사라졌다. 「어라라?!」 뭔가 실수를 한 것 같았다.

그런 게 아니면, 혹시…….

"저기, 성검 씨? 위대한 천공 씨? ……혹시 엄마와 관련 없으면 안 되는 거야? 예를 들어…… 『엄마를 돕기 위해 힘을 빌려줘』 하고 부탁하면, 힘을 빌려줄 거야? 그런거야?"

마사토가 정중하게 묻자…….

천공의 성검 필마멘트가 태양처럼 눈부신 빛을 뿜으며, 그 위대한 힘을 해방했다.

빛이 섬 전체를 비추더니, 그 빛을 쬔 관광객들이 갑자기 공중에 떠올랐다. 사람들은 안전히 하늘을 이동해서, 한 명도 남김없이 방주 방향으로 이동했다.

그뿐만 아니라 섬의 건조물도 떠올랐다. 별장과, 호텔과, 상업시설과, 마마코의 석상까지도 말이다. 아이들이 즐거운 한때를 보낼 수 있도록, 마마코가 고생해서 만들어낸 것이 전부 방주에 수용됐다.

그리고, 마사토 일행도…….

"우왓! 저희도 떠올랐어요! 날고 있어요! 대단해요!"

"어머니를 생각하는 마사토 군의 강한 마음이 자아낸 힘, 그러니 마마코 씨에게서 유래한 힘이 저희를 구해주는 거군요. 후후후."

"마사토의 활약은 어차피 그런 거야. 아~ 다행이다. 진짜 안심이 돼~."

"이래야 마사토 군이죠. 이래야 마땅하다고 생각해요. 안심이 되네요."

포타와 시라아세가 둥실둥실, 와이즈와 메디는 배영을 하면서 즐겁게 방주를 향해 날아갔다.

즐거워해주니 더할 나위 없지만, 풀이 죽을 사람이 약 한 명 있었다.

"엄마를 위해서만 최대 출력을 낼 수 있다니…… 대체 이 힘은 뭐냐고…… 하아……."

마사토가 기대하는 것과 명백히 다르지만…….

"마 군 덕분에 살았어. 정말 고맙구나."

"……뭐, 별거 아냐."

살며시 다가와서 미소 짓는 어머니에게서 고개를 돌리며…….

딱히 나쁘지 않은 기분으로 하늘을 나는, 선택받은 아들 용사였다.

용사 오오스키 마사토의 필살기 개발 5

엄마는 항상 필살기를 날리는 느낌이네. 딱히 이미지를 하며 공격하는 건 아니지?

마마코
그렇단다. 싸울 때는 항상 마 군과 다른 아이들이 위험에 처하지 않게 하잔 생각만 해.

그게 엄마의 힘이구나……. 나한테는 무리네.

마마코
그렇지 않단다. 마 군도 분명 할 수 있어. 엄마와 함께 수행을 해보는 건 어떻겠니?

필살기를 익힐 수만 있다면, 그것도 괜찮겠네…….

마마코
그럼 마 군과 수행할 시간을 확보하기 위해, 적을 전부 해치워서 게임을 클리어하고 올게.

빨리 다녀와…… 어, 그러면 의미가 없거든?! 관둬!

에필로그

수인들이 사는 신규 에어리어 『고보도 랜드』. 그 스타트 지점인 고보도 대촌락의 남쪽에는 이 세상에서 손꼽히는 리조트가 있다.

따듯한 열대지방 바다에 떠 있는 그 섬은 그야말로 낙원. 하늘과 바다와 태양, 그리고 형형색색의 열대지방 꽃들에 둘러싸여 놀아도 좋고, 음식을 즐겨도 좋고, 잠을 자도 좋다. 삼박자가 갖춰진 최고의 바캉스를 즐길 수 있다.

참고삼아, 이 섬의 인기 랭킹을 알려주겠다.

3위는 수인 비치발리볼. 귀와 꼬리가 달린 매력적인 몸매의 여성들이 수인 특유의 뛰어난 신체 능력을 구사해서 암석 볼로 상대를 쓰러뜨리는 게임이다. 혈기 왕성한 수인들 사이에서 매우 인기이며, 이제는 격투기라 해도 과언이 아니다.

2위는 수인 파이어 댄스 쇼. 허리에 도롱이를 장비한 건장한 수인들이 불을 조종하고, 불꽃을 토하며, 마지막에는 온몸이 화염에 휘감기고도 멀쩡한 모습을 선보이는 익사이팅한 쇼다.

그리고 현재 가장 인기 있는 건…….

"저기 좀 봐! 저게 용사님이 만든 배지? 정말 크네!"

"어느 섬에서 탈출할 때 쓴 배라잖아……. 어느 섬일까……."

"소문에 따르면 하룻밤 만에 번영을 이룬 후, 순식간에 가라앉았다고 해. 전설의 섬이지."

"진짜 전설이네. 그리고 거기에는 용사님이 실수로 떨어뜨린 레어 아이템이 있다잖아! 보물 사냥꾼들이 눈에 불을 켜고 찾고 있대!"

가장 많은 관광객이 모인 곳은 바다에 떠 있는 거대 방주였다.

섬처럼 거대한 선체에는 호텔과 상업시설이 탑재되어 있다. 선수(船首)에는 여신을 연상케 하는 마마코 조각상이 달려 있다. 만물의 어머니인 바다와 대지의 축복을 받아서, 안전 항해가 약속된 배다.

또한 그 배의 이름은 배를 만든 이의 의견에 따라 【마 군 도와줘서 고마워호】로 정해졌다. 선수 측면에 새겨진 그 이름이 햇빛을 받아 자랑스럽게 빛나고 있었다.

그리고…….

이곳은 모래사장.

"……뭐? 반항조직 박멸계획?"

모래 위에 대충 드러누워서 표정을 구긴 채 방주를 쳐다보던 마사토가 허둥지둥 몸을 일으켰다.

옆에는 비치 체어가 줄지어 놓여 있었고, 거기에는 수영복 차림의 마마코, 포타, 와이즈, 메디, 시라아세가 느긋하게 누워 있었다.

대협곡, 평원, 평원, 산, 산. 눈에 들어온 가슴 계곡은 일단 제쳐두기로 하고…….

볼일이 있는 건, 가장 끝에 있는 산의 주인인 시라아세다.

"그 계획을 위해 시라아세 씨가 왔고, 실행했다니…… 그게 무슨 소리예요? 저는 아무 말도 못 들었는데요……."

"저는 분명 알려드렸습니다만~……."

"네가 프라테로한테 빠져서 한 귀로 흘린 거야. 우리는 똑똑히 들었어."

"일전의 섬에서 벌어진 일은 그 계획과도 관련이 있고, 조직의 아지트가 수몰되면서 완료로 처리됐습니다. 아무튼 그 일이 이미 끝났다는 것만 이해해두면 되죠."

"아, 네…… 그런가요……. 그럼, 저기…… 다들, 수고했어요."

자기도 모르는 사이에 중요 목적이 달성됐다니 꽤 멋진 일 같지만, 그래도 왠지 송구했다. 마사토는 그 자리에서 무릎을 꿇고 반성했다.

그 모습을 본 시라아세는 옅은 미소를 머금었지만…… 곧 그 미소를 지웠다.

"그럼 그 계획에 관련해 알려드려야 할 일이 하나 있습니다."

시라아세는 그렇게 말하면서 메디에게 눈짓을 보냈다.

메디는 퍼뜩 뭔가를 눈치챘는지 비치 체어에서 몸을 일으켰다.

"포타 양. 괜찮다면, 같이 수영하지 않겠어요? 와이즈 양은 안 따라와도 돼요."

"네! 저, 수영하러 갈게요!"

"나만 따돌리지 말라고! 나도 갈래!"

세 소녀가 함께 물가로 뛰어갔다. 물가에서 즐겁게 뛰어노는 소녀들……. 눈 보신이 됐다.

눈 보신은 됐지만, 자기만 따돌림을 당했다는 사실에 마사토는 풀이 죽었다…….

“마사토 군. 소녀들이 아니라, 저한테 주목하며 하악하악~ 해주세요. 중요한 정보를 알려드리려는 참이니까요.”

“말투만 보면 전혀 그런 느낌이 아닌데요. 뭐, 됐어요. 말해주세요.”

“반항조직의 아지트를 파괴하는 계획을 진행하며, 이 모든 일의 원흉인 흑막을 잡는다는 계획도 진행하고 있습니다. 그 일에 관한 겁니다만…….”

“……그게 왜요?”

“그 건에는, 틀림없이, 전면적으로, 하나부터 열까지 전부, 마사토 군 일행의 협력이 필요합니다. 제가 손을 쓰지 않더라도 확실하게 휘말리게 될 테니, 마음의 준비를 해두세요.”

“맙소사……. 그런데…… 시라아세 씨가 미리 설명해주다니, 드문 일도 다 있네요……. 평소 같으면, 다짜고짜 휘말리게 하면서…….”

“그랬죠. 하지만 이번만큼은 미리 알려드립니다. 꽤 어려운 문제일 테니까요. ……자아, 그럼 저는 이만 실례하겠습니다. 할 일이 있어서 말이죠.”

시라아세는 몸을 일으키더니, 서로에게 물을 끼얹으며 즐겁게 노는 소녀들을 잠시 쳐다본 후에 돌아갔다.

그러자, 정적이 찾아왔다.

이곳에 있는 건 마사토와 마마코 뿐이다. 여자애들의 웃음소리와 파도소리가 멀찍이서 들려왔다.

"시라아세 씨, 평소와 좀 달라 보였어……. 장난스러워 보이긴 했지만, 어딘가 긴장한 것 같달까…… 엄마도 그렇게 생각하지?"

"……."

"엄마? ……잠든 거야?"

온화한 표정으로 눈을 감고 있는 마마코를 쳐다본 순간, 끔뻑. 「우왓」 마마코가 눈을 떴다.

"잠든 거 아니었어? 하아, 놀랐잖아."

"우후후. 미안해. 이야기에 낄까도 생각했지만, 오늘은 쉬기로 마 군과 약속했잖아. 그래서 자는 척을 한 거란다."

"좋아좋아. 제대로 이해했네. 오늘은 엄마의 휴일이야. ……그러니까, 저기…… 꼭 해야 할 일이 있다면 나한테 말해. 내가 도와줄게."

"어머, 기뻐라. 그럼 부탁 좀 해도 되겠니?"

"응, 말만 해! 뭘 하면…… 잠깐…… 어어?!"

마마코는 엎드린 채 수영복 등 부분을 풀었다. 윤기 나는 등과, 겨드랑이 아래로 불거진 가슴을 선보이며…… 비치 체어의 아래편을 뒤지더니…….

썬 오일을 마사토에게 건네줬다.

"오늘은 이 엄마의 휴일. 마 군에게 마음껏 어리광을 부려

도 되는 날. 그러니까 부탁할게, 마 군. 우후후.”
“하하하. 우쭐대지 마, 엄마.”
“꺄앗?!”
평범하게 돕는 일이라면 몰라도, 어리광은 용납 못한다.
마사토는 더위 때문에 뜨뜻해진 썬 오일을, 마마코의 등에 확 뿌려줬다.

같은 시각. 고보도 대촌락 인근의 숲속.
사천왕 중 세 명이 HAHAKO와 대치했다.
“그러니까 너는…… 우리가 마스터한테 버림받았단, 소리를 하는 거야?”
“그렇다고, 생각해. 그때, 아만테 양 일행이 있는 걸 알면서도 그 섬을 침몰시키려고 했으니까…….”
짜증 섞인 어조로 묻는 아만테를 향해, HAHAKO는 미안해하는 표정으로 고개를 끄덕였다.
소레라는 코웃음을 쳤다.
“내 생각은 달라~. 마스터는~, 우리가 자력으로 탈출할 수 있을 거라는 걸 아니까~, 그런 거야~. 오히려 신뢰해주고 있는 거지~. 틀림없어~.”
“아만테 양과 소레라 양은 특수한 함정에 걸렸지? 자력으로 거기서 탈출할 수 있었을까?”
“윽…… 그, 그건…….”

"으으~……. 쬐끔~, 어려울지도 모르지만~……."

"그럼 답이 나왔군. 아만테와 소레라는 아무짝에도 도움이 안 되어서, 버림받은 거다."

"잠깐만, 프라테로?! 무슨 소리를 하는 거야! 그럴 리 없어!"

아만테가 멱살을 잡으려고 하자, 프라테로는 멍한 눈길로 쳐다보며 여유롭게 그 손길을 피했다.

"내는 느그들 같은 바보랑은 다르다. 오오스키 마마코를 날려버린다는 성과를 올렸으니, 버림받을 리 없다. 신뢰받고 있으니 말이제."

"진짜로 그렇게 생각해? 기절한 상태에서 침몰하는 아지트에 남겨져도 무사할 거라고 진짜로 생각하는 거야?"

"무리야. 프라테로는 모친 상대에 특화된 힘을 지녔을 뿐, 기본적인 신체 능력은 그렇게 뛰어나지 않아."

"별것도 아닌 마사토 군한테도 질 정도인걸~. 솔직히 말해~, 우리 중에서 제일 약해빠졌을 거야~. 1순위로 버려지지 않으려나~."

"형씨에게 진 것은 사실이니, 인정하겠다. ……그치만……."

제일 약해빠졌다는 말에 화가 난 건지, 프라테로는 소레라를 상대로 전투태세를 취했다.

하지만 HAHAKO가 그 사이에 끼어들었다.

"부탁이니까 싸우지 말렴. 부디 진정해. 슬픈 일을 겪긴 했지만…… 그래도 괜찮아."

"뭐가 괜찮다는 건지, 모르겠는걸."

"나는, 절대 너희를 버리지 않아. 나쁜 짓을 하면, 따끔하게 꾸짖겠지만, 그래도 진심으로 사랑하며, 꼬옥~ 꼬옥~ 안아 줄게. 영원히 놓아주지 않겠어. 그러니까……."

"포옹 당하기 전에 도망쳐야 하는 거구나!"

"프라테로~! 뒷일을~, 부탁해~!"

"으냣?"

HAHAKO를 향해 프라테로를 밀친 후…….

아만테와 소레라는 눈썹 휘날리며 도망……칠 작정이었지만 「히이이이익?!」, 「우햐아아아앗?!」 지면에서 새하얀 손이 무수히 생겨나더니, 두 사람도 꼭 끌어안았다.

"자, 이게 엄마의 포옹이란다. 좋지? 우후후."

"으냣, 으냣, 으냐아아아앗…… 떨쳐낼 수가, 없데이…… 으그극……."

"HAHAKO는 아직 완전한 엄마가 아니니까, 프라테로의 힘이 통하지 않는 거야!"

"설명을 할 때가 아니잖아~! 저기요~, 마스터~! 빨리 구해줘~!"

"마스터! 저기, 마스터! 안 들리는 거야?! 대답해!"

"으그극…… 마스터, 부탁이야…… 이대로 있다간, 가슴에 질식, 하겠어……."

몇 번이나 불렀지만, 칠흑빛 소용돌이는 나타나지 않았다. 전혀 반응이 없었다.

그런데도 계속 부르는 사천왕 세 사람을 한꺼번에 꼭 안아주며…….

"진짜로 버린 거야? ……마스터 씨는 도저히 용서할 수 없겠네."

하늘보다도, 더 먼 곳…… 여기서는 보이지 않는 현실 세계를 주시하며, HAHAKO는 옅은 분노가 어린 한숨을 토했다.

■작가 후기

항상 신세 많이 지고 있습니다. 이나카입니다.

여러분께서 지원해주신 덕분에 7권이 발매됐습니다. 정말 감사합니다.

이번 권은 아니나 다를까, 그 사람이 활약하는 충격적인 편입니다.

드디어 이 순간이 왔다는 사실에 흥분하는 한편, 정말 이래도 될까 하고 걱정도 듭니다. ……원래라면, 활약하는 게 당연한데 말이죠.

엄마 무쌍, 아이들의 분발, 그리고 새로운 적. 무인도에서 펼쳐지는 이야기를 재미있게 즐겨주시면 감사합니다.

출판 관련으로 이이다 포치 씨, 담당 편집자 K씨, 편집부 및 출판사 분들, 판매점 관계자 등, 이번에도 많은 분들에게 신세를 졌습니다. 진심으로 감사드립니다.

메이챠 씨의 코미컬라이즈 또한 계속 이어지고 있습니다. 원작자인 저 또한, WEB판과 코믹스가 응원을 받을 때마다 힘이 납니다. 부디 잘 부탁드립니다.

자.

부끄러운 일입니다만, 이 자리를 빌려 다시 보고드리고자 합니다.

제 작품인 『일반공격이 전체공격에 2회공격인 엄마는 좋아하세요?』의 애니메이션화가 결정됐습니다.

이 정보가 발표된 판타지아문고 대감사제 2018의 회장에서, 제가 담당 프로듀서님과 인사를 나눴을 때의 일입니다.

"진짜로 애니화가 되는 군요……."

"진짜입니다. 이렇게까지 해놓고 나중에 몰래카메라였다~ 같은 일은 없어요(웃음)."

아무래도 진짜인 듯합니다.

하지만 아직도 저는 마음 한편으로 의심하고 있습니다(야생 짐승 빰치는 경계 본능).

혹은 호접지몽이라거나요. 이 모든 게 꿈일 가능성도 부정할 수 없습니다. 매우 유력해요.

어쩔 수 없다 싶기도 합니다. 저는 원래 이런 성격이라서요.

나이도 먹을 만큼 먹었으면서 알바로 먹고 살던 라이트노벨 작가 지망 남성이 대상을 받은 걸로 모자라, 수상작이 애니화된다니…… 작가물 라이트노벨 전개를 현실에서 겪고 있습니다.

이런 꿈을 꾸게 해줘서 고맙다, 같은 생각을 안 할 수가 없다고 할까요.

여담입니다만, 담당 편집자님의 말에 따르면 라이트노벨 작가에게는 연령 제한이 없는 것 같습니다.

라이트노벨 여명기부터 함께 해온, 저와 같은 세대의 여러분. 길은 항상 눈앞에 펼쳐져 있습니다.

애니메이션에 관해 이야기를 좀 더 드릴까 합니다.

제작은 착실히 진행되고 있으며, 여러분에게 알려드리고 싶은 보물 같은 정보도 잔뜩 있습니다만…… 아직 공개가 허락되지 않은 정보이기에, 공식 발표된 내용만 말씀드리겠습니다.

우선 신세를 지고 있는 모든 애니메이션 제작 관계자 여러분의 이름을 여기에 싣고 싶습니다만, 위에서 말씀드린 사정 때문에 공식 홈페이지에 발표된 분들만 언급하겠습니다. 양해 부탁드립니다.

감독 : 이와사키 요시아키 님, 캐릭터 디자인 : 야에가 쇼헤이 님, 시리즈 구성 : 아카오 데코 님, 음악 : 이나이 케이지 님, 애니메이션 제악 : J.C.STAFF님.

신세 많이 지고 있습니다. 바쁘실 테지만, 건강 유의하시길. 앞으로 잘 부탁드립니다.

오오스키 마마코 역 : 카야노 아이 님, 오오스키 마사토 역 : 이시야 하루키 님.

카야노 님께서는 이제까지의 캠페인에서도 마마코 역을 맡아주셨습니다. 정말 감사드립니다.

이시야 님…… 주인공인데 그다지 활약이 없는 역할이라 죄송합니다……. 일전에 들려주신 답례 선물 에피소드, 잘 써먹겠습니다.

아무 문제 없이 무사히 진행되어서, 좋은 결과로 이어지기를 바라고 있습니다.

관계자 여러분, 그리고 이 애니메이션을 고대하고 계신 팬분을 떠올리며, 저, 이나카는 진심으로 기도하고 있습니다.

마지막으로…….

어머니께, 제 작품이 애니메이션화가 된다고 말씀드렸더니…….

"엄청 히트를 친다면, 기자가 취재하러 우리 집에 오려나. 앨범에 잔뜩 들어 있는 어릴 적 사진을 보여줘야겠네."

그런 사태가 벌어지지 않기를, 저, 이나카는 또 진심으로 기도하고 있습니다.

2018년 늦가을 이나카 다치마

"마 군 일행을 구하기 위해서, 카즈노 씨와 메디 어머님에게도 말을 걸어볼게."
리벨레 사천왕을 조종하는 주모자가, 드디어 모습을 드러낸다!
궁지에 처한 마사토 일행.
그들을 위기에서 구해준 건 역시 엄마, 아니, 엄마들?!
신감각 모친 모험 코미디!
엄마 파티편!
일반공격이 전체공격에 2회 공격인
엄마는 좋아하세요? 8

■역자 후기

안녕하십니까. 근로청년 번역가 이승원입니다.

『일반공격이 전체공격에 2회 공격인 엄마를 좋아하세요?』 7권을 구매해주셔서 진심으로 감사드립니다.

독자 여러분께서는 2022년을 잘 보내고 계시는지요. 저는 여전히 일에 치이면서 살고 있습니다. 기분전환을 겸해 새로운 것에 도전해보려 합니다만, 아직 그럴 짬이 나지 않네요. 일과 취미를 양립하며 사는 분들이 얼마나 대단한지 요즘 들어 여실히 느낍니다.

일단 집콕 인생 탈출의 첫걸음 삼아 집 앞 마당에 다시 작업 공간을 갖추고 일을 하려 했습니다만…… 아직 날씨가 쌀쌀해서 무리네요.^^

조금 더 날씨가 풀리면 재도전을 해볼까 합니다!

그럼 『일반공격이 전체공격에 2회 공격인 엄마를 좋아하세요?』 7권에 대해 조금 이야기해볼까 합니다.

스포일러가 포함되어 있을 수도 있으니 본편을 안 읽으신 분은 유의해주시길!

오래간만에 모친 동반 모험 코미디를 번역하니 기분이 참 새롭습니다. 좀 텀을 두고 작품을 다시 접하니 새로운 면을 발견하게 되고, 이 작품의 매력 또한 다시 느끼게 되는군요.

특히 주인공인 마마코(아들인 용사가 주인공? 에이, 농담이죠?)가 얼마나 아이들을 아끼고, 헌신하는지가 여실히 느껴졌습니다.

항상 무적의 엄마 파워로 모든 문제를 간단히 해결해왔던 마마코를 궁지로 모는 강적의 등장으로, 이제까지와는 이야기의 전개가 달라졌습니다.

물론 그런 상황에서도 마마코의 매력은 폭발하고 있지만요.^^

오래간만에 이 작품을 접하는 독자 여러분께서도 마마코의 활약(?)과 마사토의 안습함(^^)을 즐겨주셨으면 합니다!

그럼 이만 줄이겠습니다.

항상 재미있는 작품을 맡겨주시는 L노벨 편집부 여러분에게 진심으로 감사드립니다. 올해도 잘 부탁드립니다.

마감 지옥인 사람 집에 쳐들어와서 술판을 벌이려고 하는 악우여. 손에 들고 있는 양주만 내려놓고 썩 꺼지거라~.

마지막으로 언제나 제게 버팀목이 되어주시는 어머니와 『일반공격이 전체공격에 2회 공격인 엄마를 좋아하세요?』를 읽어주신 모든 분께 진심으로 감사드립니다.

마치 결전이라도 벌어질 것 같지만 실은 아이돌(?)을 마스터(?)하기만 하는 8권 역자 후기 코너에서 다시 뵙겠습니다!

2022년 1월 중순
역자 이승원 올림

일반공격이 전체공격에 2회 공격인 엄마는 좋아하세요? 7

초판 1쇄 발행 2022년 3월 10일

지은이_ Dachima Inaka
일러스트_ Iida Pochi.
옮긴이_ 이승원

발행인_ 신현호
편집장_ 김승신
편집진행_ 권세라 · 최혁수 · 김경민 · 최정민
편집디자인_ 양우연
관리 · 영업_ 김민원

펴낸곳_ (주)디앤씨미디어
등록_ 2002년 4월 25일 제20-260호
주소_ 서울시 구로구 디지털로 26길 111 JnK디지털타워 503호
전화_ 02-333-2513(대표)
팩시밀리_ 02-333-2514
이메일_ lnovellove@naver.com
L노벨 공식 카페_ http://cafe.naver.com/lnovel11

TSUJO KOGEKI GA ZENTAI KOGEKI DE 2KAI KOGEKI NO OKASAN HA SUKI DESUKA? Vol.7
©Dachima Inaka, Iida Pochi. 2018
First published in Japan in 2018 by KADOKAWA CORPORATION, Tokyo.
Korean translation rights arranged with KADOKAWA CORPORATION, Tokyo.

ISBN 979-11-278-6377-7 04830
ISBN 979-11-278-4403-5 (세트)

값 7,800원

*이 책의 한국어판 저작권은 KADOKAWA CORPORATION과의
독점 계약으로 (주)디앤씨미디어에 있습니다.
저작권법에 의해 한국 내에서 보호를 받는 저작물이므로 무단전재와 복제를 금합니다.

*잘못된 책은 구매처에 문의하십시오.

©Taro Hitsuji, Asagi Tosaka 2020
KADOKAWA CORPORATION

옛 원칙의 마법기사 1권

히츠지 타로 지음 | 토사카 아사기 일러스트 | 송재희 옮김

「기사는 진실만을 말한다」
「그 마음에 용기의 불을 밝히어」
「그 검은 약자를 지키고」
「그 힘은 선을 지지하며」
「그 분노는— 악을 멸한다」
전설 시대 최강의 기사라고 평가받는 동시에 『야만인』이라는 이명을 가진 시드 블리체.
캘바니아의 젊은 「왕자」에 의해 부활한 남자는 마법기사 학교의 교관으로 부임한다.
창설자 기사의 이념을 이어받은 네 개의 교실 중에서
그가 배속된 곳은 공교롭게도 자신의 이름이 붙은 낙오 학급(클래스)인데…….
"너희 말이야, 기사로서 부끄럽지 않아? —일단 검을 버려."

최강의 기사는 야만인—. 새로운 「교관」 시리즈 개막!

NOVEL

라이트노벨의 새로운 빛! L노벨의 신간은 매월 10일에 발매됩니다. http://cafe.naver.com/lnovel11

© 2021 Wataru WATARI / SHOGAKUKAN
Illustrated by PONKAN⑧

역시 내 청춘 러브코메디는 잘못됐다. 결 1권

와타리 와타루 지음 | 퐁칸⑧ 일러스트

차가운 겨울바람이 부는 크리스마스.
소소하지만 따스한 파티가 끝나고, 유이는 자기 안에도 싹튼「마음」을 깨닫는다.
부질없는 기도도, 이루어지지 않는 소망도 분명히 있다.
그래도 바라게 된다. 사실은 거짓말이라도 좋다.
설령 잘못됐더라도, 옳지 않더라도 그 손을 쥐고 있고 싶다—.
많은 사람이 바라는 것을 원하는 밤.
소망의 수만큼, 마음의 수만큼 다하지 못한 이야기가 있다.
……그러니까 이것은 유이가하마 유이의 이야기.

전 세계 누계 1000만 부를 돌파한 청춘 소설의 금자탑
「역내청」이 들려주는 또 하나의 이야기,「결」이 시작된다!

NOVEL

라이트노벨의 새로운 빛! L노벨의 신간은 매월 10일에 발매됩니다. http://cafe.naver.com/lnovel11

L NOVEL

Copyright © 2019 Senri Akatsuki
Illustrations copyright © 2019 Yuichi Murakami
SB Creative Corp.

최약무패의 신장기룡 1~17권

아카츠키 센리 지음 | 무라카미 유이치 일러스트 | 원성민 옮김

5년 전 혁명으로 인해 멸망한 제국의 왕자 · 룩스는 실수로 난입하고 만
여자기숙사 목욕탕에서 신왕국의 공주 · 리즈샤르테와 만난다.
"……언제까지 내 알몸을 보고 있을 생각이냐, 이 바보 자식아아아앗!"
유적에서 발굴된 고대병기 장갑기룡(드래곤 라이드).
일찍이 최강의 기룡사(드래곤 나이트)라고 불리던 룩스는,
지금은 공격을 전혀 하지 않는 기룡사로서 『무패의 최약』이라고 불리고 있었다. 리즈샤르테의 도전을 받아 결투를 벌인 끝에,
룩스는 어찌 된 영문인지 기룡사 육성을 위한 여학원에 입학하게 되는데……?!
왕립 사관학원(아카데미)의 귀족 자녀들에게 둘러싸인 몰락왕자(룩스)의 이야기가 시작된다.

왕도와 패도가 엇갈리는
『최강』의 학원 판타지 배틀, 개막!
TV애니메이션 애니플러스 방영작!

라이트노벨의 새로운 빛! L노벨의 신간은 매월 10일에 발매됩니다. http://cafe.naver.com/lnovel11

NOVEL

©Taro Hitsuji, Kiyotaka Haimura 2018
KADOKAWA CORPORATION

라스트 라운드 아서스 1~2권

히츠지 타로 지음 | 하이무라 키요타카 일러스트 | 박경용 옮김

모든 면에서 타고난 능력이 지나치게 뛰어났던 탓에
공허한 나날을 보내고 있던 마가미 린타로.
무료함을 달래기 위해 일부러 『최약』이라 불리는
루나 아르투르의 진영에 가세해, 다가오는 위기에서 세계를 구할
진정한 아서 왕을 정하는 《아서 왕 계승전》에 참가하게 되지만…….
"내 엑스칼리버는…… 팔아서 돈으로 바꿨으니까."
루나는 성검을 팔아치우거나, 소환한 《기사》 케이 경을 코스프레시켜서 이용해먹기까지 하는 문제아였다!
그러나 절망적인 위기에 처했을 때
루나는 린타로조차 인정할 수밖에 없는 강함을 보여주는데—.

새로운 아서 왕 전설이 여기서 시작된다!

NOVEL

라이트노벨의 새로운 빛! L노벨의 신간은 매월 10일에 발매됩니다. http://cafe.naver.com/lnovel11

©Kou Yatsuhashi/OVERLAP
Illustration Mito Nagishiro

왕녀 전하는 화가 나셨나 봅니다 1~5권

야츠하시 코우 지음 | 나기시로 미토 일러스트 | 이진주 옮김

왕녀이자 최강의 마술사인 레티시엘은
전쟁으로 목숨을 잃고 천 년 뒤의 세계에 전생한다.
그녀는 마력이 없다는 이유로 무능영애로 취급 당하지만,
레티시엘로서 익힌 「마술」은 사용할 수가 있었다.
그 뒤, 학원에서 레티시엘은 천년 뒤의 「마술」을 직접 목격하고—
그 조잡함에 격노한다!
레티시엘이 선보인 「마술」은 학원을 경악시키고,
이윽고 국왕에게까지 알려지기에 이른다.
정작 레티시엘은 「마술」 연구에 몰두하느라
그 사실을 전혀 알아차리지 못하는데—?!

전생 왕녀가 자신의 길을 걷는
최강 마술담, 개막!!

라이트노벨의 새로운 빛! L노벨의 신간은 매월 10일에 발매됩니다. http://cafe.naver.com/lnovel11

NOVEL

L NOVEL

©Kineko Shibai 2019 Illustration : Hisasi
KADOKAWA CORPORATION

온라인 게임의 신부는 여자아이가 아니라고 생각한 거야? 1~19권

키네코 시바이 지음 | Hisasi 일러스트 | 이경인 옮김

온라인 게임의 여자 캐릭터에게 고백!
→ 아깝네요! 실제로는 남자였답니다☆

그런 흑역사를 감추고 있는 소년 · 히데키는 어느 날 게임 안에서
한 여자 캐릭터에게 고백을 받는다. 설마 그 흑역사가 다시금 반복되는 것인가?!
그렇게 생각했으나, 게임 안에서 내「신부」가 된 아코 = 타마키 아코는
정말로 미소녀에, 현실과 가상세계를 구분하지 못한……다고……?!
"안녕, 루시안!"이라니, 하, 하지 마! 창피하니까 캐릭터명으로 부르지 마!
다른 사람들 앞에서도 게임 캐릭터명으로 부르며 게임 속 남편에게 착 달라붙는 아코.
히데키는 너무나도 유감스럽고 위험한 아코를「갱생」하기 위해
길드의 동료들(※단, 다들 미소녀)과 함께 움직이는데—.

유감스러우면서도 즐거운 일상 ≒ 온라인 게임 라이프가 시작된다!

TV애니메이션 방영 화제작!!

NOVEL

라이트노벨의 새로운 빛! L노벨의 신간은 매월 10일에 발매됩니다. http://cafe.naver.com/lnovel11